读心师

向林／著

A

Crime

Reader

CTS 湖南文艺出版社
中南出版传媒 HUNAN LITERATURE AND ART PUBLISHING HOUSE

博集天卷
CS-BOOKY

目录

CONTENTS

近一小时之后，曾英杰从头到尾看完了审讯录像。陈迪的供述非常清楚、详细，怎么看都不觉得这起凶杀案是凶手在意识不清或者被人催眠的情况下作的案，而且警察也问了陈迪为什么杀人，陈迪回答："不知道为什么，当时我忽然就萌生了一个念头：杀了他就不用还钱了。"

全场大哗，所有的人都不知所以。这时候只见沈跃快速地将手上的那张纸撕得粉碎，弯下腰在朝冈太郎耳边说了句什么，很快，朝冈太郎就缓缓地站了起来，眼神迷茫地四处看了一眼，好像忽然想起什么，猛然朝沈跃咆哮起来："浑蛋，你居然催眠了我！"

沈跃摇头道："案情是清楚了，不过这起案件很有趣。陈迪杀人只是表象，我想知道究竟是一种什么样的能量使一个不可能犯罪的人犯下了如此滔天大罪。我还有一个感觉，陈迪那天喝醉后遇到的那次吵架很可能在这起案件中起到了很大的作用。"

沈跃拿出电话直接打给田局长："你好，我是沈跃，我在你们县的文管所，请你派人来一趟吧。"挂断电话后，他看着严三思，淡淡地道："你把我们当成傻瓜了。出了这么大的事情你居然不报警，这说明了什么？"严三思顿时面如土色，全身筛糠似的战栗了起来。

陈列架上摆放着各种各样漂亮的陶器、瓷器，都是现代工艺品，每一件都是不同的造型，这样就显得其中那三件完全一样的东西特别突兀。它们看上去与那件被盗的文物赝品一模一样！

盛权回答道："这个人非常可怕，当我试图调查他的时候，我的家里竟然莫名其妙地出现了一条毒蛇。我知道那是他在警告我。后来，每做成一笔交易，就会有一笔钱送到我手上。都是现金，而且是不同的人送来的，我不敢问那些人是谁把钱交给他们的，时间一长也就习惯了。"

沈跃叹息着说道："看来是我错了，我只想到一位副市长应该具有一定法律素质，却忽略了人性，这是我最不该犯的错误。"龙华闽笑道："你不是官场中人，忽略了对方这样的想法也很正常。小沈，我看这样，让曾英杰去一趟广东，我相信他会很快找到那个关键的人。"

话还没有问完，梁华的脸一下子就侧了过去，身体开始猛烈地挣扎，嘴里发出可怕的尖叫声。外边的警察包括龙华闽快速地冲了进来，龙华闽问道："他怎么了？"沈跃苦笑着说道："我把他吓坏了。"

这时候人们才注意到，她的后背上确实有数道触目惊心的鲜红色的印痕，就好像被某个长有长指甲的人在她背上从上往下狠狠抓了一下似的。这时候一位大姐发现在场的男人都朝着方琼的胸看，急忙拿起衣服给她穿上，忽然就听到她大声骂道："狗日的小黑，死了都还要来找我！"

01 杀机

这是陈迪在一天当中第三次接到孔怀先的电话，孔怀先的电话就一个内容：还钱。

陈迪在县城里开了一家小超市，生意不好不坏，勉强可以维持一家人的生计，去年春节的一次同学聚会让他迷恋上了麻将，开始赢了几千块后就一直输，到后来连凑到超市进货的钱都变得困难起来，在万不得已的情况下他才去找孔怀先借了三万块，结果一拖就是半年。

孔怀先是陈迪的中学同学，两个人的关系一直不错，当初他借给陈迪钱也并没有说要利息什么的，纯粹就是出于同学友情。孔怀先的经济条件也并不那么宽裕，借给陈迪钱后，半年没见对方有还钱的意思，再加上孩子马上要上初中需要一笔赞助费，这才开始催促起来，可是不承想陈迪始终就是那一句话："现在手头紧，你宽限我些时间。"

第三次电话的时候，孔怀先终于急了："听说你天天晚上在外边打麻将，一次输赢好几千，你打麻将都有钱，干吗不先还给我？"

陈迪没有回答他，直接挂断了电话。孔怀先气极，忍不住破口大骂。旁边的妻子不住数落他："你倒是好心，现在人家是怎么对你的？孩子的赞助费，你自己看着办吧。"

孔怀先更是焦躁，骂道："对，现在借钱的才是大爷！狗屁同学，狗屁的朋友！"

然而，让孔怀先没有想到的是，当天晚上十点多的时候陈迪却主动给他打来了电话，说在超市里面等他。孔怀先的心情顿时大好，急匆匆地就去了。

陈迪的超市开在县城一处刚刚开发的楼盘外边，晚上十点之后的街道甚是冷清。住在县城的人大多习惯乘坐人力三轮，出租车太少而且贵。下车的时候孔怀先给了人力三轮车车夫两块钱，此时陈迪的超市已经关门，拉下一多半的卷帘门下边可以看见从里面照射出来的灯光。

人力三轮车远去了，在转弯处发出了"丁零"的声响，孔怀先弓着身子进入超市，朝里面叫了一声："陈迪！"

陈迪在里面答应了一声，超市的灯光亮了。陈迪从里面走了出来，热情地攀着孔怀先的肩膀，说道："我准备了点卤菜，我们俩今天晚上好好喝几杯。"

孔怀先可不是来喝酒的，不过也只好跟着陈迪进去了。超市里面有一间小办公室，孔怀先以前来过，此时他一眼就看到办公桌上面的几盘凉菜，原本在办公桌上的那部红色电话机被搁在了旁边的窗台上。孔怀先带着歉意说道："陈迪，我也是没办法，孩子要上初中了，赞助费需要三万五，我家里的钱不够。"

陈迪打开抽屉，从里面拿出一沓钱来，说道："这是最近半个月卖出的货款，不到一万块。我也是没办法，这超市我还得开下去，不然一家人的生活就没着落了。你宽限我两个月，到时候我一定把剩下的钱都还给你。"

孔怀先接过钱，为难地道："可是，孩子的赞助费马上就得交了啊，我怎么办？"

陈迪看着他："要不，你找人借借？"

孔怀先苦笑着说道："现在谁还愿意借钱给别人？也就是我们之间这样的关系。你是知道的，我和吴琼家里的情况都不好……陈迪，如果你不在牌桌上输那么多钱，怎么会像现在这个样子？"

陈迪道："我也不想啊。反正我现在手上没钱，要不你把这里的货拿去卖了吧，里面的东西随便你选。"

这句话就有些无赖了。孔怀先顿时怒了："陈迪，你这是什么话?! 我把你的货拿去卖还不如我自己开一家超市呢。你想想，当初你找我借钱的时候我说过什么没有? 我还不是看在我们是同学、朋友的分上? 你这人一点意思都没有，今后谁还敢再和你交往?"

陈迪双手一摊，道："那你说怎么办? 我都跟你讲了，现在我确实是没钱啊。"

看着陈迪无赖的样子，孔怀先恨恨地道："那好，明天我就叫人来拉东西。陈迪，你别怪我，是你先不够朋友的!"

这时候窗台上的电话忽然响了起来，陈迪对孔怀先道："你等等。"即刻去接听，里面一个声音在问："今天你怎么没来? 你欠我的钱什么时候还?"

电话是一个牌友打来的，头天晚上陈迪在牌桌上欠了他三千多。陈迪道："今天有点事，明天来。"

孔怀先大概听明白了这个电话的意思，怒道："你他妈还去赌? 看来你是真心不想还我钱了是吧?!"

就在这一瞬，陈迪猛然提起椅子就朝孔怀先的头上砸去。孔怀先猝不及防，还没来得及有任何反应，一下子就栽倒在了地上。陈迪恍若疯癫，一把扯过电话机继续去砸孔怀先的脑袋，眼前那张熟悉的脸瞬间鲜血四溅，血肉模糊，手上的电话机也很快四分五裂……

癫狂状态下的陈迪直到此时才仿佛回到了现实，看着眼前可怕的场景，以及自己血淋淋的双手，极度的恐惧瞬间将他笼罩："我，我杀人了，杀人了……"

冬季已经来临，小县城的空气污染不是那么严重，清晨雾气蒙蒙，陈迪的小超市所在小区的人们一大早起来就闻到弥漫在空气中的一种奇怪气味：谁家这么早就开始炖肉了？

孔怀先离开家的时候并没告诉妻子他要去什么地方，也许当时他以为很快就能够从陈迪那里拿到钱，以此告诉妻子他交往的朋友并不是她以为的那么不靠谱。吴琼半夜打了几次孔怀先的电话却没有人接听，不过她并没有感到奇怪。丈夫是一个比较负责任的男人，想必是想办法给孩子筹赞助费去了。可是当她第二天早上醒来的时候发现丈夫依然没有回家，心里一下子就着急了，急忙再次拨打电话，过了好一会儿才终于听到了电话里面的声音："喂……"

吴琼不满地责怪道："这一晚上你都去哪里了？干吗不接电话？"随即就听到电话里面的声音说："这电话在垃圾桶里面，我正好路过……"

半小时后，吴琼赶到孔怀先电话所在的地方。刚才接听电话的人将手机递给了她，她看着四周，心里疑惑道：这附近好像没有他特别好的朋友啊？

随后，吴琼在孔怀先的办公室里一直等到上午十点，却依然没有看到孔怀先的踪影，其间她还打了无数个电话到处询问丈夫的下落，这时候她才真切地有了一种不祥的预感。

警方接到报案后也觉得有些奇怪：男人一晚上不回家的情况并不罕见，可是这个人的手机怎么会在垃圾桶里面？

县城并不大，虽然摄像头不多，但是警方还是很快就根据孔怀先出门的时间在一个摄像头里寻找到了他乘坐人力三轮车的录像。

案件很快就被破获了，陈迪的小超市所在小区的人们这才明白那天早上闻到的气味是什么，许多人恶心呕吐了好几天，附近菜市场的肉类也因此在很长一段时间里无人问津。

对一个小县城来讲，凶杀之类的恶性案件本来就很少发生，像这样杀人之后尸体被肢解并煮熟后倒入下水道的情况更是罕见，更何况案件的起因竟然是区区三万块钱的小事，一时间整个县城谣言四起，人心恐慌，曾经比较热闹的街区也因此变得冷清起来。

陈乐乐简直不敢相信这一切是真实的，她了解自己的哥哥是一个什么样的人，她无论如何都无法将那个杀人分尸的凶徒与自己的哥哥联系在一起。陈乐乐哭泣着对曾英杰道："我哥哥绝对不可能杀人，肯定是警察搞错了……"

曾英杰当然理解她此时的心境，毕竟她就这么一个亲哥哥。曾英杰多次见过陈迪，他看上去确实是一个老实本分的人。可是如今事实俱在，陈迪本人对他的整个犯罪过程供认不讳……曾英杰轻轻拍了拍陈乐乐的胳膊，他无法劝解，唯有叹息。

可是陈乐乐性格固执，她认定的事情其他人很难改变。她抬起头来直直地看着曾英杰："英杰，一定是警察搞错了，我哥哥他，他肯定是被冤枉的！小县城的警察是什么水平你还不知道？这个案子肯定有问题。不行，我得给表哥打个电话，让他尽快赶回来！"

曾英杰急忙劝解道："乐乐，表哥和嫂子刚刚到美国，马上把他们叫回来不大合适……"

陈乐乐打断了他的话，道："我哥绝对不会做那样的事情，这个案子肯定另有隐情。对，我哥肯定是被人给催眠了，像这样的案子只有表哥才搞得清楚。英杰，你不要管了，这个电话我自己打。"

哪来那么多被催眠的事情？即使是被催眠也应该是有目的或者原因的。曾英杰在心里苦笑着，急忙说道："这样，我亲自去了解一下这个案子的情况，然后再说。乐乐，你看这样可不可以？"

曾英杰是省刑警总队的人，到了县城这样的小地方当然备受尊重。案卷很快就放到了曾英杰面前，曾英杰仔细阅读了一遍，没发现有什么问题，他沉吟着问道："我可不可以和陈迪见个面？"

公安局局长很为难，他知道曾英杰和犯罪嫌疑人之间的关系："这个……"

曾英杰苦笑着摇头道："算了，其实这个案子我本应该回避的，不过我总觉得这起案子有些不可思议。我对陈迪还算是比较了解，完全不相信他会做出那样的事情，所以，我很怀疑其中另有隐情。"

公安局局长道："他本人全部供述了，事情就是他干的。他在杀害了孔怀先之后就肢解了尸体。完成了这一切后已经临近天亮，他将作案现场清洗干净，出门骑上摩托车将死者的手机扔到了距离他超市很远的一个垃圾桶里。虽然尸体被他销毁得非常彻底，现场也清洗得非常干净，但是我们还是从超市后面那间办公室的瓷砖缝里提取到了死者的血液样本，挖开下水道后也找到了死者的一部分骨头和组织。这个案子可以说是铁证如山，不会有任何的问题。"

这些情况曾英杰已经在案卷里全部看到过了，他点头道："我没有怀疑他作案的过程，不过我依然觉得奇怪。要知道，死者是他的同学、朋友，为什么会为了三万块，不，准确地讲应该是两万来块钱，就萌生出杀人的念头，而且手段又如此残忍呢？"

公安局局长笑道："我曾经还亲历过一起为了一块钱就动杀机的案子呢。我们县财政局的一位科长下午下班后去买菜，身上零钱不够就说少给菜农一块钱。这时候旁边一个和他有矛盾的同事正好路过，鄙夷地说了句：一块钱都和农民计较，真他妈是一个没有良心的人。那位科长一下子就怒了，拿起菜农的秤砣就朝对方砸了过去，一下子就砸破了那个人的脑袋。这属于激情杀人，很好理解。"

曾英杰不以为然地说道："你说的情况与这起案件不一样，陈迪和孔怀先是同学，两人的关系一直不错，平时没有积怨。激情犯罪是行为人在精神上受到刺激或人身受到攻击、人格遭到侮辱后，处于难以抑制的兴奋冲动状态，在这种状态下，人的正常理智被削弱或丧失，以致产生冲动行为。从案卷的情况来看，当时孔怀先并没有攻击、侮辱陈迪，这仿佛并不符合激情杀人的情况。"

公安局局长沉吟了片刻，说道："这样吧，我们可以把当时审讯犯罪嫌疑人的录像给你看。小曾，你应该相信我们，我们绝对没有对他用任何的手段。"

曾英杰点头道："这一点我完全相信，我只是想更多地了解一下关于这起案件的情况。"

近一小时之后，曾英杰从头到尾看完了审讯录像。陈迪的供述非常清楚、详细，怎么看都不觉得这起凶杀案是凶手在意识不清或者被人催眠的情况下作的案，而且警察也问了陈迪为什么杀人，陈迪回答："不知道为什么，当时我忽然就萌生了一个念头：杀了他就不用还钱了。"

至于分尸的问题，陈迪的回答更简单，同时也比较符合他当时的内心逻辑。陈迪供述："当时在冲动之下杀人后我很害怕，就一心想着要如何才能不被警察发现……处理完尸体后我就把他的手机扔到了距离我超市很远的地方，而且没关机。"

陈迪读书不多，但这并不代表他不聪明。从这起案件中陈迪所表现出来的智商来看，曾英杰更加觉得诡异。随后曾英杰去看了当时的作案现场，却并没有发现任何的漏洞——超市早已被警方查封，被挖开的下水道还没有填回。曾英杰进行了场景演示，也完全符合陈迪的供述。

曾英杰刚刚回到省城就被队长龙华闽叫去狠狠批评了一顿。曾英杰低着脑袋不说话，他知道是当地公安局告的状，当然，自己那样做确实违反了纪律。一直到龙华闽的批评结束后，曾英杰才说道："龙总队，我知道自己不应该私自去调查这起案件，也确实应该避嫌，但是这起案子确实有些问题解释不清楚。犯罪嫌疑人是我老婆的哥哥，我了解这个人，我始终不能相信这样一个残忍的案子会是他干出来的。"

龙华闽皱眉道："这起案件的影响非常恶劣，案发后我马上就派人去复查了整个情况，没发现有任何漏洞。"

曾英杰道："武大海的那个案子呢？当年不也被认为是铁证如山？"

龙华闽直视着他，低声问道："你怀疑他们刑讯逼供？有证据吗？"

虽然曾英杰有些反感那位县公安局局长当面一套背后一套，但在这件事情上自已确实违反了纪律，而且他的主要目的是要把事情搞清楚，以免陈迪蒙冤受刑。曾英杰摇头道："我并没有怀疑他们刑讯逼供，而且我也相信他们不会那样做。不过这起案件实在是让我感到有些诡异，且不说犯罪嫌疑人的亲属，就连周围认识他的人都觉得不可思议，所以我希望能够更加慎重一些。龙总队，您看能不能等沈博士回来后请他进一步调查这起案件？"

龙华闽即刻道："他也应该避嫌，难道不是吗？"

曾英杰抗声道："他并不是警察，需要避什么嫌？"

龙华闽怒道："曾英杰，你要知道，他与警方是合作关系！这其中的利害关系难道你不懂？你的这件事情还没完呢，接下来就等着组织上的处分吧！"

曾英杰立正，道："是！"转身朝办公室外边走去，刚到门口的时候他忽然转身，笑着问龙华闽："龙总队，如果沈博士以私人身份去调查的话，这就没问题了，是吧？"

龙华闽瞪着他："我可没有这样说。曾英杰，你是警察，一定要记住，我们只认证据，铁一般的证据。明白吗？"

02 学术盛会

在曾英杰讲述的过程中，沈跃的脑子里不断浮现出陈迪的模样来，却发现他的模样越来越模糊。沈跃知道这是为什么——无论是从情感还是从理智上，自己根本就不可能将陈迪和这样一起恶性案件联系在一起。沈跃对陈迪不仅仅是认识，他可是乐乐的亲哥哥。

这一刻，沈跃也一下子明白了曾英杰给他打这个电话的原因。是的，最不能接受这件事情的是乐乐。

听完了曾英杰对案情的讲述，沈跃问道："龙警官是什么态度？"

曾英杰回答道："他需要确凿的证据。"

沈跃又问道："你怎么看？"

曾英杰道："我去过现场，但是没见到陈迪。我没有发现任何的疑点，不过我总觉得这起案件很诡异。表哥，你也是知道陈迪的，他怎么会干出那么残忍的事情来呢？"

沈跃在心里说：我当然是知道陈迪的，可以说是从小就认识。不过……沈跃想了想，说道："等我回去后再说吧，大概还有一周的时间。我知道，主要是乐乐不能接受这个现实，你要多安慰她才是。"

　　沈跃的妻子康如心隐隐约约听到了几句，问道："发生了什么事情？"

　　沈跃将大致的情况讲了一遍，皱着眉头说道："这个案子是有些奇怪，不过既然龙警官已经关注了此案，那就不应该存在证据不足的问题。英杰也亲自去了一趟，他也没发现什么疑点……"

　　康如心提醒道："会不会是被人催眠了，或者突发性精神病？"

　　沈跃苦笑着说道："这个世界上哪来那么多的催眠师？即使有那样的可能，那总得有目的和意图吧？精神病……据我所知，我母亲这边的家族中没有这样的病史，陈迪父亲那边也没听说过啊。"

　　在酒店住下来后，沈跃给老朋友龙华闽打了个电话："我知道这有些不合规矩，但是我还是想看看陈迪这个案子的案卷。"

　　龙华闽确实为难，说道："我知道曾英杰已经告诉了你整个案子的情况，案卷上的东西也就是那些，我也反复看了几遍，没有发现任何的问题。"

　　沈跃想了想，道："那这样吧，你就把陈迪供述的那部分发给我，然后你看能不能请一位精神病方面的专家给他做一下鉴定？"

　　龙华闽道："精神病鉴定我已经安排人做过了，没发现什么问题。好吧，我马上将他的口供发到你的邮箱里面。"

　　沈跃有些不放心，说道："龙警官，我希望你们暂时不要将这个案子移交到检察院，等我回去后再说。这是我第一次以个人的名义请求你，希望你能够答应。"

　　龙华闽道："像这种影响极其恶劣的案件，我们当然非常慎重，不过耽搁的时间不能太长。"

　　沈跃道："我只需要半个月的时间，一周后我就回去了。"

　　沈跃反复将陈迪的口供看了数遍。康如心也同时看了，问道："你发现有什么不对劲的地方没有？"

沈跃反问她道："你的看法呢？"

康如心道："我觉得最奇怪的就是，陈迪怎么会忽然对自己的同学产生杀机呢？而且又是那么残忍。"

沈跃点头道："你'忽然'这个词用得非常恰当。也许这正是乐乐和曾英杰都感到诡异的地方。至于后来的残忍倒是可能，杀人是动物残忍本性的表现，一个人一旦走出了那一步，其动物的本能就会迸发出来。嗯，如果从这个角度去分析的话，那就说明陈迪在杀人之前的心理状况是极度不正常的。"

康如心问道："你的意思是说，他被人催眠的可能性比较大？"

沈跃摇头，道："哪来那么多的被催眠？当然，这也必须排除。不过我认为最可能的情况就是，在杀人之前他的潜意识就已经处于极度焦虑的状态了。"

康如心不大明白："焦虑？"

沈跃点头道："是的，或者说他正承受着巨大的压力而不完全自知。这一切只有见到陈迪后才会知道，所以，这里的会议一结束我们就得马上赶回去。"

康如心很担心："或者，我们现在就回去吧，陈迪毕竟是乐乐的亲哥哥。"

沈跃沉吟着说道："不影响。龙警官已经答应了给我半个月的时间，实际上只要见到陈迪我就可以判断出自己的推测是否正确，到时候只要存在疑问，像这样重大的案子就会被要求做进一步调查。如心，不是我自私，这次的会议对我来讲太重要了，我毕竟是第一次在这样世界性的学术会议上做专题发言，我不想失去这样的机会。"

康如心理智地告诉自己不要再多说什么。沈跃已经把情况说得非常清楚了，而且也十分合理、可行。她说道："那行。不过我们最好现在就提前订好返回的机票。"

其实沈跃的内心很纠结。如果纯粹站在道德的高度来看这件事情，那么他就应该马上返回，毕竟是人命关天的事情，而且那个人又是乐乐的亲哥哥。

在接下来的几天里，沈跃陪同康如心去了这座城市的很多地方，虽然沈跃看似轻松，不过康如心感觉得到他内心的焦躁。这天晚上临睡前，康如心发现沈跃又一次在电脑上看陈迪的那份口供，禁不住就问："你好像有心事，为什么不告诉我？"

沈跃叹息了一声，说道："我心里很不安，不是因为别的，是担心我妈妈和乐乐不能理解我。"

康如心没明白他的意思："她们为什么会不理解你？"

沈跃烦躁地站起身来，一边踱步一边说道："也许她们，不，特别是乐乐，也许她认为我应该在知道了陈迪的事情后就马上返回去。可是我做不到。这两天我一直在问自己，究竟是不是因为这次的会议对我太重要所以才一直滞留在这里？我告诉自己，是的，确实是这样。可是我又替自己找了一个很好的理由，我对自己说：国内必定会对这次的学术会议有所报道，如此一来在陈迪的案件上我才会有更大的发言权。因此，在这样的情况下如果我过度考虑他人的评价是非常愚蠢的……"

康如心万万没有想到沈跃的内心一直承受着如此巨大的心理负担，顿时后悔自己当初对他的那个提醒，她看着沈跃，柔声说道："你别想那么多了，我相信她们会理解你的，大多数人都会理解你的。"

沈跃朝她摆了摆手："不说了，睡觉吧。"

这天晚上，康如心一直难以入眠，她第一次从沈跃的角度去思考很多问题：一个人的能力越强，他所承担的责任和义务也就越重，而在这种情况下，他也就不得不在乎别人对他的看法。

走自己的路，让别人说去吧。这句话说起来潇洒，要真正做到却如此艰难。看着已经处于沉睡状态的沈跃，康如心忍不住将他紧紧拥抱。

会议的前一天，导师威尔逊先生带着沈跃去拜访了好几位当今世界最知名的心理学家，这样的拜会简单而随意，但是对沈跃来讲意义非常——如今沈跃已经可以独当一面，成就卓越，威尔逊先生是想把他推向世界一流心理学家的位置。

戈尔德先生见到沈跃的时候很激动，热情地拥抱他并赞叹道："沈，想不到你那么快就解除了催眠，太棒了！"

沈跃感激地道："这还得谢谢戈尔德先生的帮助。"

戈尔德正色道："我没有能够帮助你什么，是你内心的意志力帮了自己。对了沈，这次你的主题发言内容是什么？"

其实这个问题威尔逊先生也很好奇，不过沈跃一直没有主动讲出来，所以他也就没有多问。沈跃回答道："我准备了两个方面的内容，一个是心理分析和心理预测在案件中的应用，另一个是想谈谈催眠密码的问题。"

戈尔德主要是研究催眠术的，他当然对后者更感兴趣："催眠密码？"

沈跃点头道："是的。作为心理学家，我们最基本的责任和义务是诊断和治疗心理上的疾病，而从某种角度上讲，催眠密码是不应该存在的，它的存在阻挠着我们进入病人的内心世界并会对病人造成极大的伤害，准确地讲，心理密码的设置是反人类的。"

戈尔德一下子就明白了，担忧地道："你这是在针对朝冈太郎啊……"

这时候威尔逊忽然说道："我支持你在这次的会议上谈催眠密码这个问题，一方面，朝冈太郎数次对你发起攻击，这是最起码的回应；另一方面，我也认同催眠密码的出现是反人类的说法。无论催眠密码的设置是心理学家的主动攻击还是为了防范这样的攻击，说到底都是心理学家的犯罪引起的，所以，催眠密码的出现本身就是反人类的。"

戈尔德点头道："威尔逊先生说得对。沈，我支持你。"

第二天上午，当沈跃站上学术报告大厅演讲台的时候，他分明感觉到无数惊讶与好奇的目光。是的，对能够站在这里做主题发言的心理学家而言，他实在是太年轻了些。沈跃的心里有些紧张，不过在他的目光触及朝冈太郎的那一瞬，他一下子就镇定了下来。是的，此刻对他来说，不仅仅是对自己成就的展示，更是一种战斗，一次与心理学界邪恶势力的战斗。

沈跃的发言张弛有度，其中列举了不少的案例，与会的心理学家大多是纯粹的学者，虽然沈跃并没有直接讲出犯罪嫌疑人的名字，但是参会者中不少人都将深恶痛绝的目光投向朝冈太郎。

朝冈太郎的脸色非常难看，双手捏得紧紧的，内心的愤怒处于随时爆发的状态。当沈跃刚刚发言结束的时候，他就猛然站了起来："我请求发言。沈博士，请你不要离开！"

没等大会主席同意，朝冈太郎就已经快步走到了学术报告大厅的前面，拿起话筒说道："我对这种借世界性学术会议恶意攻击和诽谤同行的行为表示非常愤怒，催眠密码是催眠技术密不可分的一部分，就如同计算机防火墙的作用一样，沈博士恶意混淆是非，恶毒攻击我们日本心理学家，这种行为是非常可耻的！"

这时候戈尔德站了起来，大声说道："上次在新加坡的学术会议期间，沈博士遭到了某位资深心理学家催眠术的攻击，以致失去了记忆。朝冈太郎先生，这件事情你怎么解释？"

朝冈太郎怒道："那只是我和这个人之间的私人恩怨，而这个人竟然将催眠密码设置说成反人类的行为，这简直就是对心理学这门科学的污蔑！这是世界性的心理学会议，我们决不允许这样的谬误言论出现在这里！"

这时候一些支持朝冈太郎的心理学家也纷纷发言，指责沈跃哗众取宠，肆意诋毁朝冈太郎的成就，而另外许多赞同沈跃观点的心理学家也纷纷辩驳，一时间学术会议大厅里吵吵嚷嚷，乱成了一团。

这是在历届的心理学学术会议上从来没有出现过的情况，本次会议的主席顿时不知所措——催眠密码是一个全新的概念，其中的是非曲直本身就是一个学术性的问题，一时间如何能够辩驳得清楚明白？

正当会议大厅里一片纷乱的时候，威尔逊快步跑到朝冈太郎身边，一把从他手上抢过话筒，大声说道："我现在最大的感想就是后悔，后悔当初不该给罗斯福总统写那封信……我当时是想把原子弹这一罪恶的杀人工具从疯子希特勒手里抢过来，想不到现在又将它送到另一个疯子手里……你们还记得这段话吗？这就是爱因斯坦的忏悔！"

会议大厅瞬间就安静了下来。威尔逊轻蔑地看了朝冈太郎一眼，继续说道："任何一门科学都具有两面性，就如同将原子能应用于服务人类还是将它制造成原子弹，哌替啶是用于镇痛还是作为毒品，心理学、催眠术也是一样。在座的各位都是这个世界上顶尖的心理学家，催眠密码的设置究竟是正义的还是邪恶的应该能够分辨清楚。沈跃博士是我的学生，他今天的学术报告内容我是全力支持的。我为什么支持他？不仅仅是因为这个话题对我们心理学界非常重要，还因为沈跃博士亲身经历了这种邪恶催眠术的攻击，而且他遭受的这种攻击并不止一次……"

接下来，威尔逊从云中桑①的案子开始讲起，一直讲到沈跃在新加坡被催眠，这时候威尔逊早已愤怒，大声质问道："先生们，女士们，你们说说，催眠密码究竟是不是反人类的？作为一位世界知名的心理学家，将心理学技术应用于纵容犯罪，挟私报复，这究竟是不是邪恶的？"

朝冈太郎气急败坏地申辩道："这是诬蔑！我的学生涉嫌犯罪的事情我一无所知，我要控告你对我的人身攻击，控告你对我名誉的诬蔑！"

威尔逊耸了耸肩，轻蔑地看着他，说道："好啊，我随时等着你的控告。"

朝冈太郎狼狈地朝台下走去，刚刚走了几步，猛然转身盯着沈跃："我们之间的较量才刚刚开始！"

沈跃没有想到此人在这样的情况下依然如此猖狂，内心的怒火瞬间爆发："朝冈

① 云中桑，沈跃的同行，也是一位心理学天才。当初沈跃回国后接手了第一宗案件"催眠车祸案"，在面对面审讯中沈跃几次"误读"嫌疑人的微表情，险些放走凶手。后经调查发现，凶手背后有一位"高人"指点，教其利用浓妆和夸张情绪反应遮掩微表情，此人便是云中桑。

教授，请你等一下！"

朝冈太郎转身看着他，目光中充满着怨毒与挑衅。这时候沈跃反倒冷静了下来，淡淡一笑，说道："既然朝冈教授认为你所做的一切都仅仅是因为我们之间的私人恩怨，而且你刚才还在继续威胁我，那么我现在就当着在座所有心理学家的面向你挑战。朝冈教授，你曾经催眠了我，让我失去了一段时间的记忆，那是因为我学术不精，所以我不怪你。现在，我就在你面前画一幅画，如果你能够看着这幅画超过一分钟就算我输了，怎么样？朝冈教授敢不敢应战？"

朝冈太郎愣了一下，目光瞬间晶亮："嗯?！你居然敢向我挑战?！"

沈跃翻开笔记本，用钢笔"唰唰唰"在纸上画出了数道线条组成的图案，放到朝冈面前，脸上带着古怪的笑容："朝冈教授，既然你接受挑战，那就请你不要将目光从这画面上移开……"

沈跃的不屑与轻蔑彻底激怒了朝冈太郎，他满不在乎地朝沈跃手上的那幅画看去……

这一刻，学术会议厅里所有的心理学家都在看着沈跃和朝冈太郎，其中很大一部分人根本就不相信沈跃刚才寥寥几笔就可以向朝冈太郎挑战，正等着看沈跃的笑话。然而，接下来出现的情景让所有人都目瞪口呆——

朝冈太郎的双腿微微弯曲，全身都在颤抖，人们还隐隐听到他的嘴里在低声念叨着什么。众人正疑惑，随即就看到朝冈太郎"砰"的一声跪倒在地上……

全场大哗，所有的人都不知所以。这时候只见沈跃快速地将手上的那张纸撕得粉碎，弯下腰在朝冈太郎耳边说了句什么，很快，朝冈太郎就缓缓地站了起来，眼神迷茫地四处看了一眼，好像忽然想起什么，猛然朝沈跃咆哮起来："浑蛋，你居然催眠了我！"

沈跃冷冷地看着他："难道只能你催眠我，我就不能催眠你？你让我失去了一年多的记忆，差点摧毁了我的一切。刚才我只是催眠了你一瞬间，我只是想要告诉你：

今后当你攻击他人的时候，请你多想想自己此时的感受。"

"你怎么做到的？"戈尔德带着不解，同时又非常兴奋地问沈跃。威尔逊也不明白，站在旁边的他眼中充满疑问。

沈跃笑着回答道："威尔逊先生知道，我曾经专门为朝冈准备了一幅画，结果在海关的时候出了点麻烦，那幅画被我毁掉了。那幅画带有较强的心理暗示作用，心理暗示部分的线条是我设计的，当时发现心理暗示的能量太强，后来就用其他画面遮掩住了一部分。这次我在朝冈太郎面前出示的是我的底稿，所以他很难抗拒。"

戈尔德明白了，赞叹着对威尔逊先生说道："你的这个学生已经强过你了……威尔逊先生，那句中国话是怎么说的？"

威尔逊大笑，说道："Indigo blue is extracted from the indigo plant, but is bluer than the plant it comes from（青出于蓝而胜于蓝）."随即问沈跃："你是如何设计那幅画的？"

沈跃从旁边拿了张纸过来，很快就画好了递到戈尔德和威尔逊面前，两位心理学家看了一会儿，却只觉得有些眩晕而并没有产生像朝冈太郎那种强烈的反应，两人都疑惑地看着沈跃。沈跃解释道："朝冈太郎是佛教徒，不过日本的佛教徒有些特别。日本是佛教大国，在二战中所表现出来的凶残却是有目共睹，那是因为他们并不注重修行，更崇拜的是力量，遵从的是'宁为玉碎，不为瓦全'。但他们毕竟是佛教徒，相信因果报应，于是我就在底画中设计了这样的东西……你们二位不是佛教徒，而且内心纯净，所以这幅画对你们的作用不大。"

威尔逊和戈尔德更是赞叹不已，沈跃却谦逊地说道："与两位前辈相比我还差得很远，其实这些都是雕虫小技，登不了大雅之堂。心理学应用技术必须以理论研究作为支撑，这方面我还非常欠缺。"

威尔逊很是欣慰，拍了拍沈跃的肩膀，说道："我说过，要成为优秀的心理学家，就必须沉下心来。沈跃，我希望你永远都不要忘了自己是一名学者。"

沈跃点头，随即歉意地道："老师，我得马上回国……"

听完了沈跃对案子的简单讲述，威尔逊道："好吧，那你先回去。不过今后你要留心，朝冈太郎这个浑蛋肯定不会就此罢休的。"

沈跃不以为然："如果他再年轻十岁，也许还会和我继续争斗下去。这一次他可是丢尽了脸面，估计是不会再来找我的麻烦了。"

沈跃的分析是正确的，这次的国际性会议不仅令朝冈太郎大失颜面，而且在很大程度上摧毁了他的自信心，从此朝冈太郎闭门谢客，潜心于催眠术理论研究。

03 没 有 疑 点

在回程的飞机上，沈跃几乎都处于睡眠状态，康如心并没有去打搅他，一直到下飞机后才问他："这次去美国是不是很累？"

沈跃摇头，道："我是在强迫自己休息，陈迪的案子肯定会耗费我太多的精力。其实，在飞机上我很多时候都没有睡着，我在反复思考这个案子的细节问题。"

原来是这样。康如心问道："那么，你发现了什么问题没有？"

沈跃苦笑着说道："我又不是神仙，毕竟接触到的资料太少，更重要的是我还没有见到陈迪本人。"

康如心很是奇怪，问道："那你在思考什么呢？"

沈跃长长地呼出一口气，说道："我在分析'如果'。"

康如心不明白他的意思，用一双大大的眼睛看着他。沈跃补充说道："就是像警察那样提出各种假设。虽然那样的思考用处不大，但是我又阻止不了自己那样去思考。"

康如心顿时理解了他内心的痛苦与压力，挽着他的胳膊说："那就暂时别想了，我们回去后再说吧。"

沈跃点头，叹息着说道："乐乐肯定在我们家里……一会儿你先回去吧，我已经与龙警官约好了，我直接去他办公室。"

果然，康如心一进家门就看到了乐乐和曾英杰。乐乐见康如心的后面没有沈跃，着急地问："表哥呢？"

康如心回答道："他直接去龙叔叔的办公室了。"

曾英杰顿时明白了，对乐乐说道："我们回去吧，我们不能给表哥太大的压力。"

乐乐却依然在焦急着："可是……"

曾英杰轻轻拉了一下她的衣袖，低声责怪道："表哥一下飞机就直接去了刑警总队，你还要他怎么做？"

有时候龙华闽在沈跃面前会觉得有些不自在，甚至……虽然龙华闽非常不愿意承认，但他不得不在心里苦笑，因为这就是事实——他有点怕沈跃。当然，这仅仅是在他想要抽烟的时候。每当这个时候他都会气恼地对自己说道：我为什么要害怕那个家伙？！

此时就是这样。当沈跃进入办公室，皱着眉头看着还没有完全散去的那些烟雾的时候，龙华闽竟然马上就向他解释道："现在抽得少多了。"

沈跃倒是没有再说什么，直接就说道："我是从机场直接赶过来的。我们谈谈这个案子吧。"

龙华闽的手不知不觉地就伸向了办公桌上的那盒香烟，忽然就缩了回去，尴尬地朝沈跃笑了笑，说道："实话对你讲吧，我也亲自去了现场一趟，还和犯罪嫌疑人见了面，确实没有发现任何的疑点。"

沈跃瘫坐在沙发上将身体彻底放松，说道："龙警官，不是我不相信你们……陈迪和我是亲戚，从我的角度上讲，我不希望这起案件有丝毫的问题，否则的话我实在是无法面对我的母亲，还有……所以龙警官，请你一定要理解。"

从沈跃的坐姿上龙华闽感觉到了他的疲惫，也许不仅仅是身体上的。龙华闽点头道:"我完全理解,所以我们对这起案件也非常慎重。然而现在的问题是,毕竟你和陈迪是那样的关系,无论你是以什么样的身份去接触他都不适合啊。这个问题很头疼,我请示了厅领导,他们也感到很为难。"

沈跃也觉得有些头疼,龙华闽说的是事实,法律有回避制度,可是如果避开自己现在与警方的合作关系,那就更没有理由在这个时候去接触这个犯罪嫌疑人了。沈跃想了想,道:"那这样吧,现在我就去一趟县里面,你派个人与我同行。"

龙华闽明白沈跃的想法,道:"这样吧,我陪你去。"

这当然是最好的。沈跃并没有说任何感谢之类的话,因为不需要。他即刻站起身,说道:"我们现在就走吧。"

龙华闽惊讶地看着他:"你不先回家?"

沈跃叹息着说道:"回家去干什么?肯定清净不了。这样的事情,口头上任何的承诺都没用,不如直接去做。龙警官,说实话,我也只是想尽人事而已。"

龙华闽看着他:"其实,你的心里也觉得这起案件没什么问题?"

沈跃摇头,道:"不知道。总之就是要让这起案子不留下任何的漏洞,必须彻彻底底搞清楚里面的每一个环节,否则的话我会永远得不到心安的。"

一个人太过优秀,所承担的压力也就比普通人大很多,这样的压力首先是来自他的家人。龙华闽在心里感叹。

在去往县城的路上,龙华闽询问了沈跃这次去美国的情况,沈跃简要地讲述了一遍,特别谈到了他和朝冈太郎的事情。龙华闽听了后哈哈大笑,说道:"小沈,这件事情你干得漂亮,我听了后都觉得扬眉吐气!"

这一次龙华闽并没有事先给县公安局打电话,他和沈跃的忽然到来让县公安局局长猝不及防,沈跃早已在全省的公安系统内赫赫有名,县公安局局长激动得差点说不出话来。

龙华闽直接说道:"这次我是专门陪同沈博士来的,还是陈迪那个案子。"

沈跃道："实话说吧，陈迪是我亲戚，我只是想来把这个案子的细节搞清楚。"

龙华闽没来得及阻止，沈跃就已经把话全部讲出来了。龙华闽有些尴尬：这家伙，怎么这么单纯呢？幸好县公安局局长反应快，说道："应该的，应该的……"

这时候龙华闽才不得不补充了一句："我相信沈博士，他完全是出于想要把这个案件搞清楚的目的。好了，我们去会议室吧。对了，我们来这里的事情不要通知县里面的领导。"

县公安局局长姓田，这已经是他第 N 次向上级单位介绍案情了，整个情况讲述得非常流畅、详细，人证、物证都是一一齐备，包括犯罪嫌疑人的口供也一句没有落下。田局长将案情介绍完后，龙华闽问沈跃："沈博士，你还有什么需要问的吗？"

沈跃摇头，客气地道："我没有任何问题。我感觉得到，田局长他们在这个案子上确实做了大量的工作，人证物证都非常充分。不过我是心理学家，我所关注的并不是这些东西，而是陈迪为什么会忽然起杀心。一个平时安分守己，最多也就是喜欢赌博的人为什么对自己的同学如此残忍？这一切的根源究竟是什么？我想，如果搞清楚了这些问题，这个案件的真相也就全部清楚了。而且从这件案子本身来讲，这些问题也是要搞清楚的，你们说是不是？"

龙华闽在心里对沈跃说道：这才是有水平的话嘛。龙华闽点头道："我同意沈博士刚才的话，接下来县公安局要做的事情就是全力协助沈博士把这些问题搞清楚。"说着，他问沈跃："沈博士，接下来你准备做些什么？"

沈跃想了想，道："我想和受害人的家属谈谈，了解一些情况。"

从会议室出来，龙华闽低声提醒沈跃："有些事情你不用讲得那么清楚明白，你毕竟是陈迪的亲戚，这样的身份反而对你后面的调查不利。"

沈跃皱了皱眉，道："好吧。"

"这是沈博士，他想找你了解一些关于你丈夫的情况。"田局长对孔怀先的妻子吴琼说道。

眼前的这个女人模样非常普通，憔悴的脸和红肿的双眼在倾诉着她内心的痛苦。吴琼微微点头，声音轻轻的，还带着沙哑："你问吧。"

沈跃温言道："你现在的痛苦我完全能够理解，不过有些问题我们要搞清楚。你丈夫死得那么惨，总得搞清楚那其中究竟发生了什么事情是不是？"

吴琼点头，眼泪一颗颗滚落。待她的情绪稍微稳定些，沈跃才开始提问："孔怀先与陈迪之间发生过矛盾吗？你仔细想想，特别是某些很小的事情。"

吴琼想了好一会儿，回答道："以前没有。就是这次他借了钱，怀先那天给他打了几个电话，最后一次他直接就挂掉了，当时怀先很生气，我还数落了他几句。那天晚上怀先也没有对我说要去什么地方，谁知道……呜呜……"

孔怀先离开家的时候没有告诉妻子？沈跃愣了一下，不过很快就明白了：孔怀先是想先去把钱拿回来再说，因为他想用事实告诉妻子自己没有交错朋友。想到这里，沈跃的心情变得更加沉重。

又过了好一会儿，等吴琼的情绪终于平静了一些，沈跃才继续问道："也就是说，孔怀先和陈迪的关系一直很好。是这样的吧？"

吴琼说道："是的。在怀先的同学中，他们两个人的关系一直很近，我们两家人的情况差不多，他们两个人的性格也很相似，这么多年，他们经常在一起，有时候他们喝酒到半夜……我到现在都不知道他为什么那么心狠……呜呜……"

她一直没有提及陈迪的名字，这是痛恨，也是不解，是无法将曾经的印象转化成仇恨对象的正常反应。她没有撒谎。沈跃觉得这一切都非常正常，符合她所有的内心逻辑。沈跃又问道："那，你怎么看这件事情？"

这是一个残酷的问题，但是沈跃不得不问。吴琼哭泣着说道："我不知道，我真的不知道，也许他们是上一世的仇人。呜呜……"

她一直在哭泣，是发自内心痛苦的声音。沈跃毫不怀疑。而她的话充满着不解与恐惧，这一点也非常明确。这正是这起案件让人疑惑的地方——是啊，这一切都是因为什么？

沈跃没有再问吴琼其他的问题，他知道即使再问也毫无意义。不管人们是否认同，如今就是一个男权社会，妻子对丈夫的一切并不是都知道、都了解。至于理解，那就更难说了，她们已经习惯于把不问作为理解的方式，因为，在很多时候问了也毫无用处。

于是，沈跃离开了。离开之前，他朝眼前这个女人深深鞠了一躬。田局长诧异地看着沈跃。龙华闽的神情淡然，他猜测，也许沈跃刚才的鞠躬是替陈迪做的，也许不是。

从吴琼家里出来，龙华闽问沈跃："接下来做什么？"

沈跃忽然变得有些烦躁："龙警官，你回去吧，我留下就行。"

龙华闽似乎有些理解他了——这是一种带有疑惑的无力感。龙华闽拍了拍沈跃的肩膀，道："你的状态好像不大好，也许你需要休息一下。"

沈跃也感觉到自己内心的烦躁，他深呼吸了几次，想了想，说道："龙警官，我不是意气用事，这个案子比较特殊……谢谢你陪我来，接下来我想……"说到这里，他看着县公安局局长："你们都不要管我，有些问题我想一个人好好思考一下。"

龙华闽给了田局长一个眼神，道："好吧，你有什么事情随时给我打电话。"

田局长的内心非常震惊。龙华闽在全省公安系统是出了名的不近人情，想不到他在沈跃面前竟然变成完全不同的一个人。

龙华闽和田局长以及警车都离开了，沈跃在人们的目光中快速地离开了这条街道。他已经很多年没有来过这座小县城了，曾经熟悉的地方都变成全新的模样。茫然间穿过几条小巷之后，他发现自己竟然在这个小县城里迷路了。

不远处有一家面馆，沈跃正感到有些饥饿，进去后发现里面冷冷清清的，坐下后要了一碗素面，三两口就吃完了，味道非常不错，有小时候记忆中的那种美好。付钱的时候他随口问了一句："老板怎么看那起杀人分尸案？"

面馆老板说道："说起来我还认识陈迪，也认识孔怀先，他们两个人可是好朋友……咦？你是什么人？"

沈跃笑道："我也是他们的朋友，对这件事情我很不理解，所以就随便问问。"

面馆老板道："哦。是啊，确实让人不能理解。很多人都说陈迪是被魔鬼附体了。"

沈跃在心里苦笑。面馆老板认识陈迪和孔怀先并不奇怪，县城多大个地方？不过魔鬼附体的说法实在是太过迷信了。当然，普通人对自己不能理解的事情也就只能这样去解释。

从这条小巷穿出去后，沈跃忽然记起前面的街道来。先前行走的方向是对的，大姨家应该就住在这附近不远。

姨父以前是汽车公司的司机，他们家住的是单位的楼房。眼前这里就是。

陈迪一直和他父母住在一起。他高中毕业后找了份工作，后来下岗才开了那家小超市。乐乐和曾英杰结婚后不久，陈迪去过一次省城，还在沈跃家里吃了顿饭。陈迪与沈跃几乎同龄，也许是因为学历差距太大的缘故，陈迪在沈跃面前有些寡言。

沈跃仔细回忆着当时对陈迪的印象，他实在无法将陈迪与这起凶杀案的凶手联系在一起。也许是先入为主，沈跃对自己说。是的，沈跃并不怀疑陈迪就是这起凶杀案的凶手，但是他不明白陈迪为什么要那样做。从陈迪的口供中看得出来，其实就连陈迪本人在事后都不明白自己当时为什么会忽然升腾起那样的杀心。这就是问题所在了。

大姨家住在三楼，来开门的是大姨父，他都有些不认识沈跃了："你是……"

沈跃将刚才在外面买的两瓶酒和一条烟朝他递了过去："姨父，我是沈跃啊。"

大姨父顿时惊喜，热情地将沈跃迎了进去。刚才，就是大姨父打开门的那一瞬，沈跃一下子就感受到了屋子里面沉闷得让人窒息的气息，而随着刚才姨父热情的声音，屋子里面的空气骤然间变得有些生动起来。大姨出来了，还有陈迪的妻子，她们的眼睛都是红肿、无光的。这起案件摧毁了两个家庭。

大姨家还是沈跃记忆中多年前的样子，陈旧的家具和电器，处处给人昏暗零乱的感觉。他们家的条件不大好，陈迪开超市几乎花光了这个家庭大部分的积蓄，而且后来乐乐结婚前又买了房。空气中的压抑让沈跃有一种喘不过气的感觉，他说道："我是为陈迪的案子来的，刚刚才和县公安局的人一起去了孔怀先家里一趟。"

大姨一下子就哭泣了起来："我，我怎么也不相信人是他杀的……呜呜！怎么会这样呢？"

姨父和陈迪的妻子都紧闭着嘴唇，空气中飘荡着大姨悲切的哭泣声，沈跃也觉得心里难受，问道："事发前陈迪回过家吗？"

姨父摇头，对陈迪的妻子说道："你跟沈跃说说吧，那天你在超市里。"

陈迪的妻子叫汪海英，她红着一双眼睛说道："那天天要黑的时候他对我说：你回去吧，晚上我在这里守着就是。我也没多想，就回家了。"

沈跃觉得有些奇怪："听说他那段时间晚上都在外面赌博，你就不担心他又去打牌？"

汪海英摇头道："在出事之前我们都不知道他在外面赌博的事情啊。他是男人，经常和外面的人一起喝酒，有时候也打麻将，我们都不知道他输钱的事情，以前也就没有管他。"

如今这个社会，很多男人还是太自由了，沈跃在心里如此想道。他又问道："那天你离开之前呢，你发现他有什么异常没有？"

汪海英想了想，摇头道："那天他出去了几趟，后来出事后我才知道他可能是出去借钱。我没有发现他有什么异常，那天有几个顾客来买东西，他还和那几个人开玩笑来着。"

看来陈迪将他输钱的事情对家人隐瞒得很好，不过也因此在内心承受着巨大的压力。沈跃继续问道:"除了孔怀先,陈迪还和哪些人的关系比较好?"

汪海英道:"好像就他们俩关系最好。他们两个人都没有考上大学,和别的同学几乎没有来往。"

沈跃皱眉道:"好像不是这样吧?据说他是在一次同学聚会上喜欢上打麻将的,那么,他平时都和哪些人打麻将呢?"

汪海英有些急了,道:"我真的不知道,我从来都没有管过他这些事情。"

她没有说谎。沈跃又问道:"平时陈迪在家里脾气怎么样?有没有忽然就发脾气,或者是打人的情况?"

这时候姨父说道:"没有,他脾气好得很。就是出事前两天他打过孩子一次,我还骂了他。"

沈跃看着姨父:"哦?当时他为什么打孩子?"

姨父道:"当时好像孩子说要买什么东西,陈迪不同意,孩子就和他吵闹,结果他就给了孩子一巴掌。"

嗯,这是发泄,内心压力的发泄。沈跃站了起来:"事情已经发生了,你们也不要想得太多。唉!我尽量吧,尽量把情况搞清楚。你们都要注意身体。"

大姨一下子就拉住了沈跃的手:"你怎么就这样走了?在家里吃饭吧。"

沈跃摇头道:"我还有很多事情要去做,你们别管我。等这件事情了结后我再来你们家里做客吧。"

从大姨家里出来,沈跃的心依然是沉重、难受的,刚才他都找不到合适的语言去安慰他们,在孔怀先的妻子面前也是如此。以前他不觉得,而当这样的案子发生在自己亲戚家时才发现,任何宽慰的话都是那么苍白无力。

龙华闽还在。沈跃走进田局长办公室的时候,龙华闽正在抽烟,沈跃仿佛没有注意到似的,直接就说道:"我想见见那几个经常和陈迪一起打麻将的人。"

龙华闽关心地问道："你太累了，是不是先休息一下？田局长准备了晚餐，我们一起喝几杯，有些事情明天再说可以吗？"

沈跃看了看时间，道："我还是先见见那几个人再说吧，时间来得及。田局长，你派个人带着我去就行，你就在这里陪着龙警官说说话，我一会儿就回来。"

龙华闽站了起来，道："还是我陪着你去吧。田局长，我们一起，难得有这种学习的机会呢。"

沈跃笑了笑没有反对。

据县公安局刑警队队长讲，陈迪在那次同学聚会后就开始沉迷麻将，最开始是和几个同学玩，后来就慢慢加入到了其他人的牌局。在出事前那段时间，和陈迪一起打牌的主要是一个叫冷庆的人，打牌的地方就在冷庆家里。

冷庆是县城中学的后勤人员，几年前离婚后就一直一个人住。见公安局的人又找上门来，冷庆不住叫屈："我现在工作也没有了，还被你们罚了款，不就是打个麻将吗，还有完没完？"

田局长怒道："问你问题你就好好回答，说那么多干什么?! 这可是凶杀案，事情就是通过你们赌博引起的，你还以为是小事？"

冷庆被吓得一哆嗦，道："你们问就是，我说实话还不行？"

田局长盯着他："你的意思是说，前几次你都没有说实话？"

冷庆急忙道："我哪敢不说实话呢？都是实话，都是的啊……"

这就是一闲人，不想好好工作也不想好好过日子，不过并不是纯粹混社会的那种人。沈跃见冷庆被吓得够呛，心里暗暗觉得好笑，问道："陈迪欠你们谁的钱？"

冷庆道："欠我的，不多，就几千块。"

沈跃又问道："也就是说，出事那天晚上的那个电话就是你打给他的？为什么不打他手机？"

冷庆又被吓了一跳，急忙道："他手机没电了，我知道他超市的电话。谁知道那天晚上他要杀人呢？当时我们打牌差个人，他又欠我钱，我就给他打了个电话。"

沈跃点头，又问道："他以前欠你们钱吗？"

冷庆道："欠啊，不过第二天就还了。"

沈跃："他从来没赢过？"

冷庆："很少赢，他打牌的技术不行，还经常出错。不过偶尔手气非常好，有一天晚上他赢了六千多。"

沈跃："是你们故意让他赢的吧？"

冷庆不说话。沈跃冷冷地看着他："如果他一直输，可能就不会来了，你们偶尔让他多赢一点，这样就吊住了他的胃口。是这样吧？"

冷庆在流汗。沈跃不再问他这件事情："出事的前一天晚上他也在这里打牌吗？"

冷庆摇头，道："就是因为他两天都没有来了，我才给他打了那个电话。"

沈跃的眼神亮了一下，问道："那你知道他前一天晚上去了什么地方吗？"

冷庆道："前一天晚上我也给他打过电话的，不过他说没空。啊，我想起来了，我说呢，这些天我就是觉得不大对劲，一直没有想起来。那天晚上我给他打电话的时候好像听到里面有麻将声。是好像，当时我没有注意，就刚才我忽然想起来了。"

沈跃神色一动，即刻问道："除了和你们打牌，他还去别的什么地方？"

冷庆道："我不知道啊。"

沈跃看着他："你好好想想，他最可能去别的什么地方？"

冷庆开始想，一会儿后忽然说道："我想起来了，有一次和我们一起打牌的李成业说有个地方打牌打得很大，一次输赢好几万，难道那句话被陈迪听进去了？我说呢，那天晚上李成业也没来。"

沈跃即刻道："你马上给李成业打电话问问。"

电话打通了，冷庆问道："成业，陈迪出事前是不是问过你那家打大牌的地方？"

李成业道："是啊，我带他去的。"

沈跃将电话拿了过来："你好，我是陈迪的表哥，你说的是不是陈迪出事的前一天晚上？"

李成业回答道："是的。"

沈跃问道："那天晚上他输了多少？"

李成业回答道："他带了一万多块，全部输掉了。"

沈跃又问道："然后呢？"

李成业道："输完了他就离开了啊，对了，那天晚上他找我借了五百块钱，你帮他还我？"

沈跃挂断了电话，漫步走到窗户处朝外面看了好一会儿，忽然转身对龙华闽说道："我必须见陈迪。"

刚才这些情况是警方以前没有留意到的，这个新情况的发现或许会让案情发生某些变化。龙华闽点了点头，道："我请示一下厅领导。"

"可以让他见，不过你和当地公安局的同志都要在场。"厅长如此回复龙华闽道，"沈博士在美国的事情你已经知道了是吧？国内都报道了，他很了不起。像这样的事情我们应该通融一些，我让你和当地公安局的同志在场也是为了保护他，以免今后有人说闲话。"

沈跃终于见到了陈迪。

短短数天的时间，陈迪消瘦得脱了形，眼神空洞得像一具行尸走肉。沈跃进去的时候，陈迪茫然地看了他一眼，过了好一会儿才反应过来他是谁："沈……表哥？"

沈跃朝他点了点头，他尽量让自己的目光柔和一些，说道："陈迪，现在我代表警方问你几个问题，你要如实回答。"

陈迪茫然地看了他一眼，忽然想起沈跃的身份，点头道："是。我如实回答。"

沈跃开始提问："孔怀先确实是你杀害的，这你不否认吧？"

陈迪的脸色一下子苍白了："是我。我对不起他，对不起他的家人。"

"你在动杀机的那一瞬，脑子里出现过什么声音，或者别的什么没有？"

"声音？没，没有。当时就觉得脑子里嗡地一下，然后什么也没想就下手了。"

"前一天晚上你去另外一个地方赌博了？输光了身上的一万多块钱？"

"是的。"

"你本来是想去那里多赢点钱，然后将孔怀先的钱还了。是这样的吗？"

"是的。我本来是想赢钱后马上就还孔怀先的，他孩子要交赞助费。可是……"

"你输光了身上的钱后找李成业借了五百块，你拿那五百块去干什么了？"

"喝酒。"

"你一个人去喝了酒？"

"是的。"

"然后呢？"

"喝醉了，后来什么都不记得了，记不得怎么回家的，现在都还记不起来。"

"等等。你记不起来的究竟是什么？"

"我只记得喝醉了，记得结了账，从小酒馆出来后的事情都记不得了，现在也想不起来，第二天醒来后就在家里的床上了。"

"你在小酒馆里喝酒的时候还有别的人吗？"

"开始的时候有两个人在不远的地方喝酒，后来就剩下我一个人了。"

"那两个人在喝酒的时候都说了些什么，你还记得吗？"

"他们好像在说孩子的事情，我也没特别注意。"

沈跃的提问到此为止，从里面出来后，他对龙华闽说道："我想催眠他。"

龙华闽惊讶地问道："为什么？"

沈跃解释道："饮酒过度会造成一部分的记忆丧失，有人把这个过程称为'断片'，那其实是酒精对记忆功能的抑制作用。我想知道他在酒后失忆的过程中究竟发生了什么。"

龙华闽问道："你怀疑他在失忆的那段时间被人催眠了？"

沈跃摇头道："现在我们什么都不知道，但必须排除各种可能。"

龙华闽沉吟着说道："你可以催眠他，但我和田局长必须在场，而且要全程录像。"

沈跃点头，道："当然。"

田局长是第一次如此近距离地看到一个人被催眠，有些怀疑沈跃是在变魔术。沈跃俯身去掰开陈迪的眼皮，看了看后伸直了身体，问道："陈迪，你告诉我，那天晚上你从小酒馆出来后又去了哪里？"

陈迪："我没去哪里啊，就直接回家了。"

沈跃："走路还是坐车回去的？"

陈迪："走路。"

沈跃："因为心情不好？"

陈迪："是啊，钱都输光了，又不敢对家里的人讲。"

沈跃："在回去的路上碰到什么人没有？"

陈迪："喝醉了，也不想去理别人，好像也没有人给我打招呼。"

沈跃："就那样直接走回家了？"

陈迪："……中途的时候看了会儿别人吵架。"

沈跃："吵架？在什么地方？"

陈迪："粮食局楼下。看了会儿我就走了。"

…………

"案子没问题。"沈跃内心沉重地对龙华闽和田局长说道。

龙华闽和田局长亲历了沈跃询问和催眠陈迪的整个过程，虽然沈跃的调查使得这起杀人案从起因到过程更加清晰，陈迪杀人的事实却是不可辩驳的。龙华闽拍了拍沈跃的肩膀，安慰道："该做的你都已经做了，我们都面对现实吧。"

沈跃点头，道："龙警官，谢谢你陪我来一趟。不过我暂时还不想离开，我想留下来继续研究这个案子。对了，我还想把如心叫来一起研究，希望你能够准假。"

龙华闽诧异地问道："案情不是已经非常清楚了吗？你还研究什么？"

沈跃摇头道："案情是清楚了，不过这起案件很有趣。陈迪杀人只是表象，我想知道究竟是一种什么样的能量使一个不可能犯罪的人犯下了如此滔天大罪的。我还有一个感觉，陈迪那天喝醉后遇到的那次吵架很可能在这起案件中起到了很大的作用。"

龙华闽不解地道："吵架？他不是在无意中遇到的吗？"

沈跃道："这一点就目前而言我只是猜测。有时候环境、别人无意间的一句话也可能会对一个人产生心理暗示。所以，我觉得这起案子很有趣，而且无论是从这起案子本身还是从社会意义的角度看，我都觉得有必要进一步调查下去。当然，这并不能改变陈迪的犯罪事实。"

如今的龙华闽已经比较了解沈跃，知道这个家伙有时候的怪癖，不过他还是继续劝道："你刚刚从美国回来，太累了。现在案情也完全清楚了，你继续留在这里不大好，无论是社会舆论还是受害人家属的心情都会因此受到影响。我建议你还是先和我一起回去，过段时间再来为好。你觉得呢？"

沈跃想了想，觉得他说得很对，叹息着说道："好吧。我们回去。"

04 蝴蝶效应

"一定不是这样的！我哥他肯定是被冤枉的！表哥，这次你肯定错了！"陈乐乐朝着沈跃大喊大叫。

沈跃能够理解她的心情，他是乐乐最后的希望，结果自己带回来的消息却让她彻底失望了。沈跃叹息了一声，说道："乐乐，你要面对现实。陈迪的大错已经铸成，现在任何人都无法挽回。"

乐乐不住掉泪，"嘤嘤"地哭着。沈跃朝曾英杰递了个眼神："你出来一下。"

两个人到了外边，沈跃对曾英杰说道："我知道乐乐和她哥哥的感情，这件事情只能由你去做她的思想工作。"

曾英杰问道："你真的没有发现任何的疑点吗？"

沈跃道："我知道，这件案子最让人无法理解的就是陈迪为什么会骤然产生那么强烈的杀机，以及紧接着残忍地分尸，甚至……不过，如果单纯从心理学的角度去分析的话，其实也是能够找到他整个行为动机的心理逻辑的。陈迪沉迷于赌博后就一直输钱，因为要维持小超市的运转，所以他才找孔怀先借了钱，结果那笔钱他始终都还不上。陈迪的家庭条件本来就不怎么好，他虽然喜欢赌博，却依然有着最起码的底线，那就是不想让家人再替他操心。在这样的情况下，陈迪的内心就产生了一定的压力。后来，孔怀先因为孩子需要交赞助费，于是就催着陈迪还钱，其实陈迪并不想赖账，可是他确实一下子拿不出那么多钱来，而且他还要继续维持小超市的运转，在面对经济上的困难和很可能失去孔怀先友情的情况下，他内心的压力也就因此而升级。在那样的情况下，陈迪试图孤注一掷，于是去参与了赌资更大的赌局，可不承想这一次输得更惨，他内心的压力也就因此而达到了极致。当他面对孔怀先的时候，心里依然是抱着一种侥幸的，那就是希望孔怀先能够宽限他一段时间。然而就在那个时候电话响了，而且是一个和他一起赌博的人打来的电话，在电话里那个人找他催还欠账，就在那一刻，陈迪的内心充满着极度的后悔，他后悔当初不该迷恋上赌博，后悔控制不了自己输掉了那么多的钱，后悔自己最后的那一搏……总之，那一刻他的内心是复杂的，而且内心已经到了崩溃的边缘，而就在那个时候，孔怀先对他的怒骂……不，孔怀先对他是责怪，是恨铁不成钢的愤怒，而正是孔怀先的这种愤怒一下子让陈迪内心的那只魔鬼冲破了牢笼，那一瞬，陈迪成了野兽，成了魔鬼，惨剧也就因此而发生。无论是他杀害孔怀先还是后来的分尸等，都是兽性的彻底展现，他失去了自己，失去了最起码的人性，还有最基本的智商。一个人在那种情况下的内心是他人根本就无法理解和想象的，如果将当时的他想象成一头野兽的话，或许就能够理解了。是的，在那一刻，他的兽性彻底显露了出来，完全丧失了人性，没有一丁点的罪恶感，而且试图以那样的方式逃脱法律的制裁，妄想着自己的兽行永远都不会被人发现……"

沈跃的话让曾英杰感到不寒而栗。沈跃的声音冰冷得像此时这寒冬的空气，他仿佛是在分析一个与他毫无关系的人。这就是沈跃，这一刻他就是一个心理学家。曾英杰听到沈跃继续说道："当然，让陈迪产生杀机的因素中，也许还有我们目前并不知道的细节，接下来我还会进一步去调查和分析。"

曾英杰忽然觉得沈跃即将要去做的事情有些残忍，他问道："既然陈迪的犯罪事实已经不容置疑，你进一步去调查和分析这个案子有意义吗？"

沈跃道："乐乐不是不能理解她哥哥为什么会变成那样的一个人吗？甚至，我相信陈迪本人也对自己当时的行为感到不解，既然如此，那我就应该将这个案子的一切搞得清清楚楚、明明白白。"

康如心倒是理解沈跃的想法，与此同时她也对这个案子很感兴趣："嗯，说不定我们真的能够通过这个案子了解到更多的东西。"

沈跃很是欣慰，说道："其实案件的分析要比破案的过程有意义得多，通过对案件的分析，不但可以为今后其他案件的破案提供方向，还可以因此让更多的人防微杜渐。如心，这项工作很有意义，你得尽力承担起来才是。"

康如心笑着问道："这就是你所说的社会意义，是吧？"

沈跃点头道："是的。可惜现在很多人都不明白这个道理，这个社会太浮躁、太现实了，有些人为了追求纯粹的破案率却忽视了作为警察这个职业最重要的东西，那就是防止犯罪。天下无贼……那不是一句空话，而是一种至高的理想啊，我们都应该朝着那个方向去努力，能够做多少就尽量做多少不是吗？"

康如心最喜欢沈跃的恰恰就是这种理想主义，这正是许多人所缺失的东西。

沈跃一进办公室就把徒弟侯小君叫来，问道："最近有什么特别的事情没有？"

如今侯小君被沈跃任命了另外一个特别的职务：办公室主任。这也算是中国特色吧，毕竟心理研究所的一大摊子事情需要有一个人具体去管，而侯小君的细心和敏锐正好适合这个职务。侯小君回答道："其他的倒是没有什么事情。你离开的这段时间一切工作都非常有序，除了完成了之前接手的几起保险诈骗案的调查和广告策划之外，还配合警方对几个犯罪嫌疑人进行了测谎……"

不待她继续说下去，沈跃直接说道："说重点吧。"

侯小君的脸红了一下，道："昨天有好几家媒体说要来采访你，我不知道你已经回来了，也就没有与你联系。"

沈跃皱眉道："我不接受任何采访，你就这样回答他们。"

话音刚落，就听到一个熟悉的声音从外面飘了进来："如果是我想要采访你呢？"

是龙真真。她的声音和身影几乎是同时飘了进来，那张漂亮妖媚的脸顿时让沈跃眼前一亮，同时也感到有些惊讶。当初龙真真去北京参加了全国的主持人大赛，获得了一个不错的名次，随后就被央视借调去主持一个小栏目。沈跃诧异地问道："距离春节还有一段时间，你怎么回来了？"

龙真真笑着回答道："我已经被正式调入央视了，不过还是有两个月的实习期。你在美国的事情被媒体报道后我们台长对你的事情很感兴趣，这不，我就被派回来采访你了。沈哥，我转正就靠你啦。"

康如心也听到了龙真真的声音，跑过来和她好一阵亲热。沈跃苦笑着说道："我真的不想接受任何采访，真真，你别为难我。"

龙真真瞪大双眼，不解地问道："为什么？"

沈跃不想说出自己的真实想法："不为什么，就是不想太过惹人注目，我们毕竟要协助警方做很多事情，曝光率太高的话肯定会影响到我们今后的工作。"

龙真真一下子就笑了，说道："你说的是假话。我知道你担心的是什么，不就是担心对你的过度报道会激怒朝冈太郎吗？他都已经是你的手下败将了，你还担心这个干吗？"

沈跃被她说中了心事，叹息着说道："我不是怕他，而是不想因此再生事端，其实心理学家之间的争斗也是一种内耗，而且很容易造成对方的过激行为，最终受到伤害的其实都是普通民众，我不希望那样的情况发生。"

龙真真笑道："那我们不谈朝冈太郎的事情就是，就对你进行一次专访。我们国家的心理学发展缓慢，你靠着自己的成就才被邀请去参加了这次的世界级别的心理学学术会议并做主题发言。我想，这样的报道无论是对国内心理学的发展还是对激发更多的人关注、热爱这门学科都是有着很大作用的。你觉得呢？"

她的口才非常好，竟然让沈跃再也找不到拒绝的理由，他想了想："好吧。"

不过让沈跃没有料到的是，这次龙真真对沈跃专访的播出，引来了更多媒体的关注，每天都会有数家电视台和报社及网站的记者前来请求采访报道，让沈跃不胜其烦，头疼不已。沈跃给龙华闽打了个招呼，带着康如心离开了省城，以继续调查陈迪的案件为由躲了起来。

其实沈跃是真的对这起案件感兴趣，如今已经过去了一段时间，沈跃觉得正好是继续调查的时候。到了县城后，沈跃并没有马上去大姨家拜访，他不想再去触动他们内心的伤痛。像这样的凶杀案件，犯罪嫌疑人的家人受到的伤害从某种角度上讲比受害人的家人更甚，因为他们还要承担社会舆论的巨大压力。

唯有时间的流逝才可以使得受害者及犯罪嫌疑人家庭的伤痛得以慢慢平复，所以，犯罪本身就是一场灾难，无论是对受害者还是犯罪嫌疑人家庭，乃至整个社会来讲都是如此。

沈跃也没有与当地警方联系。这起案件已经是证据确凿，而且犯罪嫌疑人也对其所有的犯罪过程供认不讳，从常规意义上讲，可以说是已经完美结案了，所以，沈跃不想因为自己的继续调查引起当地警方的疑虑。

根据上次催眠陈迪后得到的信息，沈跃和康如心很快就找到了那天晚上吵架的两个人，那是一对夫妻，而且两人前不久刚刚离婚。两人离婚的原因很简单，是因为丈夫酒后嫖妓被警方拘留。

原来是这样。也许是陈迪在无意中看到了那次的吵架，于是就在内心深处产生了对失去婚姻和家庭的恐惧。对，这也是一种心理暗示。当然，这样的结果对这起案件而言毫无意义。

康如心顿时兴趣索然，问沈跃道："那，我们的调查也就到此为止了？"

沈跃一想到回去之后会被那些记者围住，心里就厌烦得慌，说道："既然来了，那就多玩两天再回去吧。有时候我会想，任何一件事情出现在我们面前总是有原因的。嗯，是的，无论是小到我们个人，还是大到一个国家，其命运仿佛都是在某种力量的操控之下，谁也无法把握，谁也不能控制。"

康如心笑道："你这是迷信。"

沈跃摇头说道："这不是迷信，这种现象被称为混沌理论。"说到这里，沈跃的心里猛然一动，一种强烈的冲动瞬间涌上心头，他即刻对康如心说道："走，我们去找那个男人谈谈。"

眼前的这个人叫靳天，三十来岁，瘦瘦的，皮肤白净，目光游离。当康如心朝他出示警官证的那一瞬，沈跃从他的眼神中发现了一丝惊慌。沈跃温和地道："你别害怕，我们只是想问你几个问题。"

靳天似乎暗暗松了一口气，不过内心的忐忑依然表现在脸上。沈跃问道："你和你妻子离婚就是因为你嫖娼吗？"

靳天一下子就激动了起来："那天真是倒霉催的，就因为喝了次酒，谁知道竟然惹出这样的事情来。"

沈跃很感兴趣的样子："哦？你说说，究竟是什么情况？"

靳天道："那天晚上我一个人在外边喝酒，结果碰上了几个熟人，大家就在一起继续喝，吃完了饭他们说去打牌，于是我们就去宾馆开了个房间，后来一直打牌到凌晨两点多，其他人都赢了钱各自回家了，就剩下我一个人觉得很不爽。这时宾馆电话响了起来，我听到电话里一个十分好听的声音在问：先生，请问需要服务吗？我一下子就热血沸腾起来。谁知道那天警察会来查房呢？结果就被罚了五千块，还被拘留了十五天。从里面出来后我就接到了单位的解除合同通知，原因是无故旷工长达半个月。老婆也不原谅我，和我吵架后就离婚了。真是倒霉催的，要早知道的话那天晚上我就不去喝酒了。"

沈跃的眼睛亮了一下，问道："当时你为什么要去喝酒？"

靳天不回答。沈跃冷冷地道："你刚才明明撒了谎，只不过我没有揭穿你罢了。你们去宾馆并不是打牌，而是聚众吸毒，你骗过了警察可骗不过我。"

靳天在惊骇之下急忙说道："我说，我都说。那天我去找我舅舅借钱，以前他一直对我挺好的，可是那一次他一见到我就朝我发脾气，直接把我从他家里给轰了出来。我心情不好就独自一个人去喝酒了。"

沈跃问道："你身上不是有钱吗？去找他借钱干吗？"

靳天道："就那几千块了啊，眼看就没了……"

沈跃看着他："你老婆和你舅舅知不知道你吸毒的事情？"

靳天猛地摇头："不知道，他们都不知道，我也是刚刚沾染上那东西不久，谁知道从此就甩不掉了呢？"

沈跃拍了拍靳天的肩膀，温言对他说道："别再抱怨过去的事情了，自己主动去公安局投案自首吧，去告诉警察你是从什么地方搞到毒品的。趁你刚刚吸毒不久，尽快戒掉，不然的话你这辈子就真的完了。"

靳天的身体战栗了一下，道："好，我听你的。"

"你怎么知道他吸毒？"离开靳天后，康如心问沈跃。沈跃微微一笑，回答道："他在说到他们去宾馆打牌的时候我发现他在撒谎，你说几个男人去宾馆除了赌博之外最可能会干什么？聊天？喝酒的时候可能把该说的话都说完了吧。同性恋？几个人在一起玩的可能性不大吧？"

康如心不住地笑，说道："那你刚才从这个人身上得到什么有价值的线索了吗？"

沈跃的神色瞬间变得异样起来，说道："我们现在就去找靳天的那个舅舅，如果我的猜测没错的话，说不定接下来我们还会发现一些更有趣的事情。"

刚才康如心只是随便问了他一句，靳天的事情与陈迪的案子毫无关系，而且似乎并不值得像沈跃这样的人继续调查下去，可是眼前的他却忽然变得兴趣盎然起来，这让康如心感到十分不解，她问道："你去找那个人干吗？"

沈跃笑道："我们找到那个人后我再跟你解释，现在我需要证实一些事情，如果真的是那样的话，这件事情就太有趣了，以前我只是从理论上了解过心理学里面的这种现象，还从来没有认真去分析、了解过。"

沈跃的话让康如心更加好奇，不过她并没有继续问下去，她知道，到时候沈跃一定会告诉她一切的。

靳天的舅舅名叫严三思，是县文管所的所长，五十来岁的年纪，看上去很有书卷气。沈跃没有让康如心拿出警官证，毕竟有些事情还处于未确定状态，他直接对严三思说道："我们来是想问你一些关于靳天的事情，希望你能够告诉我们关于他的真实情况。"

严三思急忙问道："他又怎么了？"

沈跃看着他："靳天吸毒的事情你知道吗？"

严三思的脸色一下子就变了，大声道："吸毒？这怎么可能？"

看来他是真的不知道。沈跃在心里叹息，问道："你是靳天的舅舅，也许靳天的母亲去世得早，所以你一直把他当成自己的孩子一样看待是吧？"

严三思点头，长长地叹息了一声后说道："是啊，我的父母去世早，我也就这一个妹妹，她走后留下了这个孩子，我是看着他长大的，他读书、结婚都是我一手操办的，这孩子……他怎么会吸毒呢？这可怎么得了？"

沈跃安慰他道："他已经答应我了，马上去自首、戒毒，不过这件事情还需要你督促他才行。严所长，我想问你另外一个问题：靳天被拘留前曾经来找你借钱，你为什么忽然朝他发脾气还将他轰出了家门呢？据说你一直对他很不错的啊。"

严三思的脸色变了一下，不过很快就恢复了平静："那天我的心情不好，单位里一些乱七八糟的事情实在是让人心烦。我前不久才给了他一些钱，想不到他那么快就花完了，再加上我心情不好……现在想来当时真是不该，这下好了，他工作也没有了，还离了婚。唉！"

他在撒谎。沈跃微微一笑，问道："文管所这样的单位应该很清闲吧？哪来那么多乱七八糟的事情？"

严三思苦笑着说道："任何单位都一样，有句话不是这样说吗——有人的地方就有江湖。咦？你不是找我问靳天的事情吗？刚才我可是都告诉你了啊。"

沈跃淡淡一笑，说道："靳天的事情已经问完了，不过我发现你刚才有些话是在撒谎。当然了，如果你撒谎的原因并不涉及犯罪的话……严所长，你在害怕什么？"

严三思的脸色瞬间变得慌张起来，急忙道："我害怕？我有什么害怕的？"

沈跃盯着他，缓缓地说道："严所长，如果你撒谎的原因并不涉及犯罪的话，我们当然会马上离开，可是你刚才的表情已经告诉了我，你在那天忽然朝靳天发脾气的原因上不但撒了谎，而且很可能涉及一起罪案。严所长，请你告诉我，你究竟遇到了什么事情，以致在你最疼爱的外甥面前也控制不住自己的情绪？"

严三思一下子就瘫软在了椅子里，不过他依然不愿意说出真相："没什么事情，你别恐吓我……"

沈跃冷冷一笑，依然盯着他，说道："恐吓？你的这个词用得好像不对吧？严所长，虽然我不是警察，但我旁边的这个人是。有些事情你是瞒不住的，有什么事情就直接讲出来吧，难道非得换一个地方才可以？"

严三思过了好一会儿之后才终于叹息着说道："好吧，我可以告诉你们。情况是这样的，保存在我们这里的一件重要文物丢失了，就在靳天来找我的那天下午，大白天的，存放在保险柜里的那件东西竟然毫无缘由地不翼而飞了。"

沈跃拿出电话直接打给田局长："你好，我是沈跃，我在你们县的文管所，请你派人来一趟吧。"挂断电话后，他看着严三思，淡淡地道："你把我们当成傻瓜了。

出了这么大的事情你居然不报警，这说明了什么？"

严三思顿时面如土色，全身筛糠似的战栗了起来。

沈跃在无意中揭开了一起大案的盖子，这让龙华闽很是惊喜，同时也感到疑惑，他问沈跃："你怎么想到要去找严三思？难道真的只是一种偶然？"

沈跃笑着看了康如心一眼，问她和龙华闽："你们知道蝴蝶效应吗？"

康如心惊讶地道："亚马孙雨林中一只蝴蝶翅膀偶尔的振动，也许两周后就会引起美国得克萨斯州的一场龙卷风。这和严三思的案子又有什么关系？"

龙华闽也完全不解，道："是啊。"

沈跃解释道："蝴蝶效应其实就是一种混沌状态，而混沌状态的最大特征就是不可控。前不久在去美国的飞机上，我忽然回忆起自己的人生经历，感觉到一个人的命运是如此莫测与奇妙。填报高考志愿的时候，因为父亲的安排，我进入医学院校；一个梦让我初次接触到心理学；被教授中医学的老师在无意中拉上讲台做示教以及一位寝室同学的逃课让我感受到了心理学的神秘；中美院校之间的硕士生交换项目让我踏上了去往美国的求学之路；好奇使得我无数次去观察医院外边那些所谓算命大师的行骗过程，由此激发出了我在细节观察方面的天赋，也因此而顺利地通过了威尔逊先生的测试；我认识了安娜，我们有了孩子；我的职业病让我失去了她们；我职业的敏感让她们死于非命；于是我回国，认识了你们，特别是如心，她因此成了我的爱人，我幸福的人生再次开始……这一切的一切，如果仔细去回忆、去分析的话，就会让人真切地感觉到仿佛有一股无形的力量在左右着自己的命运。我一度相信这是上帝的意志，或者正如佛教所说：此乃众生愿力所为，这是机缘巧合。可是在经历了陈迪的案子之后，我忽然明白，这就是蝴蝶效应，只不过现在我是在反过来追寻陈迪案件发生的起因而已。"

龙华闽顿时明白了，笑着说道："这确实很有意思。"

沈跃继续说道："有一首西方民谣这样说道：丢失一颗钉子，坏了一只蹄铁；坏了一只蹄铁，折了一匹战马；折了一匹战马，伤了一位骑士；伤了一位骑士，输了一场战斗；输了一场战斗，亡了一个帝国。这说的其实就是蝴蝶效应，从心理学的角度来讲，其实就是一个士兵的心理受到影响，结果这种心理逐步朝着坏的方向扩散，最终左右到了一个帝国存亡的过程。个体心理与群体心理是相互紧密联系的，个体与个体之间的心理也是可能相互感染的，而一旦这种心理感染的能量聚集到一定程度之后，谁也无法预料它最终的走向与结果是什么。"

龙华闽问道："也就是说，陈迪杀人案其实就是这种能量集聚的结果？"

沈跃摇头道："不知道，也许这起案件只不过是这种能量集聚过程中的一环，也可能到此就结束了。既然是蝴蝶效应，那就意味着不可知、不可控。谁知道呢？"

康如心顿时打了个寒噤："这也太可怕了吧？"

沈跃笑道："也许是我过于夸大了蝴蝶效应的能量。不过从某种意义上来讲，陈迪杀人案所造成的效应确实并没有结束，比如这起案子对这两个家庭所有成员未来以及对整个社会的影响。"说到这里，他叹息了一声："在这样的情况下，心理救助就显得尤为重要，可是，目前我们国家心理学的发展状况还远远跟不上啊。"

沈跃对心理学确实有着非同一般的特殊情怀，而且他正在不断努力着。龙华闽发现自己的内心又一次被触动，感叹道："心理学实在是太神奇了，如果不是你的话，严三思的这个案子说不定永远都不会被暴露出来。"

沈跃道："所以，我还会继续调查下去。这个案子实在是太有趣了，或许它会成为一个非常经典的案例。"

05 赝品

严三思涉嫌的案件非常重大，而且这起案件竟然始于十年之前。

十年前，当地的一次考古发现挖掘出了大量有价值的文物。那是一座西汉古墓，其中属于国家一级文物的东西有不少，登记那些文物时省里一位身份极具分量的人物找到了严三思，给了他二十万元，然后留下了一件具有代表性意义的文物，而留在文管所的自然就是赝品了。那是一次私下的交易。当时的严三思为了那二十万元，以及上面承诺了的关于他未来的发展前途答应了此事，可是那位上级不久就调离了本省。从此严三思一直心怀鬼胎，心惊胆战，早已放弃了上面曾经承诺了的前途。整整十年，他的职务没有任何变化，他早已没有了进取之心，唯一希望的是这辈子能够平安度过。

二十万元在当年是一笔巨款，但是随着时间的推移，那笔钱即使是在县城里面也买不了多大的房子。可是没有人知道，自从严三思拿到那二十万元，他就过上了不安宁的日子：他害怕别人知道他有钱，所以在接下来的那十年里面他依然过着普通人的生活。那笔钱就藏在他书房里一处隐秘的地方，他最大的乐趣就是在家里没有人的时候把那些钱拿出来数着玩。

文管所里保存着的是一件赝品，它无数次接待了各级领导的参观与鉴赏，可是从来没有人怀疑过那个东西是假的，直到那一天，当严三思打开保险柜的时候，发现里面的那件东西竟然不翼而飞了，而正是在那天晚上，外甥靳天出现在了他的面前……

事情就是如此简单。龙华闽说得对，如果不是沈跃，也许这件事情永远都不会暴露。当时，严三思正在考虑用另外一件赝品去替代那件丢失的东西，不过这件事情并不是那么容易的——赝品不真，就很容易被戳穿。他不敢报案，只希望能够再一次蒙混过关。

严三思也算是一位学者，他的下级有好几位都晋升到了很高的级别，恰恰就是他这么多年来一直停步不前，很多人认为他迂腐，却不知道这些年来他所承受的心理压力有多么巨大。

这是一件非常可笑的事情，但是偏偏在现实生活中真实地发生了。也许很少有人会通过这起案件去思考其中的实质，沈跃却依然兴趣盎然地坚持着要继续去调查其中的每一个细节。

沈跃的意图很简单：他想搞清楚蝴蝶效应每一个过程的细节，并希望将这起案件作为经典案例呈现在同行面前。

然而接下来的事情却并没有龙华闽以为的那么顺利。

由于盗窃案的发生已经过去近半个月，现场几乎找不到任何的线索。由于那件赝品一直是当成贵重文物在保管，前段时间一直放在保险柜里，严三思并不是每天都要去查看，因为只有他心里知道那东西不过是一件假货而已，所以，那件东西究竟是什么时候被盗的就连严三思都说不清楚。此外，当年的那位领导已经在五年前离休，两个月前因病去世，警察在他家里并没有发现那件文物的踪影，那位领导的家人对此更是一无所知。于是，这起看似简单的案件竟然一下子成了没有物证的悬案。

警方忙活了好一段时间却一无所获，于是龙华闽找了沈跃。龙华闽对沈跃说道："我们怀疑赝品被盗是内部人员作案，你的微表情研究可以帮助我们尽快将这个人找出来。"

沈跃沉思着说道："也许吧。不过我正在思考的是另外的几个问题：偷盗者究竟知不知道那件东西是赝品？既然赝品做得那么逼真，那么，赝品是从何而来？当年那位领导私下购买这件文物究竟是为了自己把玩还是要拿去送人？或者是卖出去从中渔利？"

龙华闽愣了一下，摇头道："谁知道呢。"

沈跃正色看着他，说道："通过分析一个人的心理就可以知道这些问题的答案。不过其中有个问题我更感兴趣，那就是赝品的来源，说不定这正好是蝴蝶效应中的一环。"

龙华闽忽然就笑了起来，说道："既然你对这个案子如此感兴趣，那我们就全权委托你去调查吧。"

虽然明明知道这是龙华闽给自己下的套，但是沈跃并没有拒绝，他对康如心说道："你给彭庄打个电话，让他来和我们一起调查这起案子。"

康如心道："曾英杰不是更合适吗？"

沈跃摇头道："乐乐最近的心情不好，需要英杰陪伴在她身边。而且彭庄也需要锻炼，我想借这个机会好好带带他。"

正如沈跃预感的那样，内部人员的排查毫无结果。其实仔细分析就会明白，内部人员应该能够想到盗取如此贵重文物的后果，而且非常容易被发现。

严三思再一次被带到了沈跃的面前。眼前的这个人在一夜之间仿佛苍老了许多，沈跃叹息了一声，问他道："后悔吗？"

严三思声音沙哑着回答道："其实我早就后悔了，这十年来我经常做噩梦，也不敢去花那笔钱。其实我是知道的，总有一天事情会暴露。"

沈跃点头："说说那位老领导，他是一个什么样的人？"

严三思想了一下，回答道："算得上是一位学者吧，就是身体不大好。"

沈跃似乎有些明白了，问道："当时他告诉你，他会把你作为接班人来培养。是这样的吗？"

严三思点头，道："其实我知道他的话太虚假，毕竟我距离他的级别太远，不过当时我还是在心里充满着幻想，而且对他心存感激，至少他很赏识我。"

士为知己者死？不，这其实是一种奴性——能够得到一位级别很高的人的赏识，于是骨头就酥了，智商也会因此而下降，幻想也就由此而来。沈跃又问道："既然如此，你为什么要收他那笔钱？直接送给他的话对你今后的前途岂不是更加有利？"

严三思道："他对我说那件事情的时候我吓了一跳，很害怕，但是又不敢直接拒绝，可是他又对我说，这样的事情又不是我一个人在做，这也是业界不公开的秘密，不会出事的。随后他就开始赞扬我的能力，他说，以你的学历和能力，今后发展到正处级并不难，甚至副厅级也极有可能。他那是在暗示我，我当然懂得，于是就那样稀里糊涂地答应了。几天后他约我见面，带来了赝品和二十万现金，他对我说，这点钱你必须收下，你收下了我才放心。当时我发现他送来的赝品几乎和那件东西一模一样，连沁色的分布都完全相同，这才终于放下心来。"

嗯，那笔钱是为了更进一步将严三思与这件事情捆绑在一起，以防他事后反悔。想到这里，沈跃心里一动，问道："那位领导参加了这批文物的考古挖掘吗？"

严三思摇头道："没有。他是在挖掘结束后才来的，将这一件文物留下来也是他的决定。"

接下来沈跃又问了严三思一些问题，严三思都如实地做了回答。沈跃在心里感叹：眼前的这个人幸好没有被提拔到更高、更关键的位子，否则的话不知道会给国家造成多大的损失。这个人的灵魂早已被欲望吞噬。

"你怎么看这件事情？"沈跃问彭庄道。彭庄思索着说道："我觉得关键问题还是在黎云飞那里，虽然这个人已经死了，但他不可能没有留下任何线索。而且从严三思所说的情况来看，这个人肯定不是第一次做那样的事情，也必定不是最后一次。"

彭庄所说的黎云飞就是严三思供述出来的那位领导。沈跃点头道："是的。有个词语叫'欲壑难填'……还有呢？"

彭庄道："我大致就只想到了这么多。"

沈跃看着他，说道："彭庄，你的优点是观察力很强，想象力也非常丰富，寥寥几笔就可以将一个人的特征描绘出来，你很有艺术家气质，却很难集中精力去注意他人谈话中的细节问题。你本应该有微表情观察的天赋，却偏偏不如侯小君进步得那么快。我经常跟你们讲，无论是一个人的表情还是叙述，细节才是最重要的，我们是与众不同的人，正因为如此，容易被别人忽略的东西才会被我们发现。刚才严三思说到了一个细节：黎云飞在与严三思合谋后几天就再次见了面。几天。而且黎云飞带去的赝品做得非常逼真，逼真到让严三思这个专家都马上放了心……"

彭庄顿时豁然开朗，激动地道："我明白了，赝品早就开始在做了?!也就是说，做赝品的那个人见到过真品。难道那个人是考古队的？"

沈跃点头："很可能就是如此。"

一份名单很快就摆放在了沈跃的面前，名单上的人都是当年参与过这批文物考古发掘的。沈跃不同意将这些人叫到公安局来一一询问，他对龙华闽说："也许制造赝品的人就在其中，但是也有可能我们的分析错了。他们都是学者，我们不应该去侵犯他们的尊严。"

于是沈跃开始一一登门去拜访，可是到接近尾声的时候依然没有发现任何问题。

沈跃的内心开始烦躁起来，他不相信这个世界上真的会存在那么多的巧合——犯罪嫌疑人就是名单上最后一个人。

这个人姓江，是一位研究员，十年前他和其他人一起参与了那次重大的考古发掘。沈跃已经看过当时考古发掘现场的照片，依稀能够认出眼前这个人在那些照片上存在的地方，十年前的他正当壮年，而现在他已经秃顶得厉害。

也许是因为内心的烦躁，沈跃在说明了来意后就直奔主题："想必文物被盗，而且被盗的东西是一件赝品的事情你已经知道了，现在我们认为那件赝品很可能是当年参与发掘的某个人制造出来的，你认为这个人最可能是谁？"

江研究员忽然有些激动起来："我们都是搞文物工作的，最痛恨的就是盗墓的和制造赝品的犯罪分子，你们怎么能怀疑我们这些人呢？"

他的激动和愤怒都是真实的，此时，沈跃的内心反倒平静了下来，而且也感到很是欣慰。这个世界上毕竟还是正义与敬业的人占绝大多数。不过沈跃的心里还是感到有些颓丧，他说道："虽然我不懂文物鉴定和赝品的制作过程，但是我想，要将一件赝品制作到可以乱真的地步，一是需要很高的水平，二是需要时间，可是黎云飞在几天的时间里就拿出了那样一件赝品来，这件事情是不是太奇怪了？"

江研究员皱眉点头道："是很奇怪……确实，要将赝品制作得那么完美，这个人肯定仔细看过真品，光凭照片或者录像是不可能做到的。沈博士，你让我想想……"

房间里顿时宁静了下来，挂在墙上的石英钟发出的"嘀嗒"声格外清晰，沈跃不想打搅对方的思索与回忆，将目光投向窗外，看到那棵没有了树叶的黄桷树在晃动。风很大，这样的能量不知道是哪只蝴蝶的翅膀扇动产生的。

时间缓慢地过去，江研究员仿佛成了一尊雕塑，他坐在那里一动不动，眉头皱成了一个疙瘩。时间缓缓过去，空气变得越来越沉闷，旁边的彭庄再也忍不住了，咳嗽了一声，瞬间让这样的沉闷波动了一下，彭庄紧张地用手去捂住了嘴巴，这时候忽然就听到江研究员说了一句："有个人好像没有在这份名单上……"

沈跃瞬间激动起来："谁？"

江研究员依然在回忆着，同时说道："是一个记者，上面派来的，三十多岁的年纪，叫什么来着……对不起，我实在是想不起来了。你去问问汤奇志，他是当时的考古负责人，他应该知道这个人的来历和名字。"

沈跃他们找到了当时考古发掘的负责人，汤奇志听了沈跃的转述后猛地一拍大腿："对，好像有那么个人！因为他是上面派来的，而且是临时采访，所以名单上并没有这个人的名字。我想想，他叫什么来着？什么伟？张伟，对，就是这个名字。"

沈跃听了后心里一沉：张伟这个名字全国有不下十万，很可能那个人使用的是假名。也许这个人早就预料到事情会有暴露的那一天，所以才使用了一个最为普通的名字，时间一长也就容易被人忘记。当然，这一切也很可能是黎云飞的策划，可是如今黎云飞已经死了……抱着侥幸的心理，沈跃问道："这个人来找你们的时候出示过介绍信没有？他在你们考古发掘队里待了多长时间？"

汤奇志回忆道："这个人来的时候我们刚刚将整个汉墓发掘完，里面的文物全部都取出来了，我们开始发掘的时候也有记者来采访，这个张伟来的时候给我看了他的记者证，当时我们正在对发掘出来的文物进行登记编号，忙得不可开交，因为想到安保措施还比较严密，所以我当时也就没有仔细询问他。这个人就待了半天，不过也就只有这个记者接触到了全部文物，刚才我听你那样一说才忽然觉得这个人有些可疑。"

沈跃感觉到，那个叫张伟的人很可能是冒充了记者的身份，十年前正是各种假证件照盛行的时候，其中以假文凭最为多见。如此才更加符合犯罪嫌疑人的心理。

沈跃让汤奇志回忆了那个人的样子，彭庄在旁边很快就画出了肖像，汤奇志看了惊讶不已："对，就是这个人！这样就可以画出来？太神奇了！"

看来把彭庄叫来是正确的。沈跃微微一笑。

从汤奇志那里出来，沈跃发现彭庄忧心忡忡的样子，问道："你在担心什么？担心这个人当时化了装？哦，这个你倒是不用担心，十年前有些技术还没有出现呢，至少还达不到现在这么逼真的程度。"

这时候旁边的康如心轻轻拉了一下沈跃的衣袖，同时给了他一个提醒的眼神，沈跃顿时明白自己的老毛病又犯了，确实不应该习惯性地去研究自己同事的微表情。他朝康如心点了点头，继续说道："其实我也有些担忧，这件事情已经过去了十年，不知道这个人的模样变化是不是太大……"

警方将彭庄画的像与数据库里的照片进行比对及暗中走访之后很快就锁定了一个人，这个人叫张小贤，今年四十三岁，住在省城的郊外，是一位摄影师。这个人的住处远离人群，警方手上的资料并不多。

这次沈跃没有让康如心一同前往，而是带上了曾英杰，他担心此行会有危险。曾英杰开了一辆越野车，三个人用了近两个小时才找到眼前这个地方。

远离公路干道，远离附近的村庄，在一片森林的后边，一栋风格独特的楼房隐藏在林荫之中，远远地就看到了屋顶烟囱冒出的浓烟。走近之后才发现这栋楼房的前面有一片菜地，菜地的边缘有一个茅舍，正张望间，只见一条健硕的土狗从那处茅舍里奔跑而出，凶狠地朝着他们吠叫。曾英杰弯下腰去，土狗急忙向后逃窜。彭庄本来怕狗，此时禁不住惊讶地问道："这是怎么回事？"

沈跃笑着解释道："狗的祖先是狼，害怕人类向它们投掷石头，它们还害怕敲打金属的声音。刚才英杰弯腰，它以为英杰是在地上捡拾石头呢，这其实是狗这种动物的本能。"

这时候一位中年女性出现在了他们面前，她的旁边还有一个十来岁的女孩，中年女性诧异地看着沈跃："你们找谁？"

这位中年女性看上去不算特别漂亮，却给人以端庄、知性的感觉，她旁边的女孩也不像乡村孩子的打扮，梳着一对羊角小辫，看上去很有灵气。曾英杰道："我是刑警队的，你是吴昆吧？张小贤在家吗？"

吴昆道："他出门去了，你们找他干吗？"

沈跃心里一沉，问道："他出门多久了？什么时候回来？"

吴昆回答道："不知道，有时候他出门一次要几个月，有时候几天，反正我们早已经习惯了。"

沈跃又问道："他每年应该都会在家里过春节吧？"

吴昆点头，道："是的。"

这个女人一直站在门口处回答沈跃的问题，却并没有想要邀请他们进屋的意思。沈跃道："我们想进屋看看，可以吗？"

吴昆为难了一下，说道："可以，但是你们进屋前必须脱鞋子。"

三个人踏上了短短的楼梯。这房子的底层是隔空的，估计是为了防潮，也是为了防蛇鼠之类的东西。脱鞋进屋后沈跃发现里面的空间竟然是一体的，漂亮的纯木地板铺就，宽敞的木窗，屋子的中央有一张大床，床单雪白，墙壁处有一个大大的壁炉，柴火燃烧得正旺，让这个空旷的大房间温暖如春。沈跃一眼扫过这一切，忽然将目光停留在了那一壁陈列架上，他快速地朝那个方向走去。

陈列架上摆放着各种各样漂亮的陶器、瓷器，都是现代工艺品，每一件都是不同的造型，这样就显得其中那三件完全一样的东西特别突兀。它们看上去与那件被盗的文物赝品一模一样！

彭庄也一下子震惊了，目瞪口呆地指着那三件东西："这，这……"

沈跃转过身去问吴昆："这三件东西是什么时候摆放在这里的？"

吴昆疑惑地看着沈跃，回答道："小贤这次走之前。我也不知道他是从什么地方拿来的这三件东西。这上面的东西都是他放上去的，我很少管，就是抽空做做清洁什么的。"

沈跃点头，转过身去再一次细细打量这个特别宽敞的空间。嗯，里面还有一个厨房，冰箱、电器都一应俱全，而且都是知名的品牌。沈跃忽然想到开车进来的时候所看到的车辙印，问道："你丈夫是开车走的吧？你们家买的是一辆什么牌子的车？"

吴昆皱眉回答道："路虎……你们来这里究竟有什么事情？干吗要问我这些问题？"

沈跃正色看着她，说道："你丈夫可能牵涉了一起重大的案子。现在我们需要他的电话号码，请你提供给我们。"

吴昆的脸色一下子就变了，急忙道："怎么可能呢？"

沈跃指了指屋子的四周，道："他就是一个摄影师，你没有工作，这家里的一切是一个普通摄影师能够拥有的？"

吴昆不以为然地道："他的作品很多都上了杂志封面，还有一些企业也使用了，是因为他很会赚钱我才不去工作的。"

沈跃淡淡一笑，问道："这些都是他告诉你的吧？"

吴昆不说话。沈跃在心里暗暗叹息：这个女人单纯得有些不可理喻，也许是因为爱情，她才选择了对丈夫的绝对信任，还有一直以来这种避世般的安逸生活。

张小贤的电话处于关机状态。对此沈跃倒是一点都不觉得奇怪，他问吴昆："他以前出门也关手机吗？"

吴昆道："他是出去采风，有时候在野外好几天，手机没电是常有的事情。他有时候会主动打电话回来。"

沈跃道："哦？那么，最近他打电话回来过吗？他打电话都是什么时候？"

吴昆回答道："就几天前他还打过一次电话，问最近家里怎么样……对了，他还问我家里最近有人来过没有。"

沈跃的神情一动，问道："那么，最近你家里有其他的人来过吗？"

吴昆摇头道："这么偏僻的地方谁会来？"

沈跃对曾英杰和彭庄道："我们走吧。"这时候他似乎忽然想起了什么，对吴昆说道："我想，他很可能还会打电话回来的，你告诉他我们来过了。对了，这是我的电话号码，我叫沈跃，是一位心理学家，他可能听说过我的名字。请你帮我转告给他一句话：自作聪明的结果往往就是害人害己，有些事情不是他所能够掌控的。"

从屋子里出来，穿上鞋子走下楼梯，前行一段距离后沈跃缓缓转过身来，看着眼前这栋孤零零的建筑，感叹道："真是好地方啊，只可惜它并不是什么世外桃源……"他随即吩咐曾英杰："叫几个人来看住这个地方，如果有人来就立即拘捕。"

曾英杰问道："我明白你的意思，可是，继续跟踪来这里的人不是更好吗？"

沈跃反问道："如何才能够保证这母女两人的安全？还有，万一跟丢了怎么办？"

彭庄在旁边一直欲言又止的样子，这时候他终于忍不住地问道："沈博士，我怎么一点都不明白呢？"

沈跃看着曾英杰："你给他解释解释。"

曾英杰的脸一下子就红了，吞吞吐吐地道："我也不是很明白……"

沈跃的目光扫了两个人一眼，道："你们要习惯站在当事人的角度去思考问题。你们想想，假如你是张小贤，假如那个赝品就是你制造的，然后再联系最近发生过的所有事情，也就不难明白其中的一切了。你们要学会进入对方的内心世界，从对方的心理出发去思考分析问题，这样才能够得到正确的答案。我们回去吧，也许就在这两天，这个张小贤就会主动给我打电话来的。但愿我们还会有更多的收获。"

沈跃的话就说到了这里，他的意思很明显，那就是：给予他们充分的独立思考空间。这才是好老师的做法，适当的点拨就如同火药的引线，它不但可以杜绝学生在思考上产生惰性，更能够引起他们思维的爆炸。

接下来沈跃还做了另外一件事情。

回到心理研究所后，他将这起案件目前所有的线索都摆放在大家面前，让侯小君和匡无为也参与进来一起讨论。有句话是这样讲的：真理越辩越明。佛学也提倡辩经，这其中的道理是一样的——辩论，才可以碰撞出思想的火花。所以，沈跃认为文化和教育的本质是相同的，那就是自由的空气。

然而，即使是彭庄和曾英杰提前开始思考这起案件，他们依然感到一头雾水。反倒是侯小君首先开口了："沈博士，有没有这样一种可能，张小贤就是那个偷盗赝品的人？也就是说，他不但制造了那件赝品，而且偷盗的人也是他？"

沈跃眯缝着眼笑着问她："你为什么这样认为？"

侯小君忽然笑了，说道："沈博士，从你脸上的表情我知道了，刚才我的结论是正确的。不过我解释不了，只是一种感觉。"

这不是感觉，是在潜意识下分析的结果，只不过她还不能完全明白自己的分析过程而已。这其实也是一种天赋。沈跃道："很好。不过小君，今后你可以分析同事的微表情，但是尽量不要当面讲出来，特别是不要去分析自己家人的微表情，我经历过的痛苦不希望在你们当中的任何人身上发生。OK？"

所有的人都耸然动容，而这一刻的康如心内心却涌起了一阵感动，她知道，沈跃刚才的话不仅仅是在提醒他人，更是在提醒他自己。

这时候沈跃注意到了匡无为的蠢蠢欲动。最近一段时间来，匡无为一直沉默寡言，沈跃心里明白，那是因为侯小君越来越优秀，使得两个人的差距越来越大。匡无为有着明显的文艺青年特质，像这样的人在情感追求上往往以唯美作为标准，还有完美主义倾向，正因为如此，大龄单身男女以此类人居多。沈跃朝匡无为微笑了一下，道："无为，你有什么想法就直说吧。"

匡无为这才说道："我认为侯小君的结论是正确的，这个案子的关键所在是张小贤刚刚摆放到陈列架上的那三件一模一样的赝品。他为什么要在这次离开的时候将那三件东西放上去？很显然，他预感到有人会去他家里，而且是为了赝品被盗的事情而来……"

他的话还没有说完，彭庄就忽然大声地道："这下我也明白啦！张小贤根本就没有预料到我们会首先发现他。他将那三件赝品摆放出来是想告诉另外的人，这样的东西他还有很多……咦？不对，他为什么要那样做？"

匡无为有些恼怒："我的话还没有讲完，你干吗插嘴？"

沈跃笑道："无为，那你就继续把话讲完。彭庄，虽然我们的讨论是自由的，但你应该让他人先把话讲完，这是对他人最起码的尊重，明白吗？"

彭庄伸了伸舌头，对匡无为道："对不起。你继续吧。"

匡无为的心情好了些，继续说道："我认为彭庄刚才的分析也是正确的。我想，这其中最可能有两种原因：其一是，张小贤怀疑黎云飞的死不正常，由此就深深感到自身的安全受到了威胁，他盗取那件赝品的目的就是拿到可以制衡对方的证据，他将那三件赝品摆放在陈列架上是为了告诉对方他手上的赝品可不止一件，如果他出了事情，证据就会出现在警方手里；其二是，张小贤前不久忽然良心发现，明白自己以前的所作所为不应该，于是就通过盗取那件赝品将曾经的那件罪行暴露出来，结果这样一来就受到了其他犯罪分子的威胁，于是他就将那三件赝品摆放出来，一方面是为了警告对方，更主要的是为了保护家人的安全。"

曾英杰皱眉道："你刚才的这些分析存在着逻辑上的漏洞。作为一个男人，他为什么会在这样的情况下扔下家人独自外出呢？要知道，他的妻女可是弱者，他独自外出，而且经常关着手机，难道他就一点都不担心她们出事？"

曾英杰的话让大家都沉默了：是啊，这个问题该如何解释？于是，所有人都将目光投向了沈跃。

沈跃微微一笑，说道："你们别看我，其实我也不能肯定自己的分析就是正确的。我觉得吧，刚才你们的分析基本上都很有道理，关键点也基本都抓住了。不过你们都没有从张小贤的心理出发去分析发生的一切。还有就是英杰所说的逻辑问题……逻辑分析不是我的强项，但就这个案子来讲，我还是能够寻找到其中最基本的因果关系，那就是：我们通过当时考古发掘队提供的信息寻找到了张小贤，再加上在张小贤家里发现了同样的赝品，这样一来就基本上可以肯定当年制作赝品的人很可能就是张小贤本人，或者，制作赝品的人与张小贤有关系。为什么不能确定制作赝品的就是他本人呢？因为我不大相信一位摄影师真的拥有制作高仿赝品的天赋，所以我更愿意相信，也许在他身后有一位作假的高手，而张小贤只不过是那位作假高手的眼睛和手。张小贤将真品的形状、细节以及触摸的感觉告诉了这个人……嗯，更可能的情况是，那位作假高手的腿脚不方便，张小贤只不过是那位作假高手的合作者。而且，像这样的事情他们已经不是第一次干，两人的合作关系早已经变得密不可分。"

说到这里，沈跃喝了一口水，继续说道："这是第一层逻辑关系。第二层逻辑关系就是：如何解释张小贤要盗取赝品，可是又独自一个人离家的问题。很显然，张小贤并不认为他的妻女会遇到太大的危险，他在离开家之前将那三件赝品放到陈列架上只不过是为了提醒对方，以此作为对他妻女安全的最大保障。或者，这其中还有别的什么目的。那么现在问题就来了：张小贤为什么如此肯定自己的妻女是安全的呢？"

侯小君问道："难道是张小贤在威胁他的同伙？或者说，他这仅仅是一种试探？"

沈跃用欣赏的目光看着侯小君，鼓励地道："你继续说下去。"

侯小君一边思索着一边分析道："张小贤的家在那样的地方，这说明那样的生活就是他多年来的追求。但是那样的生活是需要很高的成本的，为了实现那样的追求和梦想，曾经的他不惜一次次冒着触犯法律的风险去获取金钱，当然，他也因此得到了丰厚的回报，拥有了一栋森林小屋，诗画般的田园生活，以及随时可以驾驶性能良好的汽车出去采风，成为优秀摄影家的梦想也因此得以实现。然而，如今的他已经年过四十，孩子也一天天长大了，他忽然感到害怕起来，他担心以前的罪行总有暴露的一天，更害怕现在得到的这一切因此而失去，于是他就有了金盆洗手的想法。很显然，在张小贤的背后有一个犯罪团伙，他们绝不允许张小贤产生那样的想法，这其中一方面是巨大的利益使然，另一方面也是从整个团伙安全的角度考虑。然而，张小贤试图退出的决心非常大，因为他真的害怕了，于是他就去盗取了那件赝品，也许这一起赝品案对这个犯罪团伙而言微不足道，张小贤只不过是想以此警告他的那些同伙：如果不答应他的请求，他就会做出更大的事情来。说到底这次的赝品案只不过是张小贤对他同伙的一次试探而已。"

彭庄问道："按照你刚才的说法，那他为什么要在陈列架上放三件一模一样的赝品？"

侯小君回答道："三这个数字在中国文化中表示的是多的意思。他是想要告诉对方，他不仅在这起案子上留下了不止一件证据，别的案件也是如此。"

曾英杰皱眉道："我觉得还是不大符合逻辑。像这样的犯罪团伙往往心狠手辣，张小贤那样做的话难道就真的不怕被灭口？而且他凭什么就认为那些人不会威胁到他妻女的安全？"

侯小君哑口无言。这时候康如心忽然说道："或许有一种情况可以解释这个问题，那就是：在张小贤的背后确实有一位制假高手，而且那位制假高手与张小贤的关系非同一般。张小贤正是因为有了这样的倚仗，所以才敢去做那样的试探。当然，他试探的目的就是最终能够彻底从这个犯罪团伙里面脱身出来。"

啪啪啪！沈跃在旁边鼓掌，笑道："你们看，经过这样一番分析和讨论，案情是不是就变得明朗多了？这起案件确实很有意思，说不定在这起案件的背后还隐藏着更多不为人知的东西呢。"

曾英杰有些担忧地问道："我们的忽然出现，会不会让张小贤和他的家人陷入危险之中？"

沈跃想了想，道："那就请警方增派些人手去张小贤家附近蹲守吧，一直到这起案件彻底解决为止。幸好现在是假期，那个孩子不用上学，所以接下来我们必须加快调查的速度。"

一直以来康如心都觉得自己很难真正融入沈跃的团队里，毕竟她的天赋和其他人比起来明显不如，所以，康如心在这个问题上是有着心理阴影的，说到底就是存在着一定程度的自卑。即使是在她与沈跃恋爱时，甚至是结婚之后，这样的心理阴影依然存在。

康如心知道，今天沈跃的鼓掌虽然是对她的一种肯定和鼓励，刻意的成分却显露无余。不过康如心的内心依然高兴，因为那是通过她自己分析得出的结论，而且那个结论应该是正确的，至少是得到了沈跃和其他所有人的认可。

为此，康如心的情绪一直兴奋着。当其他人纷纷离开之后，康如心向沈跃建议道："我们走路回去吧。"

沈跃当然明白她内心的那种感受，不过并没有说出来，他笑道："好啊，我也正想走走。"

康如心挽着沈跃的胳膊，两个人沿着康德大街朝外面的主干道走去。康如心是那么漂亮，脖子上系的又是一条鲜红的围巾，一路上引来了许多人的注目。沈跃笑道："那些人心里肯定在说：这家伙不知道是从哪里修来的福分，竟然娶了这么漂亮的一个老婆。"

康如心不住地笑："他们怎么会知道我们已经结婚了？"

沈跃道："我都这么大年纪了，难道还在谈恋爱？"

康如心笑得更欢了："你真不愧是心理学家，说的话总是让人喜欢听……对了，接下来你准备怎么做？我说的是案子的事情。"

沈跃摇头道："不知道。这个案子实在是太有趣了，从陈迪的杀人案反追，想不到竟然追查出了这样一个案子，谁知道继续调查下去还会发生什么呢？比如，那件赝品是如何从县文管所偷盗出来的？张小贤背后的那个制假人又有什么样的故事？这个犯罪团伙……嗯，我们刚才在讨论这起案件的时候好像并没有通过任何的逻辑推理，大家都一致认为在张小贤的背后有一个犯罪团伙，这其实是一种经验性的推断，同时也是一种善意的期望。"

康如心不解地问道："善意的期望？"

沈跃点头道："是的。我们所有的人，包括我，都在潜意识里不希望一个与世无争、心存梦想的人有那么坏。当然，从各种逻辑和心理分析上来讲，我们目前的结论应该是正确的，而且似乎只有这样的结论才可以解释大部分的疑问。此外，还有黎云飞，那样一个身居高位的人，怎么也加入到了这个犯罪团伙里去了呢？或者，这其中还有另外的情况？这一切都非常有趣啊……因此，我必须一步一步、一层一层追查下去，要是真的能够找到那只扇动翅膀的蝴蝶就完美了。"

康如心提醒道："可是，很可能这起案件涉及各种不同的人，那就会因此出现许多的分岔，万一后面的调查走偏了方向的话，岂不是就找不到那只扇动翅膀的蝴蝶了？"

沈跃怔了一下，说道："你说得对，也许是我过于执着了。案子调查到现在，未知的情况也越来越多，这才是我最感兴趣的事情，接下来我们沿着主线调查下去就是。"

沈跃不得不承认自己有时候很固执。龙华闽打电话来问他，为什么不直接去找张小贤，那样的话不是一切都清楚了吗？沈跃说，这个人闲云野鹤的，可能一时半会儿找不到他。龙华闽大笑着说，他不是开车出去的吗？我们已经找到他的车了，在张家界呢，估计是去那里拍冬景了。

于是张小贤很快就被带回来了，沈跃也在第一时间出现在了他的面前。张小贤看着沈跃，神色淡淡地道："你是沈跃，我在报纸和电视上看到过你。"

沈跃笑了笑，说道："想不到你这样一个喜欢世外桃源的人还那么关心新闻。好吧，那我就直接问你：那件赝品是不是你偷的？"

张小贤依然是波澜不惊的样子："算是吧。"

沈跃顿时就明白了："嗯，如果我是你的话也不会亲自去拿那件东西，一定会找一个偷盗技术高超的人做这件事情，反正你不缺钱。这样更安全，而且更容易得手。"

张小贤不说话。沈跃看着他，问道："其实，你现在的镇定全部都是伪装出来的，也许你正在后悔当初的那个决定，因为你没想到我们这么容易就找到了你。你是多么希望自己的后半生能够和家人一起真正过上世外桃源般的生活啊，然而现在，你的一切梦想都破灭了。"

张小贤的脸色苍白了一瞬，依然不说话。沈跃看着他，叹息了一声，说道："这个世界上没有后悔药，哀叹'早知今日何必当初'毫无用处，你现在最应该去思考的是这样一个问题：接下来我应该怎么做才能够最大限度地改变这一切？难道不是吗？"

张小贤终于说话了，问道："真的能够改变吗？"

沈跃点头："当然。无论是你当初还是现在的选择，其实都是你在掌控着自己的命运。我始终认为这个世界是有序的，一个人的命运是符合自己选择的逻辑的，这个逻辑就是'因为'和'所以'。当初你选择了不惜触犯法律也要去实现自己的梦想，于是才有了你现在拥有的一切，包括你的罪行被暴露。所以，接下来你的选择将决定你今后的命运：究竟是让自己的后半生在监狱里度过还是和妻女一起共度？究竟是在监狱里遥望女儿的婚礼现场还是亲自牵着她的手将她送上新的人生旅程？"

张小贤的身体在颤抖，猛然抬起头来激动地问："请你告诉我，我究竟怎么做才可以？"

沈跃朝他微微一笑，说道："很简单，告诉我们你知道的全部。"

06　团　伙

　　张小贤供述的情况与沈跃他们的分析几乎完全一致，他的背后确实有一个专门贩卖文物的犯罪团伙，而且这个犯罪团伙的作案手法非常特别，那就是通过贿赂、恐吓、要挟等方式控制文物部门的负责人，甚至是分管文物的领导，用赝品替代真品。这个犯罪团伙在地下活动了二十年，由于赝品制作得非常逼真，一直没出什么事，虽然曾经有人怀疑也最终被拉下水的文物部门负责人压制了下去。二十年来，数百件重要文物因此而流失。

　　这个犯罪团伙行事非常谨慎，他们绝不会去觊觎国家高度重视的那些文物，而是将手伸向那些相对来讲容易被忽视的东西，或者是用赝品去替换刚刚出土的一批文物中的几件，正因如此，这个犯罪团伙二十年来作案才一直没有被发现，也正因如此，他们才绝不允许张小贤退出。

　　在这个犯罪团伙里有一个非常关键的人物，这个人叫张东水，是张小贤的亲叔叔。张东水年轻的时候是一名地质勘探工程师，一次偶然的机会结识了一位考古学家，想不到张东水在文物鉴定方面极有天赋，也许是长期的野外生活使得他的思维方式与众不同，当他发现古董的巨大价值之后就开始琢磨造假。

　　曾经有过这样一个统计结果：人群中 80% 以上的人都不满意自己后来所从事的

工作。很显然，张东水也是那 80% 的人当中的一个，当他开始迷恋起文物鉴定和造假之后，天赋一下子井喷似的爆发了出来，他尝试着将自己所做的赝品拿去出售，结果竟然很快就脱手了。

张东水长期在野外工作，三十多岁还没有恋爱结婚，造假给他带来了一大笔财富，于是他的心思早已不在本职工作上。他辞了职。但是他知道，造假是存在着巨大风险的，于是便隐居了起来，梦想着再多赚些钱后就去国外娶妻生子……

然而就在这个时候有人找上了门，带着一件张东水售出的赝品。这个人威胁张东水道："现在在你面前有两条路，一条是倾家荡产和坐牢，另一条是和我们合作。"

张东水是一个性格执拗、不愿受他人控制的人。倾家荡产可以重新开始，造假也不算重大罪行，即使是去坐牢也就几年的时间，长期的野外生活使得他对这一切并不感到恐惧，于是就直接拒绝了第二个选择。

来人冷笑着说："对了，刚才我说漏了一件事情，如果你选择第一条路的话，那就得加上你的两条腿。"

其实张东水并没有经历过多少世事，对犯罪分子的心狠手辣严重估计不足。让他想不到的是，当他再一次拒绝的时候，来人就叫手下直接砍断了他的双腿。愤怒的张东水依然没有屈服，他的心中只有恨，而且他已经失去了双腿，顿时生无可恋。

然而，来人却并没有因此罢休，对张东水说道："听说你那死去的哥哥有个儿子刚刚结婚，据说他的妻子很漂亮，我想，如果你哥哥的儿子和他的媳妇也都变成你这个样子的话，那就更好玩了。"

这样的威胁已经完全超出了张东水的想象和承受力，他万万没有想到自己当初一时的鬼迷心窍竟然会给自己带来如此的灭顶之灾，甚至还会因此连累哥哥的后人……他，终于屈服了。

根据张东水和张小贤提供的线索，警方紧急出动，一举抓获多年来贩卖国家文物的犯罪团伙成员近十人。然而，首犯谢先生却不知所终。

警方连夜突审这个犯罪团伙的成员，追查赃物，然而让人遗憾的是，那些重要文物早已全部流失海外。

没有人知道谢先生是谁。据这个犯罪团伙的成员供述，谢先生一直都只是与盛权单独联系，而盛权供述说，就连他也从来没有见过那位谢先生真实的模样。

当年的盛权是一个文物贩子，混迹于盗墓人和收藏家之间。此人胆大心细，而且具备较强的文物鉴赏能力，数年间就在地下古董交易市场有了一定的名气。有一天盛权忽然接到一个电话，电话里的人直接叫出了他的名字："盛权，我很欣赏你这个人，想和你长期合作。"

盛权问道："你是谁？"

电话里的人道："你不需要知道我是谁，但是我可以向你保证，如果你和我合作的话，成为千万富翁、亿万富翁都不是问题。"

盛权问道："我凭什么相信你？"

电话里的人道："你现在就去查一下你的账户，我这个人做事从来都非常简单和直接。"

带着疑惑，盛权去了趟银行，他惊讶地发现自己的账户里竟然多了一百万元！要知道，那可是二十世纪九十年代末，一百万元这个数目即使对盛权这样的人来讲也不是一个小数字。盛权刚刚从银行出来就又接到了那个人的电话，不过这一次对方已经换了一个号码："怎么样，我这个见面礼你还满意吧？"

盛权已经有些心动，问道："你想和我怎么合作？"

电话里的人说道："在你的挎包里有一个人的资料，去找到他，无论你用什么方式都要让这个人答应替你做事。"

盛权大吃一惊，急忙打开挎包去看，果然发现里面不知道什么时候被人放进去了几页纸张，简单地浏览了一遍后一下子就明白了对方的想法，他问道："如果我不答应与你合作呢？"

电话里传来了那个人的笑声："既然我找到了你，你就再也没有拒绝的机会了。就如同我给你的资料里面的那个人一样，他也没有了别的选择。盛权，你的孩子才刚刚上小学，你也不希望他出任何事情是吧？你父亲的身体不错，你也希望他能够长命百岁是吧？"

被人威胁的感受是非常让人不舒服的，盛权愤怒地挂断了电话。

然而就在当天，盛权的儿子在放学回家的路上竟然失踪了，盛权忽然想起那个电话，急忙拨打过去却得知是一个公共电话号码，当他和一家人正着急的时候，儿子回来了。儿子告诉他，有一个漂亮的阿姨带他去吃了肯德基。

盛权既恐惧又恼怒，正要训斥孩子，那个人的电话又来了："我说了，你没有任何的选择。别和我讲条件，唯一的条件就是我让你做事你拿钱，我们之间简单明了。"

盛权妥协了。可是电话里的那个人又对他说道："为了我们今后的合作更长久、更安全，如果资料上的那个人不答应我们的条件，你就必须采取非常的手段，剁掉他的双腿。这就算是你的投名状吧。你要记住，金钱是血腥的，对他人的仁慈就是对你自己的残忍。"

沈跃看完了警方审讯盛权的录像，对龙华闽说道："其他几个人的供述基本上没问题，但是这个盛权，他似乎在隐瞒些什么……嗯，如果我是他的话，在这样的情况下也会和他一样，首先要竭力将自己的罪行减轻到最低。"

龙华闽问他道："你发现他在撒谎？"

沈跃点头道："是的。不过他大多数的话是真的，只不过在一件最为关键的事情上撒了谎。我得当面问他几个问题，很可能在这个人背后还隐藏着一些不为人知的惊天大案。"

龙华闽当然不会怀疑沈跃，沈跃的话反而让他的神情一下子变得凝重起来。

盛权被警察带到了康德 28 号。现在，警方已经习惯将一些疑难案件的审讯移交到这个地方。

盛权坐在一张固定在地上的特殊椅子上，双手被铐在两侧扶手上。沈跃走到他面前，俯下身去盯着他，问道："其实，这些年来你一直在猜测那位谢先生究竟是谁，是吗？"

盛权却摇头，说道："开始的时候我很好奇，不，不仅仅是好奇，是非常想知道这个人究竟是谁，但是后来我就不再关心这个问题了。"

沈跃问道："为什么？"

盛权回答道："这个人非常可怕，当我试图调查他的时候，我的家里竟然莫名其妙地出现了一条毒蛇。我知道那是他在警告我。后来，每做成一笔交易，就会有一笔钱送到我手上。都是现金，而且是不同的人送来的，我不敢问那些人是谁把钱交给他们的，时间一长也就习惯了。"

沈跃问道："那位谢先生的声音有什么特点吗？"

盛权回答道："声音有些沙哑，有些像老年人的声音。"

沈跃又问道："他最近与你通话的声音呢？和那时候相比有多大的区别？"

盛权想了想，回答道："好像差不多。"

他没有说假话，眼前这个人所做的一切都只不过是为了钱，曾经的警告以及金钱的诱惑足以让他对"谢先生是谁"这个问题变得麻木。沈跃问道："你的那几个同伙都说当初是你找到的他们，但是，其中有三个人当初和你都不熟悉，这个问题你怎么解释？"

盛权回答道："那三个人是谢先生介绍给我的，他在电话里对我说，那三个人的情况他比较了解，让我必须想办法把他们招募进来。"

沈跃看着他："可是，那三个人都说不知道谢先生是谁……也许他们的情况和你一样，只不过那位谢先生认为你最适合做他们的领头。嗯，肯定是这样的。好吧，现在请你回答我的另外一个问题：你们是如何控制住黎云飞的？"

盛权道："他在外边有一个女人，那个女人还替他生了个孩子。他和自己的老婆生的是一个女儿，而他外边的那个女人给他生的却是一个儿子，他特别在乎那个孩子。"

沈跃明白了，问道："黎云飞的那个情况是谢先生告诉你的？"

盛权点头。

沈跃又问道："黎云飞的死和你们有没有关系？"

盛权摇头："我听说他是生病死的。"

沈跃盯着他："你在撒谎。黎云飞死于心肌梗死，据我所知，有些药物是可以诱发这样的疾病的。黎云飞身居高位，养尊处优，即使是离休了也依然能够享受极好的医疗保障，怎么会莫名其妙地就生病死了？"

盛权辩解道："他的死真的与我没有任何关系啊，生老病死，人之常情，你们不能把什么事情都强加到我身上啊。我是犯了罪，但我是被那位谢先生胁迫的啊，而且我只是求财，杀人放火的事情我可不敢去做。"

沈跃忽然笑了，问道："是吗？那我们一起来仔细回忆一下当年你去胁迫张东水的事情。当年，张东水不答应你提出的条件，你竟然让手下的人残忍地砍下了他的两条腿！我知道，那是你向谢先生纳的投名状，同时也是你让你的那个手下在向你纳投名状。据张东水回忆，当时你的那个手下在下手前紧张得全身发抖，在砍下他的一条腿后竟然呕吐了，后来是你亲自动手用斧头砍断了张东水的另一条腿。盛权，你别告诉我你的残忍是与生俱来的。你不是屠夫，即使是屠夫也不可能对自己的同类那么残忍。所以，那位谢先生看上你的原因也就只有一个——你的残忍。也许当时的情况是这样的：你曾经杀过人，这件事情被谢先生知道后就以此来要挟你，所以你才会死心塌地替他做事。嗯，看来确实是这样。盛权，举头三尺有神明，你做过的所有事情总有一天会被暴露出来的，天网恢恢疏而不漏，你越是试图隐瞒，有些事情反而越会弄巧成拙……"

盛权的脸色早已从苍白变成土色，他万万没有想到那么隐秘的事情竟然会被眼前这个人如此清晰明了地揭露出来。他听到沈跃继续说道："刚才你好像说了这样一句话：杀人放火。嗯，一个人在无意中说出的话很可能是你内心深处最真实的东西。也就是说，曾经你不但杀过人，还用放火的方式将其毁尸灭迹。盛权，看来你身上的案底不少啊。"

盛权猛然怒吼了起来："你胡说！我没有！"

沈跃冷冷地看着他："我知道你还带有幻想，你认为警方还没有掌握到你的那些证据。我告诉你，你这样的幻想是非常可笑的，既然已经锁定了你这个人，那就很容易寻找到你犯罪的证据。黎云飞的死不可能没有留下丝毫线索，即使他已经被火化，医院和他家附近的监控录像还在。盛权，你自己做过的事情都不敢承认，你是一个懦夫！"

此时，盛权已经镇定了许多，双眼冒出一丝凶光，盯着沈跃："我没有杀过人，你休想诬陷我！"

沈跃淡淡一笑，起身离开，刚走了几步就忽然转过身去看着盛权，说道："这些年来你经常做噩梦吧？总有一天你也会去那个世界的，一切的冤仇都会在那个世界了结。也许，今天晚上他们就会来找你……"

盛权的身体一哆嗦，却见沈跃的背影已经消失在门外。

"想不到这起案子的背后竟然还隐藏着凶杀案，而且很可能是数起。"此时，就连龙华闽都禁不住大为感叹，他问沈跃道，"可是这个人不想招供怎么办？"

沈跃苦笑着说道："也许，找到那位谢先生一切问题就都可以解决。"

龙华闽问道："这个盛权真的没见过那位谢先生？他这部分的供述没撒谎？"

沈跃点头："是的。由此看来，这个谢先生必定是一位非同寻常的人物，谋事之前就做好了失败的准备，这样的罪犯非常可怕。现在的问题是，随着盛权等人的落案，这位谢先生肯定会彻底隐藏起来，想要找到他可就不那么容易了。"

龙华闽沉吟着道："不过这个人还是留下了一些蛛丝马迹。很显然，这位谢先生很可能是地下古董交易市场的人，也许可以通过排查将他找出来。"

沈跃不以为然地道："从此人的行事风格来看，也许他早就想到这一点了，而且地下古董交易市场鱼龙混杂，人数众多，想要从中找到这个人并不是一件容易的事情。龙警官，你给我点时间，我需要将这个人的情况好好分析一下。这起案件很复杂。至于盛权这个人的问题，我觉得反倒不重要了，要得到他的口供只不过是时间的问题，也许明天，或者后天，说不定他就会主动认罪的。"

龙华闽似乎明白了，问道："刚才你最后对他说的那些话其实是一种心理暗示，是吧？"

沈跃点头道："是的。人毕竟不是纯粹的动物，我们每个人都有思想，潜意识里都有害怕的东西，而对我们大多数中国人来讲，对鬼神的恐惧是根深蒂固的，这是一种文化上的基因传承。刚才我直接揭露了他曾经杀人的事实，这对他的心理冲击是非常巨大的，再加上后面的心理暗示，必将使他的内心产生巨大的恐惧感。我相信，从今天晚上开始，这个人就再也难以入眠了。现在就看他的承受力究竟有多强了。"说到这里，沈跃指了指里面："让你们的人都出来吧，让他一个人在里面多待一会儿。那个空旷的房间会在无形中增加他内心的恐惧。"

龙华闽坏坏地一笑，说道："或者，干脆给他放一部鬼片。"

沈跃忍不住就笑了出来，摇头道："不用。鬼片虽然可以制造恐怖的气氛，但是也很容易造成相反的效果，让他进行这样的自我心理暗示：所谓的鬼神其实都是假的，那只不过是电影电视剧里的东西罢了。其实，未知的恐惧才是最可怕的。"

两天后，盛权果然主动招供了。两天的时间对常人来讲也许非常短暂，对盛权而言却是如此漫长。龙华闽发现眼前的这个人瘦了一大圈，眼圈和整个前额都是暗黑的，目光中充满着恐惧，在招供前他的双手和嘴唇都在不住地颤抖。龙华闽虽然知道心理暗示的力量很厉害，但还是因为眼前这个人的崩溃而感到震惊。

当年被盛权杀害的那个人叫左贵田，此人是一个盗墓贼。有一天左贵田得到了一块清朝乾隆时期的和田玉玉佩，盛权一看就判断出那东西很可能是皇家之物，贪婪之心顿时大起。当时左贵田开价八十万元，盛权一时拿不出那笔钱来，但那东西对他的诱惑实在太大，心想东西一旦得手然后卖出去的话，这辈子也就基本有了保障。

第二天盛权将左贵田请到了一家酒楼，假意和他商讨价格。盛权说他目前只拿得出七十万元，左贵田心里大喜，这个价格可是比他的心理价位高出不少。那天两个人喝了不少的酒，后来盛权带着左贵田回家拿钱，说好了一手交钱一手交货。通过一条无人小巷的时候盛权忽然抽出插在皮带上的榔头，狠狠敲在了左贵田的头上……

小巷里有一辆三轮车，那辆三轮车当然是盛权早就准备好的，上面有一个麻袋和一桶汽油，还有一把铁锹。盛权将三轮车骑到了郊外河边一处极为僻静的地方，将汽油泼在左贵田的尸体上，点了火，他一次又一次往尸体上泼洒汽油，直到尸体彻底变为灰烬，随后用铁锹将灰烬和四周的泥土全部铲进了河水之中。

盛权自以为此事做得神不知鬼不觉，左贵田是一个盗墓贼，忽然失踪也不会引起他人的注意，然而他万万没有想到事隔不到两天就接到了一个电话……

黎云飞的死也是盛权所为。黎云飞离休的时候，他和外边那个女人的孩子已经长大，那个孩子在得知了自己的身世之后就大吵大闹要出国留学。黎云飞为人低调，平日里生活比较朴素，这也是他能够平安着陆的主要原因。一个人越是到了晚年就越在乎身后的名誉，他绝不允许晚节不保的事情在自己身上发生。在万般无奈的情况下他带着两件古董找到盛权，开口要价二百万元。

黎云飞带去的两件东西品相其实不错，一样是晚清时期的鼻烟壶，另一样是郑板桥的画，都是他五十岁生日时属下孝敬他的东西。为了养另外一个家，前些年黎云飞给那个女人买房买车，还支付了孩子需要的费用，现在他手上的东西也就只剩下这两样了。

一个早已被挟持而且已经失去了权力的人，盛权对他根本不屑一顾，他对黎云飞说道："你这鼻烟壶虽然不错，不过也就值三五万块钱，倒是郑板桥的这幅画值点钱，这样吧，我一共给你开价五十万。"

黎云飞心里大怒，不过还是强忍着怒气对他说道："我早已找人鉴定过了，这幅画至少值一百万，这样，一百二十万你拿去，我也是急需用钱才出手的。"

盛权道："六十万，我只能出这个价。"

黎云飞终于爆发了："我来找你是因为你做事稳当，想不到你这人如此不够朋友，以前我可是帮了你不少，既然你如此无情，也就休怪我不义！"

黎云飞本来只是想威胁对方一下，最终目的还是孩子需要的那笔钱，然而他却没有想到，盛权也就在那一刻动了杀机。盛权道："现在我手头有些紧，这样吧，你让我想想。"

第二天盛权主动给黎云飞打了个电话，约他在一家茶楼见面。为了稳妥起见，黎云飞并没有带上那两件东西。两个人在茶楼见面后盛权对黎云飞道："我想好了，一百二十万的价格不算高，看在我们多年朋友的分上，我就帮你这一次吧。"

黎云飞很高兴，他也因此完全放松了警惕。盛权趁他不注意的时候在茶杯里放了点东西。不久，黎云飞回家拿东西，结果刚刚到家就心脏病发作，那天城市里堵车非常严重，医生赶到的时候他已经没有了生命体征。黎云飞与盛权交易的时候心怀鬼胎，根本不可能将此事告知家人，再加上他那样的年龄本来就是心肌梗死的高发期，所以他的死亡一点也没有引起任何人的怀疑。倒是匡无为在分析案情的时候设想到了这样的情况，只不过黎云飞的死与张小贤的事情确实没有任何的关联。

也许这也是蝴蝶效应的作用吧？沈跃问龙华闽道："盛权是如何得知某种药物可以诱发心肌梗死的？这件事情他告诉你们没有？"

龙华闽点头道："他说了，是网络搜索后知道的。有一类药物可以造成心肌耗氧量的剧增，从而引起心肌梗死。"

沈跃愣了一下，嗟叹不已。

07 侧写

这一年的冬天虽然没有下雪，但给人的感觉似乎比去年更加寒冷。寒冷的是风，是风肆虐过身体时给人的感觉。沈跃进入康德 28 号，他的双手依然捂着耳朵，耳垂处痒得厉害，那是要生冻疮的前兆。

刚刚坐下不久，龙华闽就风一样地进来了，跺着脚对沈跃说道："给我泡杯茶，口苦得厉害。"

沈跃去泡了一杯浓茶递到他的手上，问道："昨天晚上又没休息好？"

龙华闽点头，迫不及待地喝了一口茶，让紧锁着的眉头彻底松开了，道："每次遇到重大的案子我都这样，会兴奋，然后失眠。昨天晚上半夜的时候我恨不得把你叫起来和我一起讨论案子，后来想了想还是算了。"

沈跃大笑："我肯定不会答应你的，那样会浪费我今天一整天的时间。怎么，你有了新的思路？"

龙华闽习惯性地从衣兜里拿出香烟来，结果看了沈跃一眼后就放下了。沈跃哭笑不得："抽吧抽吧，只要不一支接一支就行。"

龙华闽如蒙大赦，高兴地咧着嘴笑了，点上烟后深吸了一口，道："小沈，我们一起来分析分析那位神秘的谢先生……"

沈跃笑道："好啊。你现在对这个神秘人物有一个什么样的结论？"

龙华闽将手上的香烟摁在了烟缸里面，道："我认为，从盛权杀害左贵田这件事情上或许可以寻找到这位谢先生的一些踪迹。我一直在思考这样一个问题：谢先生是如何知道盛权杀害了左贵田这件事情的呢？我觉得最可能的情况应该是这样的：那位谢先生在左贵田被杀害之前就知道左贵田手上有那样一块和田玉佩，可是时隔不久却在另外一个人手上看到了那件东西，于是就问了那个人东西的来源，当他得知东西是盛权卖出的时候就感到有些奇怪了，后来经过调查却发现左贵田失踪的事情，这样将两件事情联系起来就判断出了盛权谋财害命的可能。如果真的是这样的话，或许我们就可以从那块玉佩的买主那里寻找到有用的线索。"

沈跃提醒他道："你要知道，左贵田可是一个盗墓贼，这个人应该没有直接和藏家交易的渠道，不然的话像盛权那样的中间人根本就没有机会和他搭上线。"

龙华闽用手轻轻敲打着桌面，皱眉道："是啊，这确实是一个矛盾的问题。"说到这里，他忽然想起了什么，问沈跃道："你是不是对谢先生这个人的分析有了结果？"

沈跃思索着说道："我们所掌握的关于这个人的资料实在是太少了。从盛权所讲述的情况来看，二十年前那位谢先生的声音显得有些老态，而且是沙哑的，很显然，那个声音是装出来的，不然的话怎么可能二十年来他的声音几乎是一样的？还有，任何人都是有好奇心的，更何况盛权的好奇心被压抑了二十年呢？但是盛权一直都不知道这个人是谁，很显然，这位谢先生从一开始就没有打算和盛权见面。"

龙华闽更加感到头疼："可是……"

沈跃朝他摆手道："你听我把话讲完。我注意到了这起案件当中的一个细节：当时盛权是带着赝品去见张东水的，所以最大的可能就是，谢先生是张东水那件赝品的买主，当时也就只有他发现了那东西是赝品，顿时被张东水高超的造假技艺所折服，于是就有了长期作案的计划，但是，长期作案的风险是非常巨大的，为了降低其中的风险……如果我是谢先生的话，接下来应该怎么做？嗯，我肯定不会自己去找张东水，最好的方式就是去物色一个合适的中间人，让自己永远躲在这个中间人的背后。可是要如何才能够控制住这个中间人呢？投名状！"

说到这里，沈跃的脸色一下子就变得苍白起来，声音也忽然高了许多："于是，谢先生以某种方式让左贵田得到了那块玉佩。或许左贵田本身就是谢先生待选人中的一个，他的目的就是要让这两个人……不，他是将左贵田作为诱饵，因为这个人是盗墓贼，不可能与藏家直接接触，最大的可能就是去和文物贩子交易，也许他交易的人是盛权，也可能是王权、李权。在二十年前，一个盗墓贼怀揣近百万的宝物去和他人进行私下交易，最可能的情况就是被谋财害命！这位谢先生对人性的黑暗知之甚深，他设计的这个方案是如此阴险狠毒！这个人太可怕了，太可怕了！"

沈跃差点变得歇斯底里，让一旁的龙华闽骇然不已，他急忙去拍了拍沈跃的肩膀："小沈，冷静，冷静！"

沈跃这才从刚才幻想的场景中清醒过来，问龙华闽道："这才是最大的可能，你说是不是？"

龙华闽想了想，道："这其实相当于一场赌博，如果左贵田直接去找了某个藏家，谢先生的计划岂不是就彻底落空了？"

沈跃道："是有那样的可能，不过可能性相对较小。谢先生肯定是对左贵田的情况有了充分的了解之后才开始实施那个计划的。为了长期的巨大利益，他不会过多考虑小概率事件。"

龙华闽道："好吧。可是，我们现在究竟如何才能找到那位谢先生呢？这么多年过去了，张东水还记得当年将那些赝品都卖给了什么人吗？"

沈跃道："那只是其中的一条线索。现在我们来具体分析一下谢先生这个人。龙警官，你还记得那位毒枭吴先生吗？一个自称先生的人，应该有着一定的文化素养，而且这个人对自己的年龄也会有一定的界定，二十多岁的人会自称先生吗？我觉得这个人在二十年前很可能是在三十五岁以上，也就是说，这个人现在应该超过了五十五岁。此外，他应该不是黑道上的人，黑道上的人做事非常直接，而且黑道本身就是一种严密的组织，他没有必要非得去找一个中间人。嗯，想必这位谢先生应该有一定的身份，他的智商极高，很像一位学者，或者他本身就是文物鉴赏界的人，也可能是一位收藏家，还有一定的海外关系……"说到这里，他停顿了一下："我相信大多数学者和收藏家都是爱国的，他为什么要将那些重要文物卖到海外去？也许他并不完全是为了钱……嗯，这个人在当时就已经很有钱了，可能他非常仇视这个国家或者别的什么原因。此外，这些年来被他控制的那些人的隐私从何而来？最大的可能是通过私家侦探……龙警官，到目前为止我能够分析出来的这个人大概就具备上述特征，接下来你们就按照这些特征去将他找出来吧。"

从警方破案的角度来讲，这样一些特征就已经足以开展具有方向性的调查了，龙华闽激动地问道："你刚才的分析是不是心理侧写？"

沈跃点头道："也算是吧。心理侧写是根据罪犯的行为方式推断出他的心理状态，从而分析他的性格、生活环境、职业、成长背景等等。可惜的是我们目前对这位谢先生的情况了解得实在太少，如果相关资料能够更多一些的话就可以完成心理画像了，那样一来接下来的工作就容易多了。"

龙华闽仿佛明白了，问道："原来你当初看上彭庄，就是想把他培养成一位出色的心理画像师，是这样的吧？"

沈跃却摇头说道："心理画像并不就是传统意义上的画像，它包括刑事侦查、法医鉴定、心理评估和文化人类学的应用，是将犯罪现场和法医鉴定的信息以及关于犯罪行为和被害人的有限的细节等信息送到心理画像专家那里，再由他们反馈关于犯罪人的报告。我确实非常希望彭庄能够成为一位优秀的心理画像师，可惜他目前掌握的心理学知识还十分有限，这需要一个过程。"

龙华闽点头道："嗯，我相信他们都会很快成长起来的，因为他们有一位非常优秀的老师。"

沈跃看着他，警告般的语气："龙警官，你可别打他们的主意啊。"

龙华闽大笑道："我是有那样的想法，不过我更清楚，他们在你这里发挥的作用会更大。"

沈跃这才松了一口气，戏谑地道："那是。我给他们开工资，干的却是你们警方的活儿，你还有什么不满足的？是吧龙警官？"

龙华闽起身，在哈哈大笑声中离开了沈跃的办公室。

接下来警方进行了大量的排查工作，最后锁定了大致符合沈跃分析结论的三个人：方庆丰，古汉语研究专家，喜好收藏；朱翰林，考古专家，收藏家；刘文好，知名画家，收藏家。

当沈跃拿到这份名单的时候禁不住就皱起了眉头。这三个人都不是普通人，不但全国知名，而且都是桃李满天下，沈跃无论如何都不能相信罪犯会在其中。龙华闽对此也感到压力巨大，如履薄冰，一时间难以做出下一步的抉择。

沈跃想了想，说道："我看这样，我们先想办法拿到这三个人二十年来不同时期的声音资料，进行相应的处理后让盛权辨别一下。这样似乎更稳妥一些。"

龙华闽深以为然："好，就这样。"

盛权听了录音后的反应却让龙华闽和沈跃面面相觑。盛权道："好像都有点像，也都不大像……"

龙华闽问沈跃道："这是一种什么状况？他撒谎没有？"

沈跃道："他连杀人案都供述了，现在巴不得能够立功轻判，怎么可能撒谎？这是因为多年习惯性地服从命令，使得他慢慢不再特别注意那位谢先生的声音，他只需要接受命令并圆满地去完成就可以了，从某种程度上讲，现在的盛权早已成了谢先生控制的一具木偶。"

龙华闽轻轻敲打着自己的脑袋："是啊……"

沈跃打开了窗户，一阵寒风呼啸着扑面而来，让他禁不住打了一个寒噤，脑子却因此清明了许多。他转身对龙华闽说道："我看这样，还是以你们警方的名义将这三个人同时请到……找一家五星级酒店的咖啡厅吧，最好是单独的雅间。就当是一次学者之间的交流吧，也许这样的方式他们都能够接受。"

其实沈跃主要是从维护他人尊严的角度在考虑，而龙华闽顾忌得更多的却是社会影响，不过沈跃的建议兼顾了这两方面的问题，龙华闽当然完全赞同。不过后来龙华闽在请示了上级后对这个方案又做了微调：由省政府办公厅出面去邀请三位学者，地方也改到了省政府的一间小会议室，而且省政府的秘书长也将参加这次的"座谈"。龙华闽提醒沈跃道："由此可见上边对这件事情是非常慎重的，你也需要谨慎对待才是。"

沈跃微微一笑，道："你放心吧，我自有分寸。"

三位学者是先后来到的，据说秘书长正在开会，沈跃一直在会议室外迎候。当三位学者都到了之后，一位工作人员跑来对沈跃说道："你们先进行着，秘书长一会儿就来。"

沈跃从这位工作人员的脸上看到了谎言，不过还是朝他点了点头。这件事情确实有些敏感。

三位学者莫名其妙地看着沈跃，沈跃先介绍了自己的身份，然后开始讲述案情，在讲述的过程中他一直在暗暗观察眼前这三个人的细微表情，他有些失望，同时也感到欣慰——这三个人的表现都很正常：好奇，惊讶，疑惑。而当沈跃讲到警方经过排查将他们列为嫌疑人的时候，三位学者顿时都愤怒了。他们每个人的表情都是真实的，包括此时的愤怒，没有任何人出现丝毫的惊慌、鄙夷、冷笑之类的细微表情。

刘文好首先发怒了："沈博士，警方的人为什么没在这里？你就能够代表警方？

你们这样毫无依据地无端怀疑我们，这是对我们的侮辱！"说完，他一下子就站了起来："我要去找省长，让他来把这件事情说清楚！"

朱翰林也气得嘴唇发抖："简直是岂有此理！"

然而让沈跃没有想到的是，这时候方庆丰却忽然笑了起来，朝着刘文好和朱翰林说道："你们啊，都上了沈博士的当啦！"

刘文好和朱翰林都诧异地看着他，问道："你这话是什么意思？"

方庆丰指了指沈跃，道："沈博士在心理学方面的成就我早有耳闻，他曾经帮助警方破获过不少案子，刚才他一见到我们就毫无保留地将案情全部告诉了我们，目的就是观察我们三个人的反应，也是故意在让我们生气，这样的话我们的情绪就很容易失控……"说到这里，他冷冷地看着沈跃问道："沈博士，现在请你告诉我，在我们当中究竟谁是你说的那位谢先生？"

这个人非同寻常。沈跃苦笑了一下，朝着眼前的这三个人鞠了一躬，歉意地道："对不起，我只能采用这样的方式，案情重大，还请三位前辈见谅。你们三位都不是那位谢先生，现在我完全可以确定。"

刘文好愕然地看着他："你真的确定了？"

这是一个脾气来得快也去得快、性格直爽的人。沈跃慎重地点头，道："是的。实在是对不起您了，我向你们表示真挚的歉意。"

朱翰林站了起来，冷冷地看着沈跃："你的意思是说，我们现在就可以离开了？"

这个人有些小心眼，容易记仇。沈跃笑着点头道："当然。不过我希望你们都能够留下来，因为我需要你们的帮助。三位前辈，这起案件跨越二十年，给国家造成的损失非常巨大，我们必须尽快抓到那位谢先生，否则的话很难向国家和人民交代……"

朱翰林又开始愤怒了："我是一名考古学家，我为国家服务了一辈子，我的青春年华乃至生命都付给了这份事业，可是我万万没有想到你们竟然会怀疑到我的头上！这简直是太、太岂有此理了！"

沈跃想不到这个人的反应竟然如此激烈，尴尬得有些束手无策。方庆丰在旁边劝道："朱老，小沈也是为了工作嘛，你是做考古工作的，更应该理解小沈才是，他不也是为了将那些流失的重要文物找回来吗？你消消气……"

沈跃又一次向他道歉，朱翰林这才没有再说什么。这时候方庆丰对沈跃说道："你刚才说需要得到我们的帮助，小沈，你有什么问题就继续问吧。"

此时，沈跃对这位研究古汉语的专家充满着真切的敬意。是的，唯有对中国传统文化浸淫至深的人才可以做到像他那样洞察世事、处变不惊、人情练达。

沈跃连声道谢，然后才问道："三位前辈都喜欢收藏，想必你们认识不少这方面的同行，在你们看来，这个谢先生最可能是谁？"

刘文好摇头道："在这一行我所认识的人当中好像没有姓谢的。"

沈跃哭笑不得，心道：一个从一开始就制订了完美的计划，并一直隐藏在幕后的人，他怎么可能用自己真实的姓？沈跃看着朱翰林，恭敬地问道："朱老，您认为呢？"

朱翰林冷冷地道："我从来都不随便怀疑他人。"

沈跃又一次被噎在了那里。方庆丰朝着沈跃微微一笑，说道："小沈，朱老说得对，毕竟案情重大，我们不能毫无依据地随便怀疑他人。既然警方是经过大量排查后认为我们三个人的嫌疑最大，现在你又排除了我们当中有人是谢先生的可能，我觉得很可能是你们的思路出了问题，所以我认为最好的方式是你们重新调整一下思路，或许会有新的方向。小沈，你觉得呢？"

沈跃点头道："谢谢方老的提醒。那好吧，今天我们就到此为止，也许今后我还会上门来打搅三位前辈，请你们千万不要见怪啊。"

朱翰林起身就朝外面走去。这时候秘书长匆匆从外面跑进来了，嘴里不住地说道："对不起，对不起各位了，刚刚开完会……咦？沈博士，事情已经说完了？"

很显然，这个人刚才就躲在门外。沈跃在心里暗暗道：此人如此没有担当，也不知道是如何混到这个位子的。他微微一笑，说道："也就是和三位前辈探讨了几个问题。没事了，秘书长，您继续忙去吧。"

这时候朱翰林已经到了会议室的外边，刘文好也跟了出去。方庆丰将沈跃拉到一边，低声对他说道："小沈，你不要计较朱老刚才的态度，他的性格有时候是比较古怪，不过他肯定是个好人。"

沈跃笑了笑，说道："这件事情是我太性急造成的，我完全能够理解他的心情。一个为国家的考古事业服务了一辈子的人，结果却被列为这起文物案件的重点怀疑对象，换作是我也可能受不了。"

方庆丰拍了拍沈跃的胳膊，欣慰地道："想不到你能够有这样的度量。唉！现在像你这样的年轻人可是越来越少啦……"

沈跃并没有因为受到方老的夸赞而沾沾自喜，此时的他一下子就陷入了沉思之中：究竟是在哪一个环节出了问题呢？

冬季的白天较短，天黑得早。康如心替沈跃打开了办公室的灯，娇嗔着责怪道："你这人，这样也能够看见上面的字？"

这一下午沈跃一直在翻阅龙华闽派人送过来的那些情况调查资料，不过他早就浏览完了。他抬头看着康如心，笑道："我是在思考问题。哦，天已经黑了？你先回去吧，我今天还有很多事情要办。"

康如心看着窗外："下雨呢，我不想一个人回去。"

沈跃一边整理着桌上的那些东西，一边对她说道："你先回去吧，两位老人等我们回去吃饭呢。我和英杰要出去一趟，估计要晚些时候才回家。"

康如心万般不愿意，不过也没有坚持，她问道："你们要去哪里？"

沈跃道："从这些资料上看不出什么来，我想亲自去找张东水了解一些情况。"

康如心道:"你们明天去不行吗?这大冷的天,张东水现在和他侄儿住在一起,那么偏远的地方,多不安全啊。"

沈跃解释道:"我必须尽快把这个谢先生找出来,不然的话他很可能会逃出境,那样就麻烦了。"

康如心诧异地问道:"你怎么就确定他现在还没有逃跑?整个团伙除了他都已经被抓捕,如果我是他的话早就逃跑了。"

沈跃道:"这时候逃跑反倒容易暴露。此外,我想他必定对自己当年所制订的那个计划十分自信,特别是在经历了二十多年的验证之后,他的那种自信应该更坚定。还有,到目前为止他手上肯定还有不少值钱的东西,他不可能就这样扔下不顾了。所以,我要在他意识到真正危险、试图逃跑之前将他找出来。现在时间对我们来讲太重要了。"

曾英杰已经与张小贤联系过了。警方考虑到张东水和张小贤都是属于被胁迫的情况,暂时没有拘留他们,而是实行了监视居住,这样做一方面是为了张小贤妻女的安全,另一方面是希望能够让这起案子有另外的收获——万一那位谢先生上门了呢?

其实沈跃是非常同情这两个人的。在张东水的双腿被废后不久,盛权又胁迫张小贤加入了他的犯罪团伙,当年张东水一时间的鬼迷心窍竟然让叔侄两人都成了这个犯罪团伙的工具,未来法律将如何判决他们还是一个未知数。每每想到这件事情,沈跃都嗟叹不已。

沈跃说在外边随便吃点东西,曾英杰笑道:"我们去张小贤那里吃吧。这几天在周围蹲守的那几个同事都在他家里吃饭,腊肉炖土鸡……啧啧!听他们说起我都流口水。"

沈跃哭笑不得:"那还是蹲守吗?"

曾英杰笑着解释道:"其实大家都知道那位谢先生不可能傻到自投罗网,我那几个同事也就是暂时充当一下他们叔侄俩的保镖罢了。"

沈跃一想也是，道："当刑警其实挺辛苦的，偶尔放松一下也是应该的。"

可能是曾英杰提前打了电话的缘故，张小贤的妻子吴昆做了一大锅腊肉炖土鸡，这道菜被做成了火锅，旁边有一大盆洗净了的蔬菜，以及新鲜的蘑菇。沈跃很诧异，因为他知道这种蘑菇只能是野生的。不过他仔细看过之后就明白了，这东西是通过冰冻保存下来的。

当所有的人坐下后沈跃却没有看到张东水，便询问张小贤道："你叔叔呢？"

张小贤回答道："他不和我们一起吃饭的，叫他也不来。"

也不知道是怎么的，张小贤的话让沈跃的心里一下子就变得难受起来，顿时感到心里堵得慌。匆匆吃完了饭，食物的美味并没有在味蕾上留下多深的印象，他起身对大家说道："你们慢慢吃，我去和张东水谈点事情。"

曾英杰也急忙站了起来，沈跃却将他摁回到座位上，说道："你继续吃吧，陪大家多喝几杯，别喝醉就行。"说着，他对张小贤道："你和我一起就行。"

张小贤拿出来的是他自酿的米酒，度数不高，味道虽然不错，但沈跃心里有事，也就只喝了一小杯。

张东水"坐"在壁炉旁边吃饭，他面前小桌上的菜和客人们吃的是一样的，只不过是混煮在了一起，由此看来张小贤对他还不错。沈跃注意到，张东水是坐在一个四轮小板车上面，他的双腿自膝盖以下就没有了。眼前的这个人虽然残疾，但看上去倒是干干净净，花白的头发下是一张清瘦的脸，他吃东西很慢，细嚼慢咽，拿筷子的手青筋毕露，给人以很强的稳定的感觉和力量感。

张小贤并没有注意到沈跃的观察，当沈跃刚刚走到叔叔面前的时候就即刻介绍道："叔，这位是心理学家沈博士，他想问您一些问题。"

张东水愕然地抬起头来看着沈跃："心理学？"

沈跃微微一笑，说道："您先吃饭，我们一会儿再聊。"

张东水吃东西的速度一下子就变得快了许多，三两下就吃完了碗里的饭。沈跃注意到，刚才张东水的眼神中露出的是惊惧，双手也颤抖了一下。沈跃在心里暗自叹息：二十年前，他也算是一个有梦想的人，即使面对盛权威胁也依然高昂着他的头颅，可是如今……

正这样想着，就看到张东水的双手已经放到了他那双断腿上，虽然没有说话，顺从的意思却表达得非常充分。沈跃的心里更加难受，温言说道："你别这么紧张，我就是想问你几个问题。我知道，当年你的双腿是被盛权废掉的，然而也许你并不清楚的是，他那样对你也是受人指使，而指使他的那个人很可能就是你第一批赝品的购买者。"

张东水的身体开始颤抖，眼泪无声流下。沈跃的声音更加低沉温和了些，继续说道："这个人一直躲在盛权的背后，就连盛权都不知道他是谁。这个人实在是太危险了，所以我们必须尽快把这个人找出来，否则的话，你侄儿和他妻女的安全就很难得到保障。"

张东水用衣袖揩拭了下眼泪，摇头说道："前面的警察已经不止一次问过我这件事情，我能够记起来的就那几个人，当时我只是抱着试试的想法，其实心里还是很害怕被人揭穿，所以每次卖了东西后就马上离开了。"

沈跃提示他道："你记得的那几个人都是开古董店的，你还卖给过其他人没有？"

张东水想了想，摇头道："我能够记得的就只有那几个人，这几天我还仔细地回忆了一下，好像当时就做了那么几件东西，虽然已经记不清楚每一件东西具体卖给了哪一家，但数量是记得的。"

他说的那几个人警方都已经找到，其中有两个人已经因病去世，剩下的沈跃都见过，而且基本上可以排除嫌疑。沈跃再次提示道："你回忆一下，你在卖那些东西的过程中有没有出现过比较特别的情况？比如旁边还有别的比较特别的人，或者发现自己被跟踪什么的。"

张东水忽然又开始流泪，说道："实在记不起来了……你不要再问我了，其实我早已经认命，我对不起小贤，也对不起我自己的这一辈子，如果能够再活一回的话，我宁愿在野外干一辈子……"

他终于哭出了声，却依然在压制着自己的情绪，哭声就像从嗓子眼里撕裂出来似的。此时此景，让沈跃感觉到空气中都充满着无尽的悲伤和后悔，他不由得想道：是啊，如果当初他没有遇上那位考古学家的话，或许后来的一切也就都不会发生，那位考古学家就如同一只蝴蝶，是他的翅膀扇动了眼前这个人以后二十年的人生命运。

这一瞬，沈跃的心里忽然一动。他猛然想起了朱翰林，以及方庆丰评价朱翰林的那句话来——他的脾气有时候比较古怪。有时候……沈跃即刻问道："你还记得吗，当初你认识的那位考古学家姓什么？他叫什么名字？"

张东水的身体霍然战栗了一下，哭声也因此戛然而止。可是他没有回答。沈跃看着他，问道："是不是姓朱？"

张东水摇头，伸出手去拿起了碗筷，用哀求般的语气说道："你让我好好吃完这顿饭，也许下顿饭就只能在监狱里吃了。求求你……"

沈跃在心里叹息了一声，起身离开。几步后他缓缓转身问跟在自己身后的张小贤："难道你一点都不恨他吗？"

张小贤摇头道："我想恨他，却怎么也恨不起来。"

是啊，毕竟血浓于水，毕竟一个人的命运太不可捉摸。沈跃在心里感叹道。

这一夜沈跃一直没有睡好。臂弯中的康如心呼吸声清晰均匀，沈跃一次次试图让自己进入睡眠，一次次调节着自己的呼吸去与她的节律一致，脑海中却总是不断冒出各种奇形怪状的问号：究竟是什么地方出了问题？是警方在调查过程中遗漏了什么，还是我的分析出现了偏差？他开始重新组织脑海中的那些资料，将其中有关联的东西再次组合起来……没有问题啊！那位谢先生就应该是这个样子的！

轻轻将自己的手从康如心的脑袋底下抽出来，已经有了暗适应的视线中是康如心宁静、姣美的面容。这一刻，幸福的滋味一瞬间探入了沈跃的灵魂之中，他禁不住去亲吻了一下康如心的脸颊，她的面容上露出了甜蜜的笑容。她没有醒来，那是沈跃的吻送给了她一个美好的梦。

披上厚厚的睡袍，放轻脚步离开了卧室，穿过幽暗的客厅走到屋外。冬天的夜晚格外寂静，没有虫鸣，周围人家的宠物都蜷缩在窝里，唯有不远处路灯清冷的灯光。沈跃站在那里，让寒夜将自己笼罩，他忽然有些羡慕龙华闽：此时此刻，我的手上要是有一支香烟就好了。

不过沈跃只是在外边站立了一小会儿，他发现自己的思绪依然难以平静下来。回到床上后依然睡不着，让自己的身体半卧，他又想到了龙华闽手上的烟。

康如心醒了，轻声问道："你怎么了？"

沈跃轻抚着她的脸："没事，你睡吧。"

康如心将身体朝他靠了过去，柔声问道："我知道你在想什么。你一直很自信啊，怎么现在开始怀疑自己的分析结果了？"

沈跃将手放到她的秀发上，摇头说道："我没有怀疑自己，是一时间找不到问题究竟出在什么地方。我在想，即使是这个人一直隐藏在背后，但他总是真实存在着的，既然如此，那就应该有迹可循……"

康如心也半卧了起来，将身体靠在沈跃的身侧，轻声说道："你迟早会找到他的。沈跃，这个案子其实是在无意中进入你的视线的，所以你没有必要把它看得太重。有些事情就是这样，一旦你把它看轻了，其中的实质也就显露出来了。你说是吧？"

沈跃一下子就笑了，道："你也成哲学家了……好吧，我们睡觉。"

康如心极其自然地将头枕在沈跃的臂弯里，她似乎忽然想起了什么，竟然独自轻笑了起来，说道："沈跃，刚才我做了个梦，梦见我们有了一对双胞胎，一儿一女，可爱极了。"

梦是愿望的达成。这是刚刚结婚的女性最常见的梦：少一次十月怀胎之苦却又能够满足儿女双全的愿望。沈跃再一次想起那个已经失去的孩子，心里疼痛了一下，问道："你喜欢儿子还是女儿？"

康如心道："如果只能生一个的话，我想要个女儿，我希望你曾经的那个孩子能够来到我们家里。在她墓前的时候我对她说过，我喜欢她。"

沈跃一下子将她紧紧拥抱在怀里："如心，谢谢你……"

方庆丰到了康德28号。这让沈跃万万没有想到，急忙去将他搀扶进了办公室，满眼期冀地问道："方老，您是不是想起什么来了？"

方庆丰却摇头说道："一直想来你这里看看，以前不是不认识你吗？沈博士鼎鼎大名，那日一见才知道果然名不虚传，今天再也忍不住，就跑来啦。"

沈跃心里略微有些失望，不过并没有介意，笑着说道："方老好像不是一个喜欢说奉承话的人啊。"说到这里，忽然就有些激动了起来："我知道了，方老今天肯定是为了案子而来。"

方庆丰摆手道："我只是心里有了些想法……小沈啊，你这观察力确实很不一般。好吧，那我就直接说我的来意吧。你知道我是搞古汉语研究的，因为专业的关系，我多年前就开始涉足收藏界，说实话，这起案子让我感到非常震惊……小沈，你看我，这年龄大了就容易啰唆。"

沈跃微微一笑，将泡好的茶放到他面前，道："您随便说，我听着呢。"

方庆丰道："回去后我就一直在想，你们正在寻找的那位谢先生肯定是一个化名，如果真是这样的话，我或许可以给你们提供一种新的思路。"

沈跃大喜，急忙道："太感谢了！您说。"

方庆丰问道："小沈，从心理学的角度讲，化名究竟代表着什么？"

沈跃仿佛明白了，回答道："化名和本人其实就是一个人，就如同我们每个人的名字一样，只不过是一个符号罢了。不过这个符号对某个人而言是有着特殊意义的，也许它代表着某种愿望，或者是纪念、隐喻等等。这个问题比较复杂，不过这位谢先生是有计划地作案，而且谋虑深远，所以我想，'谢先生'这个名字肯定是化名，而且这个化名对他来讲必定具有某种特别的意义。"

方庆丰点头道："既然你这位心理学博士也这样认为，那我就姑且从专业的角度分析一番。'先生'二字就不需要多说了，昨天你已经大致讲过，我完全同意你的分析。不过我认为这个'谢'字才是最重要的，它代表着姓氏，姓氏是血脉传承的文字性符号，所以它应该比后面的名更加重要。如果这个姓氏也是化名，那么它所代表的含义就应该更加具有核心性。如果'先生'二字代表的是这个人对自己文化素养的肯定，那么这个'谢'字就应该代表着这个人的世界观，或者说，它代表的就是这个人最为遵从的核心价值。"

沈跃完全赞同方庆丰的这个观点。弗洛伊德在《图腾与禁忌》中写道，名字是人格的重要组成部分，甚至是他灵魂的一部分。无论是父母给孩子取的名字还是某个人给自己取的笔名、网名，它所反映的都是一个人内心的愿望，或者是代表着某种特殊的意义。

沈跃问道："那么，这个'谢'字究竟有着什么特别的含义呢？"

方庆丰道："许慎的《说文》讲：'谢，辞去也。从言，射声。'谢的本意是引退，引申为离开、拒绝等意思。在甲骨文中，谢字像一人拉弓箭之状，古时谢、射两字通用。因此，谢人是一个善射的氏族，以谢命族名和地名，最终形成国家。此外，谢，也是一种龟，头昂着行走，而低着头行走的龟，称为灵。"说到这里，方庆丰站起身来朝沈跃微微一笑，说道："小沈，我只能言尽于此了，但愿我刚才的分析能够对你有所帮助。"

沈跃猛然明白了，急忙问道："方老，您是不是已经知道这个谢先生是谁了？"

方庆丰朝他摆手，道："我不知道，什么都不知道。猜测不能成为证据，无端怀疑他人更是不应该。"

沈跃有些不冷静了，走到方庆丰面前恳切地道："方老，请您再多提示我一些信息吧，时间紧迫，万一这个人逃跑出境的话就麻烦了。"

方庆丰道："小沈，不是我不愿意告诉你，而是连我自己都觉得不可能。无端怀疑他人，非君子所为。言尽于此，接下来请你们自己去求证吧。"说完后，他绕过了沈跃直接朝门外走去。

沈跃愣了一下，朝着方庆丰的背影鞠了一躬，大声道："方老，谢谢您！"

"刚才这个人是谁？"康如心好奇地问道。

"方老，一位古汉语研究专家。"沈跃回答道，随即朝着巷道大声叫道："英杰，你过来一下。"

曾英杰快步跑了过来，沈跃一边沉思一边对他说道："关于谢先生这个人……在以前分析的基础上再加上这样一些特征：出身于高级军官家庭；曾经有过公职，后来辞职；名字里面带有一个'龟'字，或者……"说到这里，沈跃猛然想到了什么，转身回到办公室拿起电话打给龙华闽："龙警官，朱翰林的妻子叫什么名字？"

龙华闽惊讶地道："他离婚多年了啊，你干吗问这个问题？"

沈跃有些激动："你马上查一下朱翰林妻子的情况，越快越好。也许那位谢先生的秘密就在其中！"

龙华闽似乎明白了什么，说道："曾英杰的权限就可以查啊……"沈跃转身去看，发现曾英杰已经不见了，随即就听到龙华闽在电话里问道："难道你怀疑谢先生是个女人？"

沈跃道："我记得盛权说过，有一天他孩子在放学的路上失踪了，后来孩子回来说是一个漂亮的阿姨带他去吃了肯德基。我们都忽视了这个细节。后来当我揭开盛权曾经杀过人，并因此被谢先生挟持的事实之后，就更加没有意识到这个细节的重要性。此外，盛权告诉我们，每次和他通话的声音都是男性，而且声音嘶哑，这就让我们完全忽略掉了谢先生是女性的可能。"

龙华闽觉得莫名其妙，问道："可是，谢先生怎么可能是女人呢？"

沈跃道："梅兰芳，李玉刚……既然男性中有人可以发女声，女性中也一样会有可以发男声的人。如果我的分析没错的话，朱翰林的前妻应该是军人家庭出身，有过公职，后来不知是什么原因辞职，她的名字中有一个'灵'字。"

正说着，曾英杰匆匆跑来了："沈博士，朱翰林的前妻名叫喻灵，某知名高校考古专业毕业，她父亲是一名军人，母亲是大学教授，她和朱翰林是大学同学，曾经是省文物局的工作人员，后来辞职开了一家拍卖所。她与朱翰林育有一女，女儿如今定居香港……"

08 谢 先 生

喻灵失踪了。据拍卖行的工作人员讲，最近两天都没有看到他们的老板来上班。而警方也并没有发现喻灵的出境记录。

龙华闽对沈跃说道："喻灵的声音特别，这就让她更便于化装，所以，现在最可能的情况有两种：一是她早就以男性的身份办理了另外的身份证和护照，可能在两天前就用那本护照出境了；二是她依然在大陆，却以男性的身份隐藏了起来，也许她还在本地，也可能去了外地。"

沈跃点头道："是的。特别是如今高级塑胶面具的存在，再加上她拥有非常逼真的男性声音，这就让我们很难在人群中将她分辨出来。所以，目前最好的方式就只有心理分析和心理预测了。"

龙华闽看着他，微微一笑，道："所以，接下来还是得请你帮我们把这个人找出来。小沈，辛苦啦。"

沈跃怔了一下，苦笑着说道："接下来我要去一趟香港，不过在去香港之前我必须先去见一个人。"

龙华闽问道："朱翰林？"

沈跃点头，道："是的。"

龙华闽道："我和你一起去，这样的话他不想见你都不行。"

沈跃没有反对。从昨天朱翰林的表现来看，这个人知情不报甚至有意包庇的可能性极大。不过在获得确凿的证据之前，还是稳妥一些为好。

朱翰林目前住在省文物局的一栋小洋房里面，他和喻灵离婚后就一直独居在这里，家里请了一位保姆，龙华闽和沈跃去的时候就是保姆来开的门。龙华闽问道："朱老在家吗？"

刚才龙华闽已经出示了警官证，保姆有些紧张，点头道："在的。我这就去叫他。"

保姆三十多岁的模样，相貌普通，沈跃注意到了她的手和颈部，基本上排除了她是谢先生的可能。女性的颈部和手是无法隐瞒她们的年龄的，特别是手。眼前这个女人的手掌有些粗糙，手背却相对比较细腻光滑。

朱翰林从楼上下来了，他看到沈跃的时候皱了一下眉，以一种不欢迎的语气说道："你来干什么？"

龙华闽朝他伸出手去："朱老，我是省刑警总队队长龙华闽，我和沈博士专程来拜访您，还是因为那个案子的事情。"

朱翰林的神态缓和了些，指了指沙发："坐吧。"随即转身去对保姆说道："小刘，泡茶。"

保姆端了两杯茶过来，一杯放到龙华闽面前，当她正要将另一杯放到沈跃面前的时候，沈跃急忙起身伸出手去接，也不知道是怎么的，沈跃的手忽然抖动了一下，滚烫的开水一下子就洒落到了保姆的手上，保姆瞬间发出了痛苦的声音："哎呀！"

沈跃连忙道歉："对不起，对不起。"

朱翰林再次皱眉，不过没有说什么。沈跃坐回到沙发上，直接对朱翰林说道：

"朱老，喻灵就是谢先生，这件事情其实您早就知道……哦，或者说是早就开始怀疑……不对，应该是那天在我讲述案情之后就开始怀疑了。其实您那天不是在朝我发脾气，而是无法接受那样沉重的事实，所以，您是在生您自己的气，是这样吧？"

朱翰林的身体猛地一个激灵，却紧闭着嘴唇没有回答沈跃刚才的话。沈跃依然在看着他，缓缓道："其实你早就知道喻灵在干某些违法的事情，但是你没想到她的性质会这么严重。也许你们两人的离婚也是这个原因？"

朱翰林惊骇地看着沈跃。旁边的龙华闽说道："朱老，既然事情已经到了这个地步，你就应该把你知道的都告诉我们。以前你知情不报我们能够理解，毕竟夫妻情深，还要考虑孩子的感受，但你不应该一错再错，法律既是公正的，也是无情的，为了你自己，为了你女儿的未来，你现在应该把你知道的一切都讲出来。你说是不是？"

朱翰林依然不说话。这时候沈跃似乎已经明白了，叹息着说道："我知道了，您担心自己的女儿也已经陷进去了。不过朱老，其实在这件事情上您也是有责任的，是您多年前的没有坚持才使得事情最终到了这一步，所以现在您不能继续错下去了，这不但于事无补反而会使事情朝着更加严重的方向发展。您当然可以什么都不说，不过我们最终也一样会揭开所有事情的真相，但结果却肯定是不一样的，无论是对您，还是对您的女儿。"

刚才，龙华闽已经将"您"这个尊称改成了"你"，因为他是警察，他的话语中除了劝告还有警告；而沈跃却依然保持着对他最起码的尊重，因为沈跃是心理学家，他是真的不希望眼前的这位老人一错再错。他的话语中只有真诚，同时也带着心理暗示。

朱翰林叹息了一声，终于开口说道："好吧，我告诉你们一切。"

朱翰林和喻灵在大学时是恋人，后来一起分到了省文物局。朱翰林的性格虽然张扬，但骨子里却非常传统，而喻灵出身军人家庭，虽然母亲是一位学者，但她受父亲的影响较多，性格强硬甚至有些叛逆。然而就是这样的两个年轻人走到了一起，而且感情炙热而深厚。随着时间的推移，成了父亲的朱翰林慢慢舍弃了张扬的性格，醉心于学术，而成了母亲的喻灵却越来越愤青。

那是"文革"之后改革开放刚刚开始的时代，百废待兴，可是由于法律及各种制度的严重滞后，各行各业在改革的同时也出现了大量的问题，国家文物的管理也是如此，各种乱象很快就显露了出来，甚至有人私下用国家文物送礼，或是为了争取项目，或是为了谋求更高的职位。当时的喻灵年轻，性格直爽，曾不止一次当面叱责领导，因此她在单位成了极不受欢迎的人，长期被打压。

虽然如此，朱翰林依然爱她，因为他的心里同样愤怒，只不过不敢像喻灵那样站出来而已。

后来，喻灵被安排去了文物局的仓库，负责修补那些破损的文物。虽然明明知道这是打击报复，但喻灵还是服从了这样的安排。不是她不想反抗，而是她从内心深处热爱这份工作。她每天回家的时候都是一脸的疲惫，而且脾气越来越糟糕。但朱翰林依然是爱她的，他对喻灵说：你和孩子是我的全部。

有一天，喻灵忽然对朱翰林说她要辞职。

那天，喻灵像往常一样从仓库回家，朱翰林发现她的脸色很不正常，眼圈也是红的，急忙端去一杯热茶关心地问她是怎么了，这时候喻灵哭了，像孩子似的"哇哇"大哭起来。当时已经上小学的女儿被吓坏了，也在一旁大声哭了起来。

朱翰林好不容易才将母女俩安抚了下来，他低声问妻子："今天你这究竟是怎么了？"

喻灵忽然冒出了一句话来："我要辞职！"

朱翰林吓了一跳。他知道，妻子是从内心深处热爱这个专业的，更准确地讲，她热爱的是这个国家几千年的文化。此时她忽然要辞职，必定有非常特别的原因。

朱翰林问道:"为什么呀?"

喻灵又开始流泪,哭泣着问道:"你知道我在仓库修补文物的这几年都是怎么过来的吗?"

朱翰林温言道:"我知道你很辛苦,心里也苦,但是没办法啊,谁让你以前的性格那么直呢?上面的人要打压你,你父母已经退休,他们也说不上话,我就更不行了……"

喻灵哭泣着打断了他的话:"你什么都不知道,什么都不明白,因为你从来都没有去那地方看过。我知道,你是不忍在那样的地方看到我,可是你一点都不知道这几年我在那里都看到了些什么。呜呜……"

朱翰林心里一紧,耸然动容:"你都看到了些什么?"

喻灵道:"全是破损的文物,全是近代被人为破坏的文物!那么多好东西,那么多承载着数百上千年中国文化的文物,都在那些人手上成了废品!你不知道这几年来我在那里痛哭过多少次,有时候我一边修补一边流泪……"

朱翰林顿时明白了,安慰她道:"十年浩劫,破坏的文物是很多,整个国家都遭受了巨大的灾难,不过现在好了,而且我相信今后会更好的。"

喻灵摇头,决绝地道:"我已经想好了,我要辞职,我要尽我最大的努力将那些好东西保存下来,否则的话我就对不起我们的子孙后代。"

朱翰林知道她,懂得她,问道:"既然你已经决定了,那我就会全力支持你,你想怎么做?"

喻灵回答道:"我想开一家拍卖行。既然国家相关的部门管理不好那些东西,那就让喜欢它们的人去保管吧。"

朱翰林目瞪口呆,隐隐觉得她这个想法有些不对劲,但是一时间又想不出究竟什么地方不对劲。

第二天喻灵就辞职了。朱翰林也专程去了一趟喻灵曾经工作的那间仓库。里面破损的文物确实让人触目惊心。朱翰林叹息了一声，那一刻，他终于明白妻子为什么会那么痛苦了。

朱翰林和喻灵都是文物鉴赏专家，捡漏对他们来讲并不是难事，而且那个年代的漏本来就不少。朱翰林拿出一笔钱来交给妻子。不多久，一家新的拍卖行就诞生了。

时间就这样一天天过去，喻灵的拍卖行越来越红火，女儿一天天长大，后来去了美国留学，大学毕业后被喻灵安排去了香港，因为喻灵多年前就在那边注册了一家拍卖行。这些年来喻灵一直在外面忙，回家的时候很少，女儿长大后就去了国外，朱翰林经常去往野外考古，虽然在他人的眼里，这个家庭早已名存实亡，但在朱翰林心中，自己的这个家庭却是牢不可破的，因为他一直深深地爱着自己的妻子，还有远在他乡的女儿。

然而让朱翰林万万没有想到的是，就在女儿大学毕业后不久，喻灵忽然向朱翰林提出了离婚的请求。她要求离婚的原因很简单：这个家庭早已名存实亡，而且她在外边早已有了别的男人。

朱翰林当然不会相信。可是喻灵的态度却是非常决绝，她将一沓照片放到了朱翰林的面前，朱翰林看了差点晕厥过去：那些照片上都是妻子与一个年轻帅气的男人亲热的镜头。搂抱、接吻，甚至赤裸相拥……

他没有撒谎，可是……沈跃忽然明白了，是那天他口中多次出现的"谢先生"这个名字让朱翰林瞬间明白了一切：当时喻灵辞职的根本原因和目的；那些年她为何很少回家；为何将女儿安置在香港的拍卖行；还有离婚。喻灵是个罪犯，这些年她一直在犯罪，甚至将女儿也安插了进去，却偏偏撇开了他。这究竟是爱，还是不信任？很显然，那一刻朱翰林的内心受到了巨大的冲击，以致情绪差点不能自控。

而真正的明白人却是方庆丰，也许他和朱翰林都在同一时刻想到了谢先生是谁。很显然，方庆丰和朱翰林，他们不但知道喻灵可以发出特殊的声音，而且知道"谢先生"这个化名的来历，唯有那位叫刘文好的画家懵懂不知，不知所以。

沈跃看着眼前的这位考古学家，轻轻叹息了一声，问道："'谢先生'这个化名喻灵曾经什么时候用过？"

朱翰林回答道："上大学的时候她演过一出话剧，反串了里面一个叫'谢先笙'的人物，是杜月笙的那个笙字。"

沈跃点头，道："所以，那天我在讲述这起案件的时候你一下子就想到了那位谢先生很可能就是你的妻子？"

朱翰林点头。此时他已经冷静了许多，不过双手依然在颤抖。沈跃又问道："你妻子是在什么时候认识张东水的，这件事情你知道吗？"

这时候坐在旁边的龙华闽也是神色一动。朱翰林茫然地看着他，问道："张东水是谁？"

在来这里之前沈跃给张东水打了一个电话，问他当时偶然接触到的那位考古学家是不是一个女人，是不是叫喻灵，张东水的回答证实了沈跃的这个推论。不过现在看来，朱翰林确实不知道那件事情。很显然，喻灵和张东水认识的时间最可能是在她辞职之前，不，不一定，说不定喻灵本人就是一位制假的高手，数年在那间仓库里修补文物的经历足以让她具备那样的能力，也许是后来喻灵发现自己造假风险太大，于是才有了张东水后来可悲的命运。

沈跃想了想，又问道："其实你和方庆丰、刘文好早就熟悉，那么，他们知道喻灵是谢先生吗？"

朱翰林摇头道："他们不可能知道。喻灵工作后就再也没有向任何人展示过她的男声了。"

"你是故意让那杯茶水洒落到那保姆手上的吧？"从朱翰林的家里出来，龙华闽问沈跃。

沈跃点头："当时我就想，万一那个保姆是喻灵装扮的呢？结果证明不是。她手上的皮肤是真实的，我注意到了，她的手背被滚烫的茶水烫红了。"

龙华闽心想：这个家伙……难怪他出来的时候再三向那个保姆道歉。龙华闽问道："你准备什么时候去香港？你和如心一起去吗？"

沈跃点头，道："今天下午。现在我需要一份喻灵拍卖行全部工作人员的名单，一个人都不能漏掉，接下来我会派侯小君一一去排除那里存在着喻灵的可能，特别是其中的男性。龙警官，这件事情希望你们警方能够全力配合。"

是有那样的可能。龙华闽点头，道："这是理所应当的。可是侯小君目前的能力……"

沈跃道："她没问题的！"

与龙华闽分手后沈跃回了一趟康德 28 号，将侯小君、匡无为和彭庄都叫了来，吩咐道："这次的事情你们三个人去做，曾英杰主要负责与警方联络。小君具体负责，无为和彭庄协助，特别是无为，你要将小君提问的过程全程录像，在录像过程中要特别注意捕捉被问话人的面部表情。"

彭庄问道："那我干什么呢？"

匡无为道："你做后勤服务，帮我拿器材什么的。"

彭庄朝他瞪眼，侯小君差点忍不住笑。沈跃笑道："彭庄主要是负责对周围环境的观察，特别要注意名单上是否有遗漏的人，比如勤杂工什么的，到时候会有警方的人员配合你，一旦发现有异常情况就马上告诉他们。"

事情交代完毕后，沈跃看了下时间，拿起电话准备拨打，想了想却又放下了。他去对康如心说道："我们现在就出发吧，我要顺路去拜访一个人。"

康如心问道："来得及吗？"

沈跃点头："我就去问他一句话。"

康如心着急地道："我都还没有收拾好呢。一句话的事情打个电话不就得了？"

沈跃摇头道："不可以，那是一位非常值得尊敬的人。别收拾了，这次去香港的时间很短，也许最迟明天就回来了。什么都别给我带，一把牙刷就行。"

随后沈跃通知曾英杰，让他马上去开车。在车上的时候，沈跃对康如心道："其实这次你可以不去香港的，主要是我希望你能够见证这次调查的全过程。蝴蝶效应……呵呵！如心，你说是不是越来越有趣了？"

康如心笑着点头，道："不知道接下来还会牵扯出什么样的案件来……"

沈跃道："这也正是我最感兴趣的地方。我们总是对未知充满好奇，有时候未知也让人感到恐惧，这就是探索的魅力所在。"

曾英杰将车开进了一个小区，方庆丰就住在这个小区里面。沈跃发现里面的树木大多比较粗壮，问曾英杰道："这个小区开发得比较早吧？"

曾英杰回答道："十多年了吧。那时候的房价便宜，这里面的别墅价值不到一百万。不过当时的物价低，买得起这里别墅的人也很了不起。"

沈跃感叹着说道："知识就是财富啊，像方老、朱老那样的人，赚钱并不是什么难事，不过最让人敬佩的是他们并没有因此沉溺其中，而是依然醉心学术。谁说当代没有了大家？其实他们就是大家啊。"

曾英杰将车停靠在一栋中式小别墅外面，沈跃吩咐康如心和曾英杰在车上等他，随后就一个人去敲门。门打开了，眼前是一位老太太，满头白发，极有气质，她应该就是方庆丰的老伴。沈跃微微躬身道："我叫沈跃，想见方老一面。"

老太太笑道："他说了，你今天就会来的。你等着，我这就去叫他。"话音未落，沈跃就看到方庆丰出现在楼梯口处，满脸笑容看着他道："小沈，想不到你这么快就来了。请进来坐吧。"

沈跃恭敬地道："方老，我就不坐了。我来就是想问您一件事情……"话未说完就听方庆丰说道："多年前我独自去郊外踏青，听到不远处有位女子在唱《刘海砍樵》，她一人唱两角，甚是有趣。数年后我与朱老相识，这才知道那位女子是他的夫人，只不过他的这位夫人早就记不得我了。"

一个印象深刻，一个只是萍水相逢，记忆的程度当然完全不一样。沈跃朝着方庆丰鞠了一躬，恭敬地道："谢谢方老解开了我心中最后的这个疑问。如今喻灵已经躲了起来，估计一时很难让她伏法归案，还请方老再指点一二。"

方庆丰摇头道："那天听了你对案情的讲述，我一下子就想到可能是她，但我不敢妄加揣测，后来想到案情重大，这才向你提醒一二。破案的事情我不懂，实在不能再帮你什么。小沈，今后有空的话经常来坐坐，你是一个让人喜欢的年轻人。"

这是一位让人发自内心去尊敬的老人，像这样的老人有如圣贤。沈跃再次朝他鞠了一躬，真挚地道："我一定经常来。谢谢您。"

香港警方的人已经在机场等候，沈跃问道："找到她了吗？"

香港警方的人点头道："找到了。按照你的要求，我们让她在办公室里等候，拍卖行的工作人员我们都一一检查过，没有发现异常情况。"

香港回归后，两地警方的配合一直比较良好，一个国家的概念在这一点上体现得非常充分。沈跃点了点头："那我们直接去那里吧。各位辛苦了，谢谢你们。"

这次沈跃到香港来就是为了见朱翰林和喻灵的女儿朱丹丹，其实沈跃心里非常明白：喻灵策划这起犯罪案件已经二十年了，对罪行暴露后的情况应该做过多次预演，所以想要抓住她并不是一件容易的事情。当然，排除某些可能也是必须的。

喻灵在香港的这家拍卖行比内地的那一家规模还要大，在这个寸土寸金的地方支撑起这样一家公司所需要付出的成本可想而知。由此可见，喻灵当初的愿望与理想早就发生了质的变化。

朱丹丹的模样更像她父亲一些，谈不上漂亮但是继承了她母亲的气质。沈跃朝她伸出手去："你好，我是沈跃。想必你已经知道了我是因为什么而来。"

朱丹丹将双手抄在胸前，冷冷地道："虽然我不认识你，但是我知道你非常了不起。为了等你，香港警方竟然限制了我的自由达三个多小时，我的律师已经向香港警方提出抗议。沈先生，这里可是香港，不是内地，你们这样做考虑过后果吗？"

沈跃极其自然地缩回了手，耸了耸肩，道："也许，考虑后果的应该是你。对了，你母亲呢？这两天你见过她没有？没有见过？那么，你和她通过电话吗？没有？奇怪了。嗯，看来你还不知道你母亲已经出事了。原来你已经知道了？我明白了，是你父亲给你打了电话。嗯，我能够理解，父女情深嘛。他都对你说了些什么？让你马上离开香港？那你为什么没离开？或许你并不认为自己所做的这一切是在犯罪？我明白了，你母亲并没告诉你那些东西的来历。嗯，看来确实是这样。真是一位好母亲、好妻子啊，原来她从来都没有想过要将自己的丈夫和女儿拉入她的犯罪集团之中。她让你管理这家拍卖行只是需要一个信得过的商业上的帮手而已。"

无论是朱丹丹还是旁边的香港警察，这一刻都被沈跃这种特别的问话方式惊呆了。沈跃依然在看着朱丹丹，继续说道："当然，你是否触犯法律并不是看你母亲和你以为，最终还得以警方所掌握的证据作为依据。"

朱丹丹似乎才刚刚反应过来，激动地问道："我妈妈究竟出什么事情了？"

沈跃愣了一下，顿时就明白了，说道："看来你父亲并没有将具体的情况告诉你。好吧，现在我就告诉你：你母亲在二十年前就开始策划一起长时间的犯罪，主要就是用赝品去偷换国家的珍贵文物，并且将那些珍贵文物全部偷运到了境外，也许你曾经经手拍卖过的古董中就有其中的一部分。"

朱丹丹大声道："不可能！我妈妈不是那样的人！"

沈跃真挚地道："她究竟是不是那样的人，首先得找到她再说，而现在的问题是，她已经失踪了。现在你应该知道我专程从内地赶过来找你是为什么了吧？实话说，我也希望你妈妈不是那样的人，我更希望这是一场误会。但是我们需要用事实说话，所以我希望你能够如实地回答我接下来的每一个问题。"

朱丹丹不说话。沈跃知道她还没有从刚才的震惊中清醒过来，于是趁机问道："你爱你的妈妈吗？"

朱丹丹想也没想就回答道："当然。"

沈跃叹息着说道："是啊，哪个孩子不爱自己的父母呢？我也一样。我记得小时候最喜欢的事情就是和爸妈玩捉迷藏的游戏，那游戏太好玩了，现在想起来就好像是在昨日。你小时候也玩那样的游戏吗？"

朱丹丹仿佛被催眠了似的，思绪一下子就被沈跃刚才的话带回了童年："是啊，太好玩了。每次都是我爸爸最先被我抓住，因为我妈妈会装出爸爸的声音把我引到爸爸那里去，她自己却马上到别的地方躲藏起来。"

沈跃笑道："那是你爸爸故意在让你抓到。你后来找到你妈妈了吗？"

朱丹丹摇头道："我从来没有找到过她……"说到这里，她霍然清醒："你和我说这些是什么意思？"

沈跃微微一笑，道："很简单，我想尽快找到她，然后让你自己到她面前去问她一些事情。"

朱丹丹一下子就变得冷漠起来，摇头道："无论如何我都不会出卖我妈妈的，即使让我去坐牢。"

沈跃盯着她："你的意思是说，你知道你妈妈现在在什么地方？是大概知道？我明白了，后来你问过你妈妈小时候捉迷藏的时候她都藏在什么地方，她回答了你。嗯，看来确实是这样。朱丹丹，你想过没有，万一你妈妈并不是我们要找的那个人呢？"

朱丹丹怒道："你别把我当小孩！我不会告诉你的。"

沈跃朝她摆手道："好吧，我们先不谈这件事情。朱丹丹，你对你父母当年离婚的事情怎么看？"

　　沈跃非常注重谈话的技巧。刚才他本来试图在朱丹丹思绪纷乱的时候获取一些有用的信息，可是因为对方及时的清醒失败了，这很正常，毕竟那个问题对朱丹丹来讲太过敏感，很容易引起她的警觉。在这种情况下沈跃立刻将话题引向另外一个方面，在不至于继续刺激朱丹丹敏感神经的情况下，她也就相对容易接受并回答。这其实就叫作"因势利导"。

　　果然，朱丹丹立刻回答道："我在美国接受的大学教育，他们离婚的事情我完全能够理解。那是他们两个大人的事情，我不会去干预。"

　　她说的居然是真话。嗯，那时候她已经长大了，成人了，又受到过西方国家观念的影响……难道，喻灵是刻意将与朱翰林离婚的时间选在那个时候的？很可能，也许喻灵知道，如果将离婚的时间选在朱丹丹年龄小一些的时候就很可能给孩子造成心理阴影。这是一个什么样的女人啊？她连这样的细节都考虑得那么周全。这一刻，沈跃忽然意识到自己又一次遇到了一个可怕的对手。是的，是对手，他将自己所面对的每一起案件的始作俑者都视为对手。

　　可是，喻灵为什么非要和朱翰林离婚？担心罪行总有暴露的那一天？还是她真的早已出轨？如果是前者，那她和朱翰林之间一直有着真正的爱情。可是，如果是后者呢？

　　沈跃的思绪纷乱，差点走神，不过他瞬间就将自己的意识拉回眼前，继续问道："哦？当时你母亲是怎么跟你说这件事情的？"

　　朱丹丹道："她对我说，爸爸和她这些年都很忙，很少有时间在一起，这个家早就名存实亡了。她还说，前些年她为了事业忙碌，在个人感情上失去了很多，想趁年轻重新选择一次，人生短暂，她不想再失去。"

　　其实朱丹丹还是比较在乎她父母离婚的事情的，不然这些话不会记得如此清楚。沈跃在内心感叹，又问道："你爸爸怎么对你说的？"

　　朱丹丹道："他没有给我打电话，是我打电话去问的他。他说，既然你妈妈已经决定了，我还能说什么？他，他还说，如今我已经长大了，只要我今后生活得幸福他就放心了。"

当朱丹丹说到这里的时候，眼圈一下子就红了。沈跃轻声问道："当时你哭了。是吧？"

朱丹丹点了点头，眼泪一下子滚落了下来，哽咽道："我觉得爸爸太可怜了……"

沈跃用低沉的声音道："你为什么这样觉得？"

朱丹丹的声音依然哽咽："在家里爸爸什么都听妈妈的，妈妈有时候脾气不好，爸爸也都将就她。我知道，离婚的事情是妈妈提出来的，想不到在这样的事情上爸爸也将就了她……"

沈跃问道："当时你是不是觉得你妈妈太自私了？"

朱丹丹不说话。沈跃叹息了一声，道："很显然，你的内心就是这样想的，即使到了现在，你依然这样想。也罢，既然你不愿意告诉我们更多的事情，那我们就告辞了。朱丹丹，你想过没有，也许你根本就不了解你的妈妈，也许她早在和你父亲的婚姻期间就出轨了，而且她很可能就是我们正在寻找的那个罪犯。"

朱丹丹的眼泪不住地流着，沈跃将一张名片放到她面前，道："你可以随时给我打电话。"

"就这样回去了？"在去往机场的路上，康如心问沈跃。沈跃道："我不能继续向她施压了，更不可以对她做更多的心理暗示，因为，我并不想看到女儿出卖母亲的事情发生。"

康如心道："可是……"

沈跃朝她摆手："法律和人性不应该矛盾。你想过没有，如果朱丹丹真的出卖了她的母亲，她今后的生活会变成什么样子？所以，这种法律意义上的所谓崇高不要也罢。"

他的话让康如心的内心也变得纠结起来：是啊，如果我是朱丹丹的话应该如何去选择呢？嗯，也许他是对的。

上飞机之前，沈跃给龙华闽打了个电话："让彭庄去一趟朱老那里，尽快画出朱老当年看到的照片上那个年轻男子的画像，然后将那个人找出来。此外，还要问朱老这样一个问题：朱丹丹小时候和他们夫妻玩捉迷藏的时候，喻灵都藏在什么地方？"

紧接着他又给曾英杰打了个电话："三小时后你到机场来接我们，我们再去一趟张小贤家里。"

康如心诧异地问道："你还去张小贤家里干什么？"

沈跃道："我总觉得张东水和喻灵之间有些故事。张东水并不知道喻灵就是谢先生，所以他才没有将他和喻灵之间的事情讲述得那么完整和清楚。"

在飞机上沈跃睡着了，康如心一点没有去惊动他。头天晚上沈跃没睡好，康如心知道，他，实在是太累了。

一直到飞机降落，康如心依然不忍去叫醒他，但是只能叫醒。沈跃醒来后给了她一个灿烂的笑容，说道："太舒服了，我第一次觉得坐飞机这么舒服。"

康如心禁不住就笑了起来。

想不到沈跃上了车之后又开始睡，一直睡到张小贤家的楼下。

郊区夜晚的天空格外清朗，眼前的这栋建筑却被黑暗笼罩。屋里有灯光，但沉寂无声。门打开了，出来的是张小贤。

"方便吗？我想再找你叔叔谈谈。"沈跃问道。

张小贤点头："请上来吧。"

沈跃想了想，对康如心和曾英杰道："算了，这么晚了你们就别上去了，免得打扰人家。"

屋子里很温暖，壁炉里的火烧得正旺，张东水坐在那里，手上拿着一本书在看。这个空旷的大房间多了一张布帘，布帘破坏了眼前这个空间所有的美感，它不再像以前那样充满诗意，显得有些杂乱。很显然，布帘的那一侧应该是张东水睡觉的地方。

沈跃走到张东水身旁，发现他手上是一本武侠小说，笑着问了句："看书呢？"

张东水将书放到一旁，说道："这些年习惯了在睡前看书，不然就睡不着，或者会做噩梦。"

沈跃看了一眼他那两只空空的裤管，心里暗暗叹息了一声，随即席地而坐，将手伸向壁炉的方向，温暖从手心处瞬间传遍全身，真舒服。沈跃似不经意地问道："你喜欢看武侠小说？"

张东水道："看着玩。消磨时间。"

沈跃摇头道："不，你的心中充满仇恨。"

张东水淡淡地道："恨又怎么样？最多也就只能在心中幻想一下。"

沈跃再次在心里叹息，说道："是啊……今天我来是想和你谈谈你和喻灵的事情。当时你是在什么样的情况下遇见她的？"

张东水诧异地问道："你为什么要问我这个？"

沈跃回答道："到目前为止我们还没有找到这起案件的策划者，也就是指使盛权伤害你的那个人。所以我想将这起案件中的有些细节重新整理一遍，看能不能找到一些有用的线索。"

张东水疑惑地看着沈跃："你为什么不直接去问她？"

沈跃愣了一下，顿时发现撒谎是一件非常辛苦的事情。沈跃道："她出国去了，所以只能来问你。对了，这些年你和她有过联系没有？"

张东水摇头道："我一直住在距离这里不远的树林里面，还有专人看守，我哪里都去不了。"

沈跃道："你的意思是说，你根本就不知道她后来的情况？"

张东水道："从失去双腿的那一天起，我就已经生无可恋，如果不是害怕他们伤害小贤，我早就自杀了。我还去关心那样的事情干吗？"

沈跃看着他："可是，刚才我明明从你的眼神和表情中看到了一丝温馨，这说明你当年和那个女人有过一段美好的回忆。我想象得到，年轻时候的你其实很有男子气概。"

张东水脸上露出了痛苦的表情，喃喃地道："我们不谈这样的事情，好吗？"

沈跃立刻道："不，必须谈。我实话告诉你吧，据我们现在掌握的情况来看，喻灵很可能就是那个在背后指使盛权伤害你的人，而且她现在已经躲起来了。"

话音刚落，沈跃就听到砰的一声，只见张东水的身体已经跌到四轮小板车外边，满脸的惊骇，四轮小板车同时也呼地一下跑了出去。沈跃起身将那东西拿了回来，听到张东水在喃喃自语："不会的，不会的……"

沈跃指了指小板车："需要我帮你吗？"

张东水似乎清醒了过来，摇了摇头，双手一撑，身体就到了小板车上面，动作熟稔、身形矫健。沈跃由此可以想象出他双臂肌肉的力量，这一瞬，他的心里忽然冒出一种可怕的想法——难道，喻灵让盛权砍断张东水的双腿还有另外的目的？

刚才张东水的反应如此强烈，再联系刚才他所有的反应，沈跃感觉到他和喻灵之间或许有过不同寻常的情感故事。沈跃看着他，缓缓问道："其实，你和喻灵之间有过一段感情，是这样的吗？"

张东水的脸抽搐了一下，却并没有回答沈跃的问题。他已经陷入了回忆之中，现实的残酷与曾经的美好交织着。沈跃依然看着他："请你告诉我，好吗？现在我特别需要你的帮助。"

那一年，张东水结束了近半年的野外矿产考察，风尘仆仆地回到了省城。每年都是这样，温暖的季节在昆仑山，在格尔木的戈壁，或者西藏地区的不毛之地，临近冬季到来的时候就回到省城休整。在省城的临时住处洗了澡，刮去长长的胡须，然后披着一头长发去娱乐场所一夜风流。

张东水的身材瘦长，有一双让许多男人羡慕的长腿，他喜欢长相漂亮、稍显丰腴的女人，野外工作补贴较高，所以他有钱，足够他几个月的风流生活。那天晚上，他从娱乐场所带回了一个女孩，然后在她身上尽情发泄。第二天醒来的时候已经是中午，是饥饿让他从睡梦中醒来。

楼下不远处有一家小饭馆，里面菜肴的味道不错，他早已熟悉。长期在野外生活，他不大注意饮食的环境。进去的时候里面已经没有空着的地方，忽然见到有张小桌只有一个人在吃东西。那是一个女人，穿着蓝色的工作服，模样清秀。张东水走了过去，问道："我可以坐这里吗？"

女人没有抬头，但是张东水已经感受到了她的冷漠。张东水解释道："这里实在是没位子了……"

女人将她面前的菜盘朝自己的方向挪了挪。张东水感激地道："谢谢。"一眼就看到她工作服左胸前的那几个字：省文物局。他一下子就找到了搭讪的话题："原来你是文物局的？我和你也算是同行吧，我是地质勘探队的，昨天刚刚从野外回来。"

女人忽然抬起头来，给了他一个微笑："你好。"

那一瞬，女人的笑容让张东水惊为天人，怦然心动。眼前这个女人虽然并不十分漂亮，却让他在猛然间产生了一种熟悉的感觉。张东水竟然莫名其妙地慌乱了起来："你、你好，我叫张东水。"

女人又一次微微一笑，立刻站起身来："我吃好啦，你慢用。"

在张东水怔怔的目光中，女人走出了那家小店，穿过外边的街道，消失在对面的那道铁皮大门里面。

那顿饭张东水根本没有吃出任何的味道。从小饭馆出来的时候竟然鬼使神差般地去了那道铁皮大门处。铁皮大门的旁边有一道小门，它紧闭着。张东水鼓起勇气敲了两下，却没有人应声，他只好依依不舍地离开，怅然若失。

这天晚上他没去娱乐场所，将自己关在临时住处睡了一整夜。他知道自己是在等待，等待第二天中午的来临。这是张东水这辈子第一次为了某个女人心动，他终于感受到了传说中爱情的滋味。等待的时间是如此痛苦而漫长，却始终伴随着幸福与期盼。

从临时住处的房间就可以看到街对面的那道铁皮大门。从上午十点多开始他就一直盯着那个地方，内心始终期盼着、激动着。在窗边站了近两个小时，终于在临近中午十二点的时候看到那个俏丽的身影从那道铁门出来了。那一刻，他几乎可以听见自己心脏发出的急速跳动的声音。他快速地下楼。

还是那家小店，里面的人不像头天那么多。张东水进去的时候一眼就看见了她，还是头天的那个位置。他过去朝她打招呼："你好。"

女人抬起头来看了他一眼，又看了看旁边："今天有空位子。"

张东水直接坐到了她的对面，说道："我长期在野外工作，挺寂寞的，想找个人说说话。说起来我们也算是同行，而且我觉得我们俩挺有缘的，就让我坐在这里吧，可以吗？"

女人"扑哧"一笑，说道："你都已经坐下了，还问我干吗？"

张东水大喜，问道："你点了什么菜？要不我再点几个菜一起吃吧。"

女人看着他："我怎么觉得你不像长期在野外工作的人呢？倒像到处拈花惹草的花花公子。"

张东水指了指自己的头发："你说的是我这发型吧？早知道我就去把它剪了。"说到这里，他忽然想起了什么，从身上掏出工作证来递到她面前："你看，这是我的工作证。我没有骗你吧？"

女人并没有去看，张东水尴尬地将工作证收了回去："对了，我身上还有一样东西可以证明我的身份。"说着，他从衣兜里摸出一样东西放到她面前。

女人看了一眼，发现是一个模样奇丑的带有一抹绿色的石头，问道："这是什么？"

张东水回答道："这是祖母绿的原石，我在云南文山野外考察的时候发现的。"

女人将那块石头拿起来仔细地看，惊叹道："真漂亮。"

张东水欣喜不已："你喜欢的话，就送给你了。"

女人将石头放回桌上，摇头道："我从来不随便要别人的东西。"

张东水急忙道："我还有好几块呢。既然我们认识了，你就拿去做个纪念吧。"

女人依然在摇头。这时候服务员上菜了，她点的是一份青椒肉丝，一份炒白菜。张东水没有吃早餐，禁不住吞咽了一口唾液，女人忽然笑了："饿了吧？你也吃点吧。"

张东水大喜，急忙对服务员说道："我点一条鱼，红烧的，再点一份水煮牛肉、白切鸡、酱爆鸭子……"

女人又"扑哧"一声笑了，道："哪里吃得了那么多？就再来一份水煮牛肉吧。"

张东水连忙道："好，就水煮牛肉，一会儿我一起结账。"

服务员离开了，女人看着他："我相信你是长期在野外工作的了。"

这顿饭张东水吃得很高兴，他感觉得到，眼前的这个女人心情也不错。吃完饭后张东水结账，女人也没有反对。从小饭馆出来，张东水问她："你在对面上班？"

女人看着他："你跟踪我？"

她的目光有如波光流动，摄人心魄。张东水慌忙道："怎么可能？昨天我看到你从对面的那道门进去的。"

女人道："哦。我在那里面修补文物。对了，我叫喻灵。"

连名字都是那么美。张东水按捺不住内心的不舍，问道："我可以进去看看吗？我有时在野外会看到一些陶啊罐啊什么的，不知道那些东西是不是文物，而且好多都破碎了。我向你学习一下，说不定今后会发现一些有价值的东西。"

喻灵想了想，道："好吧。"

　　两人穿过那条马路，到了铁皮大门处喻灵拿出钥匙打开了那道小门。进去后张东水发现里面有一个小院子，堆放着一些被拆开的木箱。穿过小院后有一道门，进门才发现里面是一个仓库，仓库里有不少还没有开封的木箱，地上还有些散乱的破碎瓷器。仓库的一个角落有一张大大的工作台，上面摆放着一件已经修复了一大半的瓷器，旁边还有一些碎片。距离工作台不远处有一个陈列架，上面都是一些完整的各种形状的陶罐、瓷器。张东水指了指陈列架上的那些东西，问道："这都是你修补好了的？这地方就你一个人？"

　　喻灵点头。

　　张东水看着她，道："这么漂亮的一个女人，天天待在这样的地方。你真了不起。"

　　喻灵的眼神黯淡了，说道："习惯了。"说着，她走到工作台处，打开了台灯，开始在那些碎片中寻找，后来她终于找出了其中的一块碎瓷片，在已经修复了一大半的瓷器上比对了一下，然后用一个小刷将瓷片刷干净，在接缝的地方涂上一种胶水样的东西，不一会儿，那块瓷片就变成眼前这个瓷器的一部分。她一直在重复着那样的过程。台灯灯光下的那张脸沉静而美丽，张东水看了一会儿，发现正在工作的喻灵根本就没有工夫理会他，就漫步到那一排陈列架前，他惊讶地发现上面不少的瓷器竟然是如此完美无缺，细看之下找不到一丝一毫的裂隙。

　　张东水拿着其中的一只瓷盘走到喻灵面前，问道："你怎么做到的？"

　　喻灵放下了手上的工作，看了一眼他手上的瓷盘，道："修补文物的工序很多，有些器物的碎片会有缺失，就必须用同样质地的碎片磨成粉去补足，然后画出同样的花纹，重新上釉后再放到窑里面去烧制，烧制的过程中温度、时间的把握也非常重要，总之一句话，就是要从各个环节去还原当时的制造工艺。"

　　张东水没有想到这样一件小小的东西竟然需要如此复杂的修复过程。他看着眼前这个让人心动的女人，冲动地问道："我可以向你学习这门技术吗？"

喻灵看着他，问道："你坚持得下来吗？还有，你有时间吗？更重要的是，你得有这方面的天赋。"

张东水道："我试试。"

就连张东水自己也没有想到，他这一试就是半年的时间。喻灵也惊讶地发现，张东水确实有这方面的天赋，他的手特别稳，眼神细致，看得到普通人难以观察到的细微之处，更为难得的是，他的手感特别好，一件器物的质地和美是一种只可意会不可言传的感觉，而拥有这种感觉的人就是天才。

喻灵给他找来了一些书籍，让他恶补各个时期文物的基本特点以及相关的历史文化知识，还手把手教他修补文物的技艺，在那样的过程中难免有肌肤相触的时候，两个人也就在不知不觉中产生了异样的情感。

喻灵一直没有告诉张东水她早已结婚并已经有孩子的事情，不过张东水从她每天下午按时回家这件事情上隐隐感觉到她已经属于别的男人。可是他依然克制不住内心对她的爱恋之情，也就自欺欺人地从来不去问她。

半年的时间很快就过去了，距离下一次去野外的时间越来越近，张东水的内心也越来越痛苦。这天晚上，在独自喝酒之后他又一次去了娱乐场所，他内心的痛苦需要发泄。那天夜里，他将那个女孩当成了喻灵，甚至在亲热时情不自禁地叫出了她的名字。

两天后，张东水去向喻灵告辞。喻灵问他："你真的要走？"

他苦笑着说道："我不走的话，你这里能接纳我？"

喻灵摇头，道："我没有那样的权力。不过说实话，你在这方面确实有天赋，像你这样的人，不干这一行实在太可惜了，就是去造假都可以比你现在的生活好许多。"

张东水问道："造假？"

喻灵点头，道："你已经掌握了修补文物的技术，其实修补缺失部分的技术就是造假。说实话，现在你在这方面的技术连我都自叹不如。"

张东水顿时心动。他看着喻灵，说道："我舍不得那份工作，我喜欢野外，自由、洒脱。其实我也没有想到会在这地方待这么久，更没有想到我竟然还有这方面的天赋，这一切都是因为我喜欢你。"说到这里，他的呼吸变得急促起来。"我是真的喜欢你，不管你现在是否结婚，只要你愿意，我可以随时娶你做我的妻子。"

喻灵朝他仰起了那张美丽的脸，闭上了眼睛。张东水紧紧将她拥抱，轻轻亲吻她的额头、脸颊，然后极其自然地印在了她的嘴唇上。激情如波涛般排山倒海而来……就在那间仓库里，就在那张宽大的工作台上，两个人彻底地融合在了一起。那天，张东水终于品尝到了爱情的滋味，在他汹涌奔腾的那一瞬间，仿佛看到圣光无限的天堂就在眼前。

第二天张东水就申请了辞职，单位负责人再三劝说，但他依然毫不动摇，两天内办完了所有的手续。而就在这个时候，他忽然感到身体有些不适，尿频尿痛，他不可能怀疑喻灵，他忽然想起那天从娱乐场所叫回去的那个女人。

带着惶恐与侥幸，他去了喻灵面前，本想告诉她自己已经辞职的事情，然而现实是残酷的，迎接他的是喻灵仇恨的目光，以及一记响亮的耳光："你这个垃圾！"

从此，他再也没有见过她，这个他这辈子唯一心动过的女人。

从张小贤的家里出来，沈跃对曾英杰道："你把车开出去，我想一个人走走。"

康如心道："我陪着你。"

沈跃朝她摆手："不，我想一个人静静。"说完就朝着通往外面公路的方向走去。康如心看着沈跃慢慢消失在黑暗中的背影，低声对曾英杰说道："不知道他刚才都知道了些什么。我们跟上吧，跟在他后面，不然他看不见路。"

沈跃进入黑暗之中，不过很快就有一缕光亮从后面照射过来，那是车的灯光。前面的道路隐隐可见，他继续漫步朝前面走去。那是喻灵最痛苦最无助的时候，那时候她遇见了张东水，一个显而易见试图要追求她的男人，他有着惊人的天赋，他长期在野外工作，单纯而执着，她为此动情，却想不到那是一个浪荡无赖、垃圾一样的男人。

在喻灵的家庭生活中她一直是主导者，朱丹丹说，从来都是她父亲将就着母亲，将就，代表着爱，也是一种忍耐。喻灵的性格直率倔强，而朱翰林隐忍屈从；喻灵的骨子里带着叛逆，朱翰林却早已被现实磨去了棱角。嗯，像喻灵那样的女人，单纯用爱是很难拴住的，更何况在经历了张东水的事情之后，爱这种东西对她来讲已经不再神圣，甚至让她从此感到恶心。

除去了爱，剩下的就只有欲望了。当然，她对女儿的爱肯定是真实的，因为那是血肉相连，是她生命的延续。

那个年轻的男人……沈跃停下了脚步，转身朝着身后的车招手。

09 捉迷藏

侯小君这边也一无所获，这虽然在沈跃的预料当中，但他还是感到有些郁闷。喻灵的智慧有些超出了他的预料。

根据朱翰林的描述，彭庄画出了他曾经看到的照片上那个年轻男人的画像。对朱翰林来讲，那些照片虽然只是匆匆一瞥，却记忆深刻，因为那是他平生最大的耻辱。据彭庄讲，当他将画好的画像放在朱翰林面前的时候，朱翰林激动得全身颤抖。彭庄对沈跃说道："我看得出来，朱翰林依然是深爱着那个女人的。"

沈跃点头，道："当然。有时候男人对爱情更执着。"

随后，彭庄拿出另外一幅画，说道："这是那个男人现在可能的模样，匡无为和我共同完成的。警方正在根据这两幅画像寻找这个人。此外，据朱翰林讲，朱丹丹小时候和他们玩捉迷藏游戏，喻灵从来都是最后一个被找到的，而且最后都是她故意发出声音才被找到。"

沈跃心里一动，问道："那他说了没有，最后发现喻灵的时候都是在什么地方？"

彭庄道："问了。据朱翰林说，最后发现她都是在常见的地方，比如厨房、厕所、门背后等等，那些地方其实都找过。沈博士，如果我们再等一段时间的话，你说她会不会化装成某个人的模样又回到她自己的公司去？"

沈跃略一思索，摇头道："不大可能。这次你们是按照她公司的名单一一核查的，她要顶替别人可不是那么容易的，毕竟案情已经公布出去了。此外，家庭游戏虽然纯粹为了好玩，但也说明这个人的思维非常特别，她最后出现在那些地方显然是有意暴露，只不过不想让孩子失去玩游戏的乐趣罢了。奇怪，家里就那么大，怎么会找不到呢？"

彭庄问道："沈博士，你干吗对他们捉迷藏这件事情这么感兴趣？"

沈跃回答道："我在想，我们或许可以通过这件事情了解到喻灵的思维方式。中国这么大，一个人如果想要躲藏起来是很难被找到的，除非我们的思维方式能够和她同步。"

彭庄恍然大悟，说道："其实有一点是肯定的，玩捉迷藏嘛，无论她怎么躲藏，肯定是在他们家的范围之内。"

这时候龙华闽打来了电话，他告诉沈跃，他们将画像和资料库的照片进行了比对，全国范围内一共有三十多个人的相貌与其类似，但经过排查都被排除了和喻灵有过交集的可能。龙华闽说道："我们认为，当时喻灵给朱翰林看的照片很可能是合成的，因为根据彭庄所画的画像，我们在香港多年前的一本杂志上发现了类似的照片，很显然，喻灵将其中女主角的头像换成了她自己的。"

沈跃问道："那时候就有这种技术了吗？"

龙华闽笑道："早就有了。二十世纪六十年代，出于政治需要，国家领导人的合影照片就经常采用这种合成技术。"

沈跃默默地挂断了电话。喻灵为什么要用假照片去欺骗朱翰林？按道理说，作为一个早就出轨的女人，既然要与丈夫离婚，照片的真假也就不那么重要了。究竟是因为她当时确实没有相好的异性还是实在找不到离婚的理由？抑或，她是为了隐瞒什么？

正这样想着，龙华闽的电话又打过来了："小沈，我的话还没有说完呢。我们询问过喻灵公司的员工，包括已经离职的，他们都说从未见过喻灵和某个男性有比较亲密的接触。此外，我们还走访了和喻灵比较熟悉的人，他们的说法也是如此。所以我想，我们是不是应该放弃对她这方面的调查？"

沈跃皱着眉头想了想，道："我总觉得她不会对自己的女儿说假话。当时朱丹丹已经成人了，谎话骗得了一时，却骗不了一世。如果我是她的话，当时要做的就只有一件事情，就是得到女儿的理解。"

龙华闽道："可是，如果她真的有恋人，不可能这么长时间别人都不知道啊！"

沈跃道："是啊。但是我分明觉得她应该在外面有自己的恋人，多年前她和张东水就有过那样的关系，而且像她那样性格叛逆的女性……等等，我好像……"

电话里忽然没有了声音，龙华闽等了一会儿，问道："喂！你还在吗？"

沈跃苦恼地道："刚才我好像忽然闪过一个念头，但是一瞬间就忘记了。好了，就这样吧，我再仔细想想。"

像这种灵感忽然而至又忽然消失的情况，对沈跃来讲并不是第一次出现，那是思想的火花短暂的迸发，是某种异想天开的想法骤然出现但是又被潜意识否定的瞬间，一旦它在潜意识里酝酿成熟并得到肯定之后就会自然而然地呈现。所以，沈跃并不着急，他知道，刚才那一瞬间的智慧一定会再次出现的，除非它最终被自己的潜意识彻底否定。

在这样的情况下，沈跃也就只能按照自己的思路继续分析下去。此时，沈跃在思考这样一个问题：也许这些年来真正了解喻灵私生活的人并不是她的家人或者朋友，不，一个内心被阴暗填满、处心积虑犯罪二十年的人是不会去和他人交朋友的，所以，也许相对来讲比较了解她的应该是她的助理。

此外，沈跃越来越坚信喻灵的身边一定有一个她特别信任的人。任何人都是需要情绪发泄的，特别是像这样一个内心装满了秘密的女人。想当初，张东水就是在她最苦闷、最痛苦的时候走进了她的内心。其实，从另一方面来讲，当时的朱翰林根本就没有，或者是无法尽到一个丈夫的责任，他理解喻灵内心的苦闷却没办法，也不能真正让妻子从那样的苦闷中解脱出来。所以，当时张东水的出现虽然只是偶然，却也是必然——总会有那么一天，当喻灵内心的痛苦和承受力达到极限的时候，李东水、王东水就会出现在她的生命中。

她每天中午去那家小饭馆吃饭，这何尝不是潜意识中在期待张东水的出现？只不过张东水实在太让她失望了，失望到让她觉得恶心。

想到这里，沈跃的脑子里猛然"嗡"地一下！这一瞬，先前闪过又瞬间消失掉的那个灵感一下子就变得清晰起来——或许，正是因为她对张东水的极度失望与厌恶，从此她就不再信任男性。此外，正因为她拥有一副特别的嗓音，也许她潜意识中的男性人格早已开始复苏。

对了，刚才彭庄说什么来着？玩捉迷藏嘛，无论她怎么躲藏，肯定是在他们家的范围之内……

沈跃的思路骤然清晰。

如今喻灵的那家拍卖行已经被警方勒令关闭，喻灵的助理正在配合警方清查这家拍卖行的资产。

喻灵的这位助理有着典型南方女子的容貌和身材，一米六五左右的身高，略施粉黛的小圆脸精巧而妩媚。沈跃看着她，直接报出了她的简历："你叫邓湘伲，今年三十六岁，曾经留学日本，从二十八岁起就开始做喻灵的助理。至今未婚。邓助理，我说得没错吧？"

邓湘伲竖起眉毛："你想干什么？"

沈跃淡淡一笑，说道："你应该知道我们为什么而来，只不过你肯定没有想到我已经分析到了你和喻灵真正的关系。你别紧张，其实我并不关心你和她之间真正的关系是什么，现在我最想知道的是，你是否也参与了她的犯罪。所以，我现在问你，这么多年来，你究竟知不知道她一直在犯罪？原来你什么都知道。那么，你参与了没有？只参与了一部分？嗯，也许她确实把你当成了知己，最主要的目的是向你倾诉她内心的痛苦……"

邓湘佲目瞪口呆地看着他，瞬间变成惊恐，却听到沈跃继续说道："在你的心中，她已经不仅仅是你的老板，而且是你的依靠、你的爱人。邓助理，我这样评价你和她的关系还算比较准确吧？"

此时，邓湘佲的眼神已然带着深深的恐惧，声音也颤抖得厉害："你，你究竟是什么人？"

沈跃没有回答她，继续问道："请你告诉我，她现在究竟在什么地方？"

邓湘佲吞吞吐吐地道："我，我不知道。我好几天没有看到她了。"

她说的是真话，沈跃叹息着说道："夫妻本是同林鸟，大难临头各自飞。看来她逃跑得很匆忙啊。"说着，他转身对曾英杰道："申请一份搜查证，我们应该去邓助理的住处，不，也许应该称为家的地方看看。"

这是一处高档小区，一套非常精致的花园洋房，里面的装修风格温馨淡雅，很显然，客厅的布艺沙发和其他所有的家具都是经过精心挑选的。卧室里有一张宽大的床，沈跃打开床头柜的时候看到里面装满各种各样的情爱器具。其实沈跃并不歧视同性恋，但当他看到里面的那些东西时还是有些不舒服。

打开衣橱，里面有不少男人穿的衣服，西装、夹克、白衬衣、领带等一应俱全。洗漱间里却全是女性用品，那个大大的按摩浴缸让人浮想联翩。书房有两间，沈跃大致看了一下就基本可以确定最里面的那间应该是喻灵的。书架上全是历史及考古、文物类书籍。没有电脑，应该是她一直习惯使用笔记本并随身携带。

书房往往才是一个人真正的私人空间，沈跃仔细检查了这间书房，然后又走到书架处，从上到下一本一本看下去。书架最下面一层的书都有了灰尘，沈跃将它们全部取出来放到书桌上，一本本翻阅，忽然，他的视线定格在了眼前的一本书上——《酒店管理》。沈跃将这本书拿在手上，发现它的四周都已经积满了灰尘，轻轻翻开，里面几处被折叠过的印痕隐隐可见。

沈跃走到邓湘佲面前，问道："喻灵是不是还有一个或者多个身份证？"

邓湘佲点头："我就知道她还有一个身份证。"

沈跃问道："她的那张身份证叫什么名字？"

邓湘佲回答道："谢浩然。"

沈跃又问道："你是怎么知道的？她给你看过？"

邓湘佲回答道："有时候我们一起出差，或者旅游，有时候她会化装成男人，使用的就是那张身份证。"

沈跃心里一动，又问道："你们经常去的是什么地方？"

邓湘佲回答道："不一定，都是工作需要，基本上所有的大城市都去过。"

沈跃沉吟了片刻，又问道："你和她在这座城市的酒店住过没有？"

她点头。

沈跃忽然激动起来："而且你们不止一次去这家酒店开房，那是在买这套房子之前。是不是这样？"

她再次惊恐地看着沈跃。沈跃竭力地克制着内心的激动，问道："告诉我，这家酒店叫什么？"

她的声音在颤抖："临天酒店。"

资料上显示，临天酒店是一家港资企业，法人代表名叫谢成运。这家酒店的日常管理是一位叫唐达人的职业经理人在负责。警方立即秘密传讯了那位职业经理人，结果唐达人的一句话顿时让警方兴奋不已："前几天老板刚刚从香港过来，就住在酒店的总统套房里。"

警方立即行动。而此时，沈跃反倒并不关心这次抓捕行动的结果了，更让他感到好奇的是邓湘佲这个女人。

沈跃又一次出现在邓湘佲的面前，他尽量让自己的声音变得温和一些："我只是想和你聊聊，其实在这起案件中你的问题并不是十分严重，最多就是协同作案。"

其实，侥幸心理在我们每个人的内心都存在，侥幸心理也是人类的本能心理，是我们潜意识中希望偶然、意外地获得利益，或者躲过不幸，它是人类的贪欲在起作用。眼前的这个女人就是如此。她是喻灵的助手，也是喻灵的爱人，喻灵向她倾诉一切却并没有让她参与太多，从中可以看出喻灵最主要的是需要一个倾诉的对象。而对于邓湘佲来讲，她明明知道喻灵在犯罪却依然和喻灵保持着那样的关系，这里面或许就带着某种侥幸心理——她相信喻灵不会出事。

此外，邓湘佲为什么会成为喻灵的情人？是因为她本来的取向还是另有原因？也许，这些问题的答案会揭示蝴蝶效应中的一环。正因如此，沈跃才特别想要搞清楚那其中的一切。

而此时，邓湘佲的内心是恐惧的。多年来固有的生活完全被破坏，曾经没有任何人知道的隐私也彻底被揭开，所有的侥幸都已经不再。而刚才沈跃的话让她一下子就看到了希望，急忙问道："你要我怎么做？"

沈跃看着她，问道："如果，如果有个男人让你陪他一夜，你的罪名也就因此可以解除，你愿意答应他这样的要求吗？"

沈跃的话让旁边的康如心和彭庄都大吃一惊，一齐向沈跃看去。沈跃却根本没有去注意他们的神态，直直地看着眼前的邓湘佲。

邓湘佲愕然地看着他，一小会儿之后点了点头，回答道："我愿意。"

沈跃微微一笑，问道："那么，请你告诉我，你是真心愿意还是……你心里是不是觉得很恶心？"

邓湘佲摇头："我是一个女人，我……"

沈跃似乎明白了，说道："嗯。我们暂时将这个问题放在一边。你是心甘情愿和喻灵在一起的还是被她逼迫的？"

邓湘佲回答道："是她主动的……"

那年，刚刚从日本留学回国的邓湘佲有一天在报纸上看到了一则招聘广告，广告上要求必须是女性，身高在一米六到一米七之间，对所学的专业没有具体的要求，但特别提到了有海外留学经历优先，招聘的职务是总经理助理，待遇极其诱人。

当时前去应聘的人不少，其中也有男性，不过那些男性都没有取得面试的机会。邓湘佲进去后一眼就看到面试她的是一个气质优雅的女人，顿时对这份工作更加渴望，在面试的过程中也就发挥得特别好。当她回答完所有的问题正准备离开的时候，面试她的女人忽然又叫住了她，说道："对了，还有最后一个问题：关于同性恋的问题，你怎么看？"

当时邓湘佲怔了一下，回答道："可以理解吧，我并不反对。"

面试她的女人又问道："那么，你反感吗？"

虽然并不知道她为什么要问自己这个问题，不过邓湘佲还是回答了："不知道，也许不会特别反感吧。"

面试她的女人微微一笑，朝她伸出手去："恭喜你，你被录取了。"

这时候邓湘佲才知道眼前的这个女人就是这家公司的老板，从此她将成为这位老板的助理。

这份工作的待遇不错，还比较清闲。不过邓湘佲是一个喜欢学习的人，她很快就熟悉了这家拍卖行的基本情况，不过她实在是没有鉴赏文物的天赋，同时也非常缺乏这方面的专业知识。喻灵却并不介意，对她说道："没关系，你协助我做好相关的管理工作就行。"

后来邓湘佲慢慢发现，自己的这位老板似乎没有什么朋友，每天都在为工作忙碌。她是一位工作狂，拍卖行每一次的拍品都是精品，而且信誉极高。转眼间邓湘佲就在这家拍卖行工作大半年了，老板出差也开始带上她。

那一次出差是去东北某省会城市，正值冬季。前不久一位顾客打来电话说有一件祖传的古董想要拍卖，喻灵非常重视，决定亲自前往鉴赏。

那是一只北宋官窑瓷器，颜色淡雅，器型优雅，喻灵一见之下就有些激动了，当即承诺给予藏主最优厚的条件。喻灵和她的拍卖行在业界的口碑不错，在她的一番游说与保证之下，藏主当即签订了拍卖委托协议。

那天喻灵的心情非常好，晚上在所住的五星级酒店就餐时特地要了一瓶五粮液。当时邓湘佲不解地问："喻总，我很少看到您这样高兴，刚才那件东西对我们拍卖行真的就那么重要吗？"

喻灵点头道："当然重要，非常重要！如今真正的精品越来越少了，我们国家在历经'文革'那场浩劫之后，剩下来的好东西本来就不多了，而且要么被国家收藏，要么在收藏家手上不愿拿出来面世，还有一些流往海外。刚才我们所见到的那件东西绝对是精品中的精品，一旦交与我们拍卖行拍卖，对我们拍卖行现有的名气以及未来的发展都具有非常重大的意义。湘佲，看来是你给我带来了这么好的运气，今天你一定要陪我好好喝几杯。"

那天晚上，在北方的那座城市，两个女人一边欣赏着窗外纷纷的飘雪，一边喝着醇香的美酒。两个女人的酒量都不大，不久就都处于兴奋的状态，喻灵开始向邓湘佲讲述自己的过去，讲述她在仓库修补文物时候的苦闷，还有丈夫的平凡和懦弱。邓湘佲被震惊了，她想不到这位事业如此成功的女老板内心竟然隐藏着那么多的艰辛与痛苦。

酒继续喝，醉意也越来越浓。喻灵笑吟吟地看着邓湘佲，说道："说说你的事情，我也很想听听你的过去。"

也许是酒精解除了她本能的防备，也许是喻灵刚才的倾诉触动了她的内心，忽然之间她也有了想要倾诉的冲动："我，我的过去不堪回首……"

喻灵鼓励她道："讲出来吧，讲出来就好了。我的内心也是一直压抑着，今天是第一次讲出来，现在我心里舒服多了。"

邓湘佲终于开始倾诉："上高中的时候我被人强奸过，那件事情差点毁掉了我的一生。后来上了大学，不知道是谁将我曾经被强奸的事情讲了出来，我一下子成了人们的谈资，那段时间我抑郁得差点自杀。后来，父母联系了他们在日本某大学任教的一个朋友，在他的担保下我离开了这个国家。其实这个人在日本的情况并不好，他早就离了婚，和周围的同事关系处得很糟糕，经常酗酒，经常殴打虐待我，并用我以前的事来威胁我，不许我报警。我恨他，但还是坚持完成了学业。大学毕业后我就回来了。就这样。"

说完后邓湘佲长长地舒了一口气。真好，讲出来后的感觉真好。她不好意思地看了一眼喻灵，发现她的眼里全是怜爱。喻灵离开座位将她轻轻拥抱住，柔声在她耳畔说道："男人都不是好东西。湘佲，我好可怜的小妹妹……"

那一刻，邓湘佲哭了，或许是被喻灵的温情所感动，或许是因为压抑在内心多年的痛苦终于被释放。

当时她哭泣了很久，而喻灵就那样一直拥抱着她。后来，喻灵去结了账，两个人一起回到房间。那天喻灵就开了一个房间，大床房。也许是因为酒精，也许是因为长时间的哭泣，回到房间后邓湘佲就瘫软在了床上。喻灵对她说："去洗个澡后再睡吧，我帮你洗。"

她没有反对，当时在她的心里，喻灵就像一个大姐姐，或者，更像一位母亲。

洗漱间的大浴缸里，邓湘佲像婴儿一般躺在温暖的水里，喻灵替她洗了头。她听到了喻灵温柔的声音在说："真漂亮，年轻真好……"

喻灵替她清洗着全身，喻灵的手抚摸过她身体的每一寸肌肤……

那天晚上的雪下得非常大，漫天的飘雪像日本东京街头那一片片盛开的樱花。

邓湘佲似乎完全沉浸在回忆之中，无论是沈跃还是康如心和彭庄都一直在静静倾听着，到后来，康如心竟然在不知不觉中掉下了眼泪。而就在这个时候，沈跃的手机铃声一下子就打破了故事的讲述。

电话是龙华闽打来的："人没有抓到，她提前跑了。"

沈跃顿时有了一种想要骂人的冲动："怎么会出现这样的情况?!"

这次的抓捕行动是龙华闽亲自布置的。警方出动非常迅速，而且特别强调出警的时候不得开启警笛，以免惊动了犯罪嫌疑人。为了确保这次抓捕行动的成功，龙华闽还命令位于临天酒店附近的派出所民警便衣先行去看守住酒店的前后门。

然而，当警察封锁住酒店、龙华闽带人进入总统套房后却发现里面空无一人，在搜查了酒店的每一处角落后也没有发现喻灵的踪影。龙华闽在电话里对沈跃说："小沈，我怀疑她现在还在酒店里，我们还没有解除对酒店的封锁，我希望你能够马上赶过来。"

沈跃问道："你们带了警犬没有？"

龙华闽回答道："带了。可是没有任何发现。"

沈跃叹息着说道："估计她早就跑啦。好吧，我去一趟。"

沈跃一直没有时间去考取国内的驾照，而且他对开车这件事情并没有多少兴趣，城市交通越来越堵，步行也慢慢成了他的习惯。还好康如心开来的是一辆警车，警笛一路响起，马路上的车辆纷纷避让，半小时不到就到达了临天酒店外。

酒店已经被封锁，不允许任何人进出。当然，沈跃一行人例外。龙华闽在酒店大堂等候，沈跃一见他就说道："带我去那间总统套房看看。"

总统套房在酒店的顶层，占据了近半层楼的面积，里面的装修非常奢华，客厅、卧室、书房、衣帽间、餐厅等一一齐备。沈跃并没有兴趣去欣赏里面的奢华装修，进去后就直接走到客厅的落地窗前，看了几眼就直接走到卧室，走进其他的房间，然后很快就出来了。他手上拿着一个望远镜，对龙华闽说道："这个套房视线非常好，可以观察到来自城市三个方向的情况。智商越高的人往往越多疑，更何况现如今她正在被通缉。这座城市堵车严重，而纷纷避让的车辆引起了她的警觉。"

龙华闽皱眉道："可是，附近派出所的便衣早就守在这酒店的前后门了啊。"

沈跃道："到目前为止，我们知道她至少拥有三个身份，谁知道她还有没有更多的身份呢？派出所的人只是守在酒店的前后门，并没有对这地方进行封锁，在这样的情况下她随时可以离开。"说着，他指了指套房里面："这地方一丝不乱，由此可见她离开得非常从容。这是一个非常厉害的对手，幸好她不像云中桑那样极具破坏力。现在，我们去看看酒店的监控录像吧。"

龙华闽苦笑着说道："酒店的监控录像已经关闭一个多小时了。据酒店的保安经理说，是老板亲自给他打的电话，虽然老板并没有说明原因，但他不得不执行。"

沈跃皱眉道："前几天的录像呢？嗯，那些东西已经没有什么意义了。对了，酒店的对面和附近有没有摄像头？"

龙华闽回答道："酒店对面是穿城河，有种植多年的树木，对面的摄像头不可能录到这边的画面。酒店两边都是人流较多的主干道，估计很难从中找出她的踪迹。"

沈跃看着落地窗外的这座城市，说道："难怪她要选择在这个地方躲藏起来……对里面的人一一进行检查吧，没问题就尽快解除封锁。奇怪，这个喻灵为什么不离开这座城市呢？那样的话不是更安全吗？"

10 弱 点

　　其实从一开始沈跃就认为喻灵会离开这座城市，而且觉得她最可能去的地方是香港。香港是一个比较特殊的地方，从那里更容易逃往她想要去的任何一个国家。然而，他又特别希望喻灵依然没有离开多远，这样的话抓捕她就容易多了。不过，当事实证明喻灵依然在这座城市的时候，沈跃顿时就有些不能理解了：她，为什么要将自己置于这样的险地？

　　沈跃思索了很久，终于得出了这样一个结论：这个地方一定有她内心挂念着的东西。那么，究竟是什么样的东西让她如此挂怀，竟然置自己的安全于不顾呢？

　　不应该是某样价值不菲的物件。这些年来她见到甚至从她手上拍卖、偷运出去的珍宝级文物应该不在少数，而且现在这样的情况下她继续顶风作案的可能性也比较小，因此，最可能的就是因为一个"情"字。她的女儿在香港，她与朱翰林早已离婚，而且，也许从她对张东水彻底失望的那一刻起，她的内心就已经不再对任何男人有那样的情感了。

　　难道是因为邓湘俗？

　　那一次出差，喻灵延长了预定的时间，两个人在那座城市多停留了三天。

　　随着两个人的关系愈发亲密，从东北回到省城之后，她们一起在临天酒店住了一段时间，不过喻灵的白天依然像以前一样忙碌。喻灵对她说："在工作上你依然是我的助理，我们这样的关系别人不能理解。"

邓湘佲点头。其实一直到那时，就连她自己都不能理解自己。

没多久，喻灵去买了一套房子，那是一套花园洋房，房产证上是邓湘佲的名字。那天，喻灵将新房的钥匙和一张银行卡交给了她，说道："接下来的装修和家具都按照你的意思去做，不要怕花钱。"

房子装修完、布置好的那天，喻灵出现在了她的面前，整个一副男人装扮，连她说话的声音也是男人特有的浑厚。那天，她第一次感觉自己拥有了妻子的身份。同样，她并不反感，反而内心之中充满了幸福的滋味。

也就是在那天晚上，喻灵告诉了她有关自己的真正的一切。她忽然感到害怕，因为她万万没有想到自己的老板，这个像她丈夫一样的女人竟然一直在做着那样的事情。但她知道，自己已经真正地、深深地爱上了她。她害怕失去喻灵，失去现有的一切。

喻灵仿佛能够看透她的内心，安慰她道："别害怕，这个世界上除了上天和我，没有人知道我所做的那一切。我会永远陪伴在你身边，一直到我死去。你就是我的小女人，我只需要你一直陪着我。"

后来，喻灵开始让她去某个地方取回来一些东西。那时候邓湘佲已经在拍卖行工作了一段时间，耳濡目染中知道那些东西一定价值不菲。开始的时候她有些害怕，但慢慢地就变得镇定。

从此，她们像真正的夫妻一样生活在了一起，周围的邻居从未怀疑过她们的关系，因为喻灵出现在外人面前的时候叫谢浩然，完全一副男人的模样和嗓音。她们像夫妻一样去逛街，一起过周末。唯有上班的时候不同行，喻灵特地在小区的车库里另外买了一个车位，她每天早早地起床，上车后脱去外套很快就变成拍卖行的那个女老板。

有一天，喻灵告诉邓湘佲："我离婚了。从现在起我真正自由了。"

邓湘佲诧异地问她："你男人愿意？他同意了？"

喻灵鄙夷地道："他只能同意。"

邓湘佲又问道："你怎么向你女儿解释的？"

喻灵回答道："我告诉了她我们俩的关系。她能够理解。"

她见过朱丹丹，但从此之后拒绝再和喻灵一起去香港。她还偷偷去过喻灵以前的那个家，远远地看着喻灵曾经的那位丈夫。她觉得那个男人很可怜。仅此而已。

"她说，你是她唯一的爱人？"沈跃问眼前的这个女人。邓湘佲点头："是的。这句话后来她也经常对我讲。"

沈跃问道："后来？包括最近吗？"

她点头。

沈跃又问道："你怀疑过她还有别人没有？"

她立刻道："不可能。她是一心一意对我好，我感觉得到。"

沈跃看着她："其实，你对她却并不是一心一意。是吧？"

她低下了头，轻声说道："我是女人……这样的生活，时间一长，我就感觉有些厌烦了，而且我越来越渴望过一种正常女人该有的生活，我还想要一个孩子……"

沈跃在心里叹息着，随即就转移到了另一个话题上："你还恨那两个强奸过你的男人吗？"

她的脸上露出了痛苦的表情，声音仿佛是从牙缝里挤出来的："恨！"

沈跃看着她："如果我能够找到当年那个强奸你的人，你愿意配合我们做一件事情吗？"

她抬起头来看着沈跃："如果你真的能够找出这个人，我愿意为你们做任何事情。"

她是真的恨那个人。这很容易理解，是那个人影响了她的一生，如果没有那个人曾经对她的伤害，也就不会有她后来所有的悲剧。而此时，沈跃却忽然犹豫了："这件事情，我再想一想。"

"你想让她配合你做什么事情？"康如心问沈跃。旁边的彭庄脸上的神情也是怪怪的。沈跃苦笑着说道："我要干坏事也不可能当着你们的面，不，我怎么会干坏事呢？其实我是有些不忍心，那样做的话对她来讲实在是太残忍了。"

康如心也觉得自己刚才的想法太过莫名其妙，却更加好奇："你说出来我们听听，你究竟想让她干什么？"

沈跃叹息着回答道："我希望她能够同意媒体报道当年的那起强奸案。可是，这对她来讲实在是太残酷了。"

彭庄也感到好奇，问道："为什么要报道那起强奸案呢？那件事情和我们现在面临的这起案件有关系吗？"

沈跃道："也许，这是唯一能够将喻灵吸引在这座城市，还可以让她最终不顾一切露面的办法了，也是最好的办法。"

彭庄想了想，道："你答应帮邓湘佲调查曾经的那起强奸案，以此吸引喻灵留在这座城市，这一点我能够理解，毕竟喻灵是真正关心邓湘佲的人，她也一定很想知道你的调查结果。可是，她真的会因此不顾一切地露面吗？"

沈跃道："喻灵让人砍断张东水的双腿，也许不仅仅是为了限制他的自由，还可以因此让他的双手变得更加有力量、更加稳定，这样制造出来的赝品才更逼真。除此之外，这何尝不是一种报复的方式？张东水让喻灵染上了性病，由此喻灵就不能不这样去想：在张东水眼里，她和娱乐场所的那些女人是一样的。你们想想，仅仅是因为这样喻灵就对张东水采取了如此残酷的报复手段，如果我们将当年强奸邓湘佲的那个人找出来，并且有意给她动手的机会呢？在喻灵的心里，她可是邓湘佲的丈夫。如今喻灵的羽翼已经被全部剪除，她也就只能亲自动手了。"

彭庄依然表示怀疑："她真的会出现吗？"

沈跃点头道："我觉得会。喻灵对邓湘佲是真爱，现在她即将远逃，不知道今后什么时候才能够和自己心爱的小女人再见面，在这样的情况下她就更加想要给邓湘佲传递一种爱的信号。你们想想，除此之外还有什么样的信号能够表达她对邓湘佲的真情呢？"

这时候康如心却忽然说了一句："这实在是太残酷了。不仅仅是对邓湘佲残酷，而且你还利用了她们两个人最纯真的情感，我都有些于心不忍了。"

沈跃叹息了一声，道："是啊……可是，除此之外还有更好的办法吗？"

沈跃确实感到非常纠结，但是他知道，从目前的情况来看，喻灵留给他纠结的时间非常有限。警方在抓捕喻灵失败之后，当即在省城通往外地的各处要道加强了排查的力量，在这样的情况下喻灵是不大可能去冒险的，但警方的力量和精力总是有限的，分分钟都可能松懈下来。所以，唯一也最好的办法就是让她心甘情愿地留下来，留在这座城市里面。然而，那样的报道是有悖于法律和心理学家的职业道德的，除非邓湘佲自己愿意并得到她本人的授权。

对此龙华闽也感到非常为难，不过他还是要比沈跃决绝得多。他对沈跃说道："我觉得可行，但是你有把握找出那个人吗？"

沈跃知道，找出那个人才是最关键的。对于喻灵来讲，也许她更希望看到当年的那起案件的调查结果，也就会因此放松内心的警惕，最后去看一眼她最心爱的女人然后安心地离开。沈跃皱眉道："只要是人作的案，总会有线索的。"

这时候龙华闽忽然想到了另一个问题，担忧地问道："你说，这次她暴露的事情，会不会影响她和邓湘佲之间的情感？"

这个问题沈跃当然想过。他摇头道："不会有什么影响。这件事情之后喻灵肯定会分析问题出在什么地方，所以她一定会想到是她多年前放在书架下面的那本书出卖了她，那是她自己的疏忽，不是邓湘侣的责任。在喻灵和邓湘侣的关系中，喻灵一直把自己当成一个合格的丈夫，更何况她们年龄相差那么大，她的内心深处应该有着那样的担当。而且最关键的是，喻灵是真正爱着她的那个小女人的。"

龙华闽轻轻一拍桌子，道："那就按照你的办法去做吧。为了大局，小节问题也就不那么重要了。"

邓湘侣在经过了短暂的犹豫之后答应了沈跃提出的条件。曾经的那件事情是邓湘侣内心深处的痛与恨，更何况沈跃特别告诉她，媒体在报道这起案件的时候不会使用她真实的名字。

沈跃并没有让她去回忆当年的那起强奸案的过程，不仅因为那样做对她来讲实在太残忍，还因为龙华闽已经将当年那起案子的卷宗找了出来。此时，那份案卷就在沈跃的面前。

案情很简单。有一天晚上，当时还在上高中的邓湘侣在下了晚自习回家的路上，被人捂住嘴巴拉进了不远处的一个阴暗角落，然后这个人对她实施了强奸。当时她穿着一条连衣裙，强奸的过程短暂而快速，她感觉到有一把尖锐的刀子一直平放在她的脸颊上，极度的恐惧让她不敢呼救。那人实施完暴行很快逃离了现场，邓湘侣看到远处灯光下那个正在逃离的人身材瘦小，而且似乎很年轻。那时她还是处子之身，那时候的她青涩而单纯，在经历了短暂的痛苦与恐惧之后，奋力地从那处阴暗角落跑出，大声呼喊着"救命"……

案件发生在近二十年前，当时这座城市的摄像头非常有限，而发生案件的那一带人口密集，除了一所大学还有数家单位，商铺也有很多，当时警方在接到报案后一时间无法查起，此案也就不了了之。

沈跃看完了案卷，嘴里喃喃地道："这是当时的警方不作为啊。"

康如心问道："你为什么这样讲？"

沈跃道："很显然，作案者非常熟悉周围的环境，当时警方完全可以通过存留在受害人身体内的精液去寻找罪犯，只要将附近范围内身材瘦小、三十岁以下的男性作为怀疑对象，一一抽取血液进行比对就可以了。工作量虽大，但要寻找到罪犯也并不难。"

康如心道："十年前那所大学就有在校生近万人，而且那是一所工科院校，男生占了八成以上。再加上周围的几家单位和社会人员，工作量确实很大。当时处理这起案子的是附近的派出所，他们的警力实在太有限。那时候正是社会的转型期，各种恶性案件频发，刑警队根本就不可能介入这样的案件。"

沈跃点头道："是啊，这些都是理由。但是作为警察，怎么就不从受害人的角度想一想呢？你看看如今的邓湘佲，如果不是因为那次事件，她会变成现在这个样子吗？"

康如心并不同意沈跃的这个说法："我承认是警察不作为，可是当时的情况确实非常特殊。但是，就算当时警察作为了，抓住了那个罪犯，可是事情已经发生，邓湘佲受到的伤害已经存在，她后来经历的一切难道就会因此改变吗？"

沈跃顿时不语。他不得不承认康如心的话是对的，是啊，一个人的命运其实就是这样，它如同时间一样永远向前，其中诡异莫测的变数或许只有上天知道。

虽然时间紧迫，沈跃还是把大家召集来一起讨论这个案子。真实的案件才是最好的教材，而一起讨论的过程比其他任何方式的教学都有效果。

沈跃向大家讲述了大致的案情，然后让他们每个人发言。曾英杰首先发言，他的意见和沈跃先前在康如心面前所谈及的差不多："警方当初的工作没有做好，已经失去了最佳的破案机会。这起案件已经发生了近二十年，现在调查难度实在太大了。"

其他几个人都赞同曾英杰的说法。沈跃面无表情地看着他们，说道："既然如此，那我们还在这里讨论什么？事情已经这样了，现在我们过多责怪当时的警方又有什么用？"他忽然变得激动起来。"面对现实！你们知道什么叫作面对现实吗？那就是我们在遇到困难的情况下不能回避、不能退让，而是要想尽一切办法去解决眼前的这个问题！"

众人肃然。沈跃叹息了一声，道："好吧，还是我来说。首先，我们手上已经有了关于这起案件作案者的几个基本信息：熟悉作案周围的环境、年轻、瘦小。从当时作案的过程来看，此人或许不是第一次作案，还有，此人虽然身材瘦小，但身体状况不错，体力和爆发力较强。彭庄，你要注意我的描述，一会儿尽量画出这个人大致的体貌特征。其次，我们要从心理学的角度去分析这个作案者。一般来讲，强奸犯的父亲大多有家暴的倾向，于是作案人就很容易形成女性可以随意欺负的这样一种潜意识。当然，强奸犯的心理比较复杂，不过很显然，这起案件的作案者并没有其他方面的暴力倾向，所以，我更倾向于刚才的这种分析。此外，这种类型的强奸犯往往因为自身条件较差而自卑，强奸就成了满足其内心征服欲的重要方式。而邓湘伶对罪犯的描述正好也证明了这一点，注意，她对罪犯的描述是：瘦小。所以，其实我们已经掌握的线索并不少，而且我更倾向于罪犯是当时正在那所大学就读的某个学生。为什么呢？大学时代正是一个人荷尔蒙勃发的时期，而且自制力相对较差，由于心智并没有完全成熟，也就更加容易产生冲动、铤而走险、心存侥幸的心理。"

匡无为道："如果按照这些线索去调查的话，范围起码也在千人以上，接下来去调查这一千多人当年的家庭情况，这样的工作量也不小啊。"

沈跃点头，道："范围还可以再缩小一些。博士、研究生和大四的学生暂时可以不考虑，博士和研究生的心智已经比较成熟了，大四的学生一般都在外地实习，而且面临毕业，就业的压力也比较大，在那样的情况下似乎不应该去做那样的事情。还有，大一的学生基本上也可以排除，因为大一的学生刚刚进校不久，对新的环境还处于熟悉阶段，即使是青春萌动、荷尔蒙勃发也应该有所自制。所以，最可能的是大二、大三的学生，他已经熟悉了新的环境，开始羡慕大学校园内的那些情侣，但是自身的条件较差，而性冲动又不能自制，在这种情况下也就最容易走上那样的犯罪道路。此外，从那个人犯罪的熟练过程来看，他很可能不是第一次作案，这就更加可以将范围缩小到大二、大三学生中。这样一来，调查的范围也就减少了一半。这件事情可以充分利用基层派出所以及街道居委会、乡村基层组织的力量，我相信，应该很快就可以将犯罪嫌疑人圈定到最小范围的。"

这时候彭庄已经画好了画像：一个瘦小的背影正在朝着远处的方向跑着。沈跃看了后摇头道："这幅画像除了这个人瘦小之外没有其他任何的特征。"说到这里，他沉吟了片刻，叹息着对康如心说道："你和彭庄一起再去见邓湘佲一次吧，好好安抚她，尽量让她回忆出这个人更多的细节来。还有，画像最好稍微大一些，要突出背影。有时候当我们看到某个熟人的背影时就会认出他来，就要那样的效果。"

当天的晚报出来了，用了一整版报道了这起案子，标题使用了大黑体字：震惊全国的文物案主要犯罪嫌疑人在逃，其中牵涉一起多年前的强奸案。

这篇文章介绍了这起案件的基本情况，文章的开始从陈迪的杀人案写起，接下来抛出了"蝴蝶效应"这个概念，由此牵扯出这起文物大案。不过文章中并没有将喻灵和邓湘佲之间的特殊关系曝光，仅仅是以某拍卖行老板和她的助手杨某来说明她们二人之间的关系。在文章的最后写道：沈跃博士还从这起案件中挖掘出了发生在多年前的一起强奸案，而受害人正是某拍卖行老板的那位助理。沈跃告诉记者，他最感兴趣的并不是这起文物大案本身，而是引发出陈迪杀人案的整个蝴蝶效应过程中的每一个环节，沈博士表示，他有足够的信心在短期内破获那起发生在多年前的强奸案……

沈跃仔细看了报道后微微一笑，自言自语道："不知道喻灵看了这篇文章会是何种感想？"

而此时，康如心和彭庄已经到了邓湘佲的面前。如今康如心受沈跃的影响越来越大，甚至能够理解邓湘佲和喻灵的那种感情。而此时，她对眼前的这个女人更多的是同情。

"对不起，我们本来不想再来激起你内心的痛苦的，但是现在我们必须得到你的帮助才行。毕竟案子已经过去了近二十年，我们需要更多的线索。"康如心歉意地对邓湘佲说道。

邓湘佲的表情倒是比较平静，看来她已经接受了现在的一切。她问道："你们还需要我做什么？"

康如心由衷地敬佩眼前这个女人的坚强，她知道，只有身处其中才能够真正感受到眼前这个女人内心的痛苦与强大。康如心差点开不了口："是这样的，我们希望你能够详细回忆一下当时伤害你的那个人的样子，比如他有什么特征，发型，以及其他的情况。"

邓湘佲苦笑着说道："当时我很害怕，以为他会进一步伤害我，在我的记忆中就是最后看到的那个情况：他在路灯的光线下朝远处跑去，他的个子很瘦小。我的记忆中就这些。"

这时候彭庄忽然说了一句："如心姐，也许可以通过催眠的方式让她记忆起更多的细节来。"

康如心想也没想就说道："不可以！"

是的，不可以。彭庄是男人，他永远无法想象性侵对一个女人来讲意味着什么，那绝不仅仅是身体上的伤害，而更多的是对一个女人心理上的摧毁。而催眠就是让邓湘佲重新去经历一次那样被摧毁的过程，这对她来讲实在是太过残忍了。

而邓湘佲却不知所以，问道："什么催眠？"

彭庄看了康如心一眼，没等她表态就快速地说道："催眠就是让你重新回到当时被伤害的那个场景之中……"

康如心有些生气："彭庄！"

彭庄发现康如心的脸色非常难看，讪讪地道："就当我没说。"

康如心柔声地对邓湘侪道："对不起……"随即看了彭庄一眼："我们走吧。"就在此时，邓湘侪忽然说了一句："我愿意。只要能够找出那个人来，让我做什么都愿意！"

彭庄看着康如心，康如心在摇头。彭庄说道："如心姐，我看还是打个电话问问沈博士吧。"

康如心犹豫了一下，拿出电话走到了外面。她将情况大致对沈跃讲述了一遍，却听到沈跃说道："既然是这样，我觉得可以。"

康如心没想到沈跃会做出这样的决定，急忙提醒道："难道你不担心她再次受到伤害？"

沈跃道："你是站在外人的角度想象她的内心，但是你想过没有，她受到的伤害已经经过了近二十年，伤口早就痊愈结疤了，而她现在的内心最多的是恨，也许只有我们将当年伤害她的那个人找出来才会最终彻底抚平她内心的伤痛。其实这一点我也是刚刚才想明白，因为她曾经对我说过这样一句话：只要能找出那个人来，让我做什么都愿意！"

康如心道："可是，我还是不明白。"

沈跃耐心地解释道："伤害已经造成，已经无法扭转，而当年伤害她的人依然逍遥法外。这样的恨也许在以前并不是那么强烈，而现在，当她陷入这样一起重大案件，人生再一次面临极度灰暗的时刻，首先就会追本溯源——如果不是当初那个人伤害了她，她就不会去日本，也就不会因为再次受到伤害而回国，如果她没有过留学日本的经历，也就不会成为喻灵的助理，那么她现在所面临的这一切也就不会发生。所以，对邓湘侪来讲，当初那个伤害她的人就是扇动她命运的那只蝴蝶，她必须找到那个人，亲眼看到那个人受到法律的惩罚，这才是她最大的心愿。"

康如心这下总算明白了。

康德 28 号。

考虑到邓湘佲的特殊情况，沈跃决定采取最传统的催眠方式。这样的方式最稳妥，毕竟那一次的伤害对她来讲太过刻骨铭心，给她造成了无尽的痛苦，稍有不慎就很容易引起她潜意识的抗拒。

一只蓝色的催眠球有节律地在邓湘佲眼前摆动，邓湘佲听到一个柔和的声音在空气中飘荡："让身体完全放松……吸入并感觉气息从脚底流向头顶，就像温暖而缓慢运动的水波。让紧张随着你的每一次呼吸流出体外。将注意力集中到左手手指上。吸气并感到它贯穿手指，接着又上到左臂；呼出气体，放松手臂……让放松随着每一次呼气而加深。现在注意你的右手指，吸入气体上到手臂，呼出气体并完全放松。"

随着那个柔和声音的引导，邓湘佲感到自己紧绷着的双手缓缓变得松弛，失去了张力。那个柔和的声音继续在空气中飘荡："现在将你的注意力转移到你的左脚脚趾，吸入气体向上移动到腿的根部，呼气时充分放松左腿。现在注意右腿，让气息呈波浪式地流向右腿根部；接着呼出，完全放弃右腿的重和累。随着每一次吸气，腿的所有感觉变得更清晰；随着每一次呼气，腿部放松就更加深入。当气息贯穿全身时，倾听气息波浪的声音。"

邓湘佲感觉到自己的双腿也被释放了出来，昏昏欲睡。

"现在将呼吸和注意力向上带进你的臀部和骨盆。吸气时感觉骨盆自然地张开，呼气时骨盆沉入大地休息……随着每一次吸气，感觉气息从骨盆的底部向上逐渐进入腹部；随着每一次呼出，骨盆完全放松。感觉气息波浪向上充满整个腹部。感到腹部的起伏。随着每一次呼气，腹部会变得相当柔软。感觉到柔和到达下背部，并将气息带到那里。让气息和注意力上流进脊骨。每一次吸入，脊骨中就充满了感觉；随着每一次呼出，脊骨充分放松。感到气息贯穿整个背部。吸气，并感受；呼气，完全放松。现在将你的注意力放在腹部的起伏上；让气息向上进入心脏和肺，并随着每一次呼气，放松感越来越深入心脏的中心。移动气息进入颈部和喉咙。呼气，让所有的紧张释放掉……"

邓湘洺的呼吸匀速，睡态安详。沈跃轻轻翻开邓湘洺的眼睑，确认她已经进入催眠状态后才用一种低沉的声音说道："邓湘洺，你今年十六岁，正在省三中上高中。现在是六月份，你刚刚上完晚自习回家，路过工学院，忽然有一个人捂住了你的嘴巴，正在将你朝旁边的一处阴暗角落拖去……"

"呜呜……"沈跃的情景再造非常成功，邓湘洺发出了嘴巴被人捂住时的那种声音。

这是非常关键的时候，沈跃非常小心，他问道："你看清楚这个人的脸没有？"

"我看不到他的脸，他的脸在我背后。"

"你可以挣扎。"

"我动弹不了，他已经把我拉到角落里去了。"

"你现在能看见他吗？"

"看不见，他背对着远处的灯光。他手上有把小刀，放在我脸上。他，他在拉扯我裙子里面的内裤……啊……我好痛，我下面好痛。他在我身上动，我好痛……"

"他在动，你能够看到他的脸吗？"

"我好痛，我什么都看不到。他从我身体里出来了。他转身在看外边，他在穿裤子。他跑了。"

"他什么发型？"

"头发好像有些长。"

"你刚才只是做了一个梦，没事了，你醒来吧，只不过是一个噩梦而已……"

邓湘侣醒来了。沈跃在心里叹息：催眠的结果竟然是这样，实在是太不值得了。

彭庄重新画了一张画像，是在以前的基础上将犯罪嫌疑人的发型改变了一下。沈跃注意到，这幅画和前面的比例是一样的，只不过大了许多，使得犯罪嫌疑人在逃跑过程中的背影更清晰了一些。

邓湘侣已经从催眠状态中清醒了过来，她看着眼前的画回忆着："头发好像没那么长。"

彭庄又修改了一下。邓湘侣皱眉摇头道："好像也不是这样的……我实在记不起来了。"

这时候沈跃忽然问了彭庄一句："那个时候最出名的明星，头发比较长的有哪些？"

彭庄道："那时候好像最火的就是 F4 了，可是她刚才说头发没那么长。谢霆锋、羽泉、陈奕迅、任贤齐，也都留过长发……大致就这些了。"

沈跃吩咐道："你按照他们的发型分别画出最可能的背影，然后给她看。"

这样的事情对彭庄来讲是轻车熟路，他熟悉那些明星，几笔就可以勾勒出来。可是，邓湘侣看了后还是觉得不像。沈跃提醒道："很显然，那种发型比较特别。彭庄，你再想想。由于小城镇流行元素的滞后性，之前比较火的明星也要考虑到。"

彭庄的心里猛然一动，"唰唰唰"又重新在画板上画出了一个背影，邓湘侣一看之下顿时就激动了："对，就像这个样子！"

彭庄长长地舒了一口气，看着沈跃说道："郭富城头。这种发型的特点是两边头发多，从中间自然分开，也可四六分、三七分，形状像蘑菇。"

沈跃问道："这样的话范围又可以缩小很多了。对了，郭富城有多高？"

彭庄回答道："郭富城个子不高，对外报称有一米七，实际身高可能更矮一些。"

沈跃点头道："嗯，看来这个犯罪嫌疑人崇拜郭富城是有原因的。"随即，他对邓湘侣说道："你放心，我们会很快找到这个人的。"

邓湘侣的眼里充满了泪花："谢谢你，谢谢你们！"

警方将各大交通要道的警力都撤了回来。当然不可能抓到喻灵，不过警方竟然因此另有所获：两个全国通缉的要犯在警方的这次行动中意外落网。龙华闽笑着问沈跃道："这是不是蝴蝶效应？"

沈跃也笑了，回答道："也算是吧。如果我们有足够的警力，沿着每一条支线调查下去的话，也许还会有更多的收获。"

龙华闽叹息着说道："现在我们手上的案子都调查不完。小沈，我倒是支持你继续研究下去。"

沈跃对这件事情的兴趣确实很浓，他点头道："我尽量吧。"

这时候龙华闽忽然想起眼前的案子，担忧地道："万一这个喻灵到时候不出现呢？"

其实沈跃心里也没有底，他想了想说道："这只是在心理分析的基础上得出的结论，但人的内心是复杂的，还可能受很多因素的影响，突发情况的出现也是难免的，尽力而为吧。有些事情我们必须去做，至于结果到底是怎么样的，现在谁也不知道。不过我始终相信那句话：法网恢恢，疏而不漏。她是跑不掉的。"说到这里，他问道："工学院那边的情况怎么样了？"

龙华闽回答道："正在调查之中。毕竟事隔多年，当年的那些辅导员都不记得那些学生的情况了，还有的离了职。这件事情调查起来有些麻烦。"

沈跃皱眉想了想，道："有一个办法可能更好，就是找到当年那几届学生各班的班长，让他们根据现有的线索比对一下当年的同学中有没有符合条件的人。"

龙华闽问道："班长？"

沈跃点头："对，班长。大学是我们大多数人第一次离开父母独立生活的开始，是我们从学生时代走向社会的重要阶段，无论时间过了十年还是二十年，大学时期的点点滴滴依然会十分清晰。大学时候的班长管理全班，他对班上每一个人的情况应该都比较了解，同时也会记忆深刻。"

龙华闽有些艳羡地看着沈跃。这个家伙的脑袋里究竟是一种什么样的结构，为什么总是能够产生各种各样的奇思妙想？

对于警方来说，拿到当年各个班级班长的联系方式并不难，一份名单很快就放到了龙华闽的办公桌上。龙华闽将名单递给沈跃："你看看。"

名单上有近一百人的名字，以及他们的电话号码和电子邮件，其中有一部分已经定居国外，还有八人已经因病或者车祸死亡。不过这八个已经死亡的班长名字后面都附上了当时另外一位班干部的联系方式。拿着这份名单，沈跃的内心禁不住嗟叹：其实，人生就是这样啊……

沈跃将名单交还给龙华闽，道："将犯罪嫌疑人的特征发给他们吧，让他们尽快回复。"

龙华闽担忧地道："我担心其中有的人会因为同学情深，不告诉我们真实的情况。"

沈跃道："不用向他们提及文物案的情况，就直接告诉他们这是发生在多年前的一起强奸案。我听说强奸犯在监狱里都会受歧视，这些曾经当过班长的人应该有着最起码的是非观念吧？"

龙华闽点头，随即将事情吩咐了下去。接下来就是等待，等待反馈回来的信息。沈跃问龙华闽道："接下来的事情有了计划没有？"

龙华闽皱眉道："这确实是一个问题。第一，我们要如何将犯罪嫌疑人的信息传递到喻灵那里去？第二，要怎么样才能够让喻灵不产生任何的疑心？"

沈跃点头道："是啊。当初我也没有仔细思考这方面的问题，现在看来，要完美实施这个计划确实很难。等吧，等有了这个犯罪嫌疑人具体的指向后再说。"

沈跃将接下来的计划设想作为一个问题让心理研究所的几个人讨论，结果所有的人从一开始就都陷入沉默。沈跃苦笑着说道："是啊，当时我也是太过想当然了，不过我相信我们一定会找到一个很好的办法的。"

侯小君道："其实最关键的还是要仔细地去分析喻灵的心理：在什么样的情况下她才会不顾一切地去做那件事情？很显然，安全。那么，如何才能够让她感到安全呢？"

彭庄问道："如何将信息传到喻灵那里去，这个步骤你怎么不考虑？"

侯小君回答道："当警方确定了犯罪嫌疑人是谁并将他抓捕后，就完全可以在媒体上报道了嘛。接下来警方肯定会对犯罪嫌疑人进行审讯，然后将其关进看守所等待起诉并等待宣判。这个人并不是杀人犯，看守所肯定不会将他进行单独关押，或许这对喻灵来讲就是机会。"

曾英杰猛地一拍大腿，道："如果这个人目前的工作地点是在一个小地方就好了。到时候警方可以将他暂时拘押在当地的看守所，这样的话对喻灵来讲机会更大。"

彭庄问道："什么机会？"

曾英杰道："如果我是喻灵的话，首先就要去当地调查谁正被关押在看守所里，然后用重金去贿赂某个警察或者罪犯的家属，让他们在里面动手。不需要杀掉这个人，只需要让他终身残疾。在重金面前，估计有的人很难经受住诱惑，特别是罪犯的家属。"

匡无为摇头道："这样的话需要时间，而且风险很大。"

沈跃问他道："无为，你的想法是什么？"

匡无为道："我有一种预感，说不定喻灵从看到那篇报道开始就已经在准备这件事情了。你们想想，喻灵是什么人？高智商，而且从事文物走私二十来年，她会和黑道没有联系？到时候无论这个犯罪嫌疑人被关进什么地方，只要不是单独关押，就很容易被人废掉。"

曾英杰皱眉道："有道理。如果真是这样的话，那我们根本没有机会抓住她。"

这一刻，沈跃忽然发现自己当初的那个计划竟然存在如此大的漏洞，一下子就陷入了沉思之中。过了好一会儿，沈跃忽然说了一句："或许还有一个更好的办法，不过这需要时间，而且最关键的问题是要将喻灵稳住。"

龙华闽在听了沈跃的计划之后沉默了一小会儿，说道："这确实是一个非常不错的计划，不过一般来讲，在首犯被抓获之前，像这样的团伙作案警方不能结案。"

沈跃不以为然地道："你说的是一般来讲，也就是说，也可以做特殊处理是吧？"

龙华闽道："其实也不是什么特殊处理。根据《刑事诉讼法》规定，共同犯罪有罪犯在逃的，如果案件事实清楚证据充分的，应当提请审查起诉和审判。不过这起案件已经震惊全国，影响极大，如果在首犯还没有被抓获的情况下就开始审判其他的人，这……"

沈跃明白了，这根本就不是法律方面的问题，而是因为有些人的脸面。沈跃提醒龙华闽道："或许，这是能够抓住喻灵的最好办法，也可能是目前唯一的办法。我们做的所有事情都应该围绕如何让喻灵落网这样一个最终目的去考虑。龙警官，你说呢？"

龙华闽叹息了一声，说道："我尽量和上面说吧，我相信他们会权衡的。"

11 六度人脉

一天之后，所有的信息基本上都反馈了回来。其中一位班长根据警方提供的犯罪嫌疑人的背影画像和其他特征明确地将犯罪嫌疑人指认了出来。此人名叫梁华，案发当年他是工学院大三的学生，身高一米六二，当年他的发型正是郭富城头。梁华大学毕业后进了省城一家电机厂做销售。

警方立即开始调查梁华现在的情况，却发现此人在数年前就已经辞职，而且多年来没有和他曾经的同事有过联系。情况发生了如此巨大的变化，让龙华闽和沈跃所有的设想和计划都成了空。

报纸上再一次刊登了这起强奸案的进展。不过这样的报道对警方来讲是有很大压力的，因为谁也不能保证梁华本人不会看到这篇文章然后逃逸。但是沈跃坚持要做这样的报道，目的当然是稳住喻灵。沈跃说道："一旦喻灵以另外的身份出境，就很难将她抓捕归案。但梁华不一样，他拥有另外一个身份的可能性相对较小。我们的主要目标是喻灵而不是梁华，而且抓捕梁华相对要容易得多。"

这是给喻灵一种希望。龙华闽认同沈跃的看法。

警方很快就找到了梁华的父母，他们一直住在一个小县城里，两人在多年前就已经离婚并各自组建了新的家庭。两人离婚的原因是梁华的母亲长期受到丈夫的家暴。然而，警方却没有从梁华的父母那里得到任何有用的信息，据梁华的父母讲，梁华已经有多年没有和他们联系过了。

沈跃问龙华闽道："你相信他们这种说法吗？"

龙华闽朝着沈跃笑，说道："所以，现在就只能由你这位测谎专家亲自去一趟了。"

沈跃想了想，道："我还是先去一趟他曾经工作过的那家工厂吧。"

人是社会性动物，任何人和他人之间多多少少都会有些联系。有一个数学领域的猜想叫六度空间理论，也被称为小世界理论，其意思是说，这个世界上两个完全陌生的人只需要通过六个电话就可以联系上，而且据说这个理论已经被证实是正确的。所以沈跃相信一点，一个人不可能在忽然之间就彻底消失，除非是他已经死亡。即使是他已经死亡，也一样可以得到关于他已经死亡的信息。

接待沈跃的是一位副厂长，以及梁华曾经所在部门的销售处处长。沈跃不喜欢太过客套，一见面就直接说明了来意，随即就问道："梁华在你们单位的时候表现如何？"

副厂长道："那时候我是销售处的处长，梁华大学毕业后就到了我们单位，准确地讲，当时是我去招聘他到我们厂里来的。小伙子虽然瘦小了些，不过人很聪明，表达能力不错，虽然他在大二的时候补考过，我还是决定要他。他到了我们单位后表现一直不错，那时候我们厂的效益没有现在好，现在是客户上门排队要货，而当时可是我们销售处的人全国各地跑，他很勤奋，经常主动要求出差，而且任务也完成得不错。六年前吧，有一天他忽然提出辞职，当时我问他为什么，他说想去沿海发展一下，还说已经联系好了单位。我劝他说，我们厂的效益越来越好，不如等两年看看再说，可是他当时的态度很坚决，当天就辞职离开了。事情过去这么多年了，从那以后就再也没有他的消息了。"

销售处处长道："我和他是同一年到厂里的，不过我和他不是一个学校毕业的。他当时辞职我也觉得有些奇怪，不过他辞职的时候我正在外地出差，回来才听说。

我给他打过电话，但是电话根本打不通，没多久就停机了。"

沈跃朝他们摆手道："这些情况我已经知道了。现在警方怀疑他是发生在多年前的一起强奸案的犯罪嫌疑人，现在我想知道的是，他在你们单位上班的时候有什么异常的表现吗？"

销售处处长看了副厂长一眼，没有说话。副厂长道："当时没有发现他有什么异常啊，各方面都挺不错的。"

沈跃看着他："你好像没有说实话。我知道，当时你们厂的效益不像现在这么好，请客吃饭是常有的事情，嗯，请客户去娱乐场所也很正常。在这件事情上你们的心里有所顾忌，不愿意讲出来我也完全能够理解。其实我对你们的这种事情一点都不感兴趣，我只是想知道梁华这个人的情况。现在请你们告诉我，当时他去娱乐场所的时候有没有什么异常的表现？"

副厂长和销售处处长都很尴尬，副厂长咳嗽了一声，道："他，有时候对那里面的'小姐'，这个，也就是喝醉了的时候，他喜欢动手打人。"

沈跃点头，道："好吧，我们不再说这件事情了。"随即去看着销售处处长，问道："这个人有比较好的朋友没有？你别着急回答我，好好回忆一下再说。"

见沈跃转移了话题，副厂长和销售处处长暗暗松了一口气。销售处处长想了想，回答道："那时候我们都经常出差，在一起的时候其实很少，我实在记不得他和谁的关系特别好了。大多数时候也就是和处里面的人一起陪客户喝酒打牌什么的。"

稍停，销售处处长忽然说了一句："他好像有个同学叫什么来着？我见过几次，好像哪个医院的医生来着，是他的中学同学。"

副厂长也一下子想起来了，道："对，好像有这么一个人，有段时间他经常跑来喝酒。"

销售处处长想了想，道："他的那个同学好像姓肖，是附近区医院的医生。"

沈跃看着他们："请你们描述一下那个医生的模样。"他看了旁边的彭庄一眼，见彭庄已经拿出了画板和铅笔。

根据两个人描述的情况，彭庄很快就画出了那位肖医生的画像，副厂长和销售处处长看了后目瞪口呆。当沈跃他们离开后，副厂长终于长长地松了一口气，对他的销售处处长说道："这位沈博士确实厉害，我在他面前好像透明的一样，他的手下也厉害，犯罪的人谁遇到了他还真是倒了八辈子的霉……"

肖医生还在原来的单位上班，他是中医科的医生，个子也不高。当沈跃问到他是否有梁华的消息的时候，他说道："很多年没有联系了，上次同学聚会还有人问起他，结果没有人知道他现在的情况。"

沈跃问道："据说你以前经常跑到他那里去玩？说明你和他的关系不错啊，怎么你也不知道他现在的消息？"

肖医生回答道："在中学的时候我和他关系不错，我是在外地上的大学，毕业后到了这里，刚刚参加工作的时候挺无聊的，中医科的病人不多，有时候就去他那里玩，也不是经常去。他也来我这里玩的。后来听说他辞职了，我联系过他几次结果没联系上，慢慢地就把他给忘了。"

这就是所谓的酒肉朋友。沈跃在心里这样想道，又问："也许你已经知道了他是多年前一起强奸案的犯罪嫌疑人，当时他和你在一起的时候，你发现他有什么异常的情况没有？"

肖医生惊讶地说："啊？原来报纸上说的是他啊。我还真不知道。嗯，他当时还让我给他介绍医院的护士来着，我说怎么可能啊，我自己都还单着呢。他到我们医院来的时候经常盯着那些护士看，我还笑话他。有一次他在和我喝酒的时候说，不知道护士×起来是什么味道……"说到这里，他看了旁边的康如心一眼，尴尬地道："这是他当时的原话……"

沈跃看着他："你继续说。"

肖医生道:"他还说,今后一定要找个护士或者女医生尝尝味道。他们做销售的都喜欢说黄色笑话,特别是在酒桌上,当时他那样说我也就当成说着玩的。不过我确实没看到过他和我们医院的护士有在一起的时候,不过他看她们时候的眼神……怎么说呢,反正就是那种很猥琐的表情。"

沈跃点头,道:"你再好好想想,他还有别的什么朋友没有?"

肖医生想了想,摇头道:"实在是和他多年没有联系了,有些事情一时间记不起来了,而且在我的印象中他好像没有什么朋友,我见到的就是他经常和他们单位的人一起喝酒。"

沈跃心里有些郁闷,将自己的名片递给了他:"如果想起什么,请你及时给我打电话。"

从区医院出来,沈跃苦笑了一下,喃喃自语地道:"小世界理论好像也有不正确的时候啊。"他想了想,对康如心说道:"我们去拜访一下梁华的父母。"

康如心问道:"现在就出发?"

沈跃点头:"嗯,就现在。"

梁华的母亲是当地百货公司的一名售货员,再婚后生了一个女儿。眼前这位五十多岁的女人肤色白净,个子并不矮,年轻时容貌应该不错。听沈跃说明了来意后,她说道:"当年把他判给了他老子,他从来没有看过我,他上大学后我给他打过电话,他对我很冷淡,后来我就再也不去管他了,就当没有这个儿子。"

沈跃看着她:"难道这些年你从来都没有想念过他?你可是他的母亲。"

梁华的母亲道:"他是那个畜生的种,和他老子一样的德行,我懒得去想他。"

沈跃诧异地道:"哦?你为什么说他和他父亲一样的德行?"

梁华的母亲愤愤地道:"他老子以前经常打我,这兔崽子从来不帮我,就站在一旁看着。你说,这样的儿子养来干啥?随便他现在去了哪里,就是死了都和我没有任何关系！"

沈跃发现她的眼神有些躲闪，问道："你好像隐瞒了什么，请你告诉我们，梁华还对你干过什么事情？你是他的母亲，他与你血肉相连，即使有那样的事情也不至于让你恨他到那样的程度。"

她紧闭着嘴唇不说话。

沈跃转身对康如心说道："你问问她。彭庄，我们出去一会儿。"

随即，沈跃低声吩咐了康如心几句，然后和彭庄到了外边。彭庄问道："沈博士，你觉得她应该知道梁华的下落？"

沈跃摇头道："可能还真是不知道。不过我感觉得到，梁华很可能曾经伤害过他的母亲。"

彭庄瞪大了眼睛："不会吧？如果真的是那样的话，这个家伙简直禽兽不如！"

沈跃眯缝着眼看着外边小县城的街道，看着那些忙碌的人，沉声说道："人上一百，形形色色。有的人根本就没有人性，不过对于梁华来讲，我觉得还是因为家庭的影响。所以父母的悲剧往往就会酿成孩子的悲剧，而孩子的悲剧最终就可能酿成整个社会的悲剧。其实我对这个案子感兴趣并不是因为这起案件本身，而是想从中寻找到案件发生的根源，如果因此能够对整个社会起到警醒的作用，我的目的也就达到了。"

彭庄敬佩地看着他，说道："沈博士，我一直想对你说一声谢谢。真的，以前我从来没有想过自己会做这样一份有意义的工作。我太喜欢这份工作了，它让我感受到了人生的真正意义。"

彭庄的话充满着真挚。沈跃拍了拍他的肩膀，道："你说得对，人生的意义有很多种，在我看来，实现自己的理想，体现自己的价值才是最重要的。彭庄，我非常看好你，也非常看好我们这个团队里的每一个人，今后，慢慢地，我会让你们独立去调查一些案子，当你们都成长起来，我就放心了。"

彭庄疑惑地看着他，问道："沈博士，你不会是想到了那时候就不管我们了吧？"

沈跃笑着问他："你知道我这辈子最大的梦想是什么吗？"

彭庄回答道："我知道啊，你说过，让我们国家的民众都能够接受心理学这门科学，自觉接受心理咨询和心理治疗，这就是你最大的梦想。现在你不是正在朝这个方向努力吗？"

沈跃却摇头说道："这只是我的梦想之一，而我最大的梦想是去环游世界。一个人来到这个世界上一趟不容易，这是上天对我们每一个人的恩赐，我希望自己在离开这个世界之前，去看完这个世界所有最美好的风景，无论是北极还是南极、陆地还是海洋，我希望自己的足迹能够踏遍这个地球的每一个角落。如果有机会的话，我还想去太空看看。"说到这里，他一下子就笑了："其实我这个人很现实的。彭庄，等你们都成长起来了，我就不用像现在这样累了。真的希望那一天能够早一点到来。"

这样的梦想真好。彭庄笑着说道："你肯定是要带着如心姐一起去。"

沈跃也笑道："当然。必须的！"

两人正说笑着，康如心出来了。沈跃发现她的脸红红的，眼神也有些怪异，顿时就明白自己刚才的那个猜测没错，于是也就没有急着去问，说道："现在我们去拜访梁华的父亲。"

彭庄却忍不住心里的好奇，问道："如心姐，什么个情况？"

康如心恨恨地道："这个人就是个畜生……他老子更不是东西。"

虽然康如心的话含糊其词，但彭庄已经完全明白了。沈跃反倒淡然起来，说道："肯定是有原因的，而且我也大致知道了是因为什么。"

康如心愕然地看着他，问道："因为什么？"

沈跃道："梁华的样子像母亲，个子那么矮，如果他父亲的身材比较高大的话，他对这个孩子的来历不怀疑是不可能的。"

康如心依然不解："可是，当时梁华是判给了父亲的啊！这肯定是男方的要求。"

沈跃道："对于一个有家暴倾向的人来讲，他首先是怀疑，然后才会去证实。当他最终证实了孩子确实是自己亲生骨肉的时候，他们的婚姻却走到了尽头。女人虽然懦弱，但她们的背后还有法律这个有力的武器。"

当康如心和彭庄第一眼看到梁华父亲的时候，禁不住都看了沈跃一眼。沈跃微微一笑。康如心忽然发现自己对丈夫的了解依然十分有限，有时候他似乎如同神明般能够预测出事情的本质。

梁华的父亲身材高大健硕，与他儿子瘦小的身形有着天壤之别。彭庄心里也暗暗觉得奇怪，这究竟是遗传变异还是因为别的？

沈跃直接说明了来意，问道："你真的不知道梁华现在在哪里？"

梁华的父亲摇头，道："你们的人已经来问过了，我真的不知道。这几年我还在到处找他呢，去年我还报了失踪案，可是到现在都没有结果。"

他说的是真话。警方早已核查过了梁华的身份证信息，确实没有查找到他的下落。不过在这件事情上警方也难免有所疏漏，要知道，全国叫梁华的起码有数万人，其中的工作量可想而知。沈跃问道："你是他的父亲，这么多年他都没有与你联系过，你觉得这是为什么？"

他的脸上一下子露出了痛苦的表情："我的预感很不好，觉得他已经不在这个世界上了。"

沈跃看着他："你为什么这样认为？"

他摇头回答道："我也不知道，就是预感不好。不然的话他为什么这么多年都不和家里联系？"

沈跃问道："难道他工作后经常与家里联系？"

梁华的父亲不语。沈跃依然在看着他："也许，你当时都不知道他辞职的事情，是这样的吧？或许自从他毕业后连春节也很少回家，只不过有时候你会给他打电话，可能这就是那时候你和他之间的唯一联系。后来有一天你忽然想起好像很久没有与他联系了，结果发现他的电话已经打不通了，这才从他的单位得知了他辞职的事情。是这样的吧？"

梁华的父亲点头。

沈跃问道："按道理你们是父子，你们之间的关系不应该这么淡漠才是。请你告诉我，这究竟是因为什么？"

他忽然怒了："我怎么知道那是为什么?! 养不熟的野小子，是我上辈子欠了他的吧！"

沈跃摇头，道："我可以告诉你这是为什么，因为他恨你，恨这个家。你不是上辈子欠了他，而是这辈子！"

他惊愕地看着沈跃。沈跃有些憎恶同时又有些同情地看着他，继续说道："你想想自己曾经在他面前做过些什么。当着他的面殴打他的母亲，甚至侮辱，还不止一次地质疑他的来历，其中的原因仅仅是这个孩子越来越不像你，虽然你后来证实了这个孩子就是你的亲生骨肉，但你至今没有想过自己曾经做的那一切带给他多大的心理伤害。他学着你的方式去辱骂、殴打自己的母亲，心理早已不正常了。"说到这里，沈跃冷冷地看了他一眼："听说你现在的妻子又给你生了个儿子？如果你不想让自己的这个儿子也变成梁华的话，我建议你尽快去看看心理医生。"

"难道他对现在的妻子也一样家暴？"康如心问沈跃。沈跃点头："很可能如此。男人家暴的原因除了自卑、生活压力巨大之外，更主要的是人格障碍，它会像毒品一样让人上瘾，因为在这种人的潜意识当中，女人就是他欺凌、发泄的对象。"

康如心同情地道："他的两个妻子真可怜……"说到这里，她忽然想起了什么："沈跃，你说这个梁华，他会不会真的早就已经死了？"

沈跃摇头道："不知道。如果他真的早就死了的话，最大的可能就是因为强奸被人谋杀，然后被毁尸灭迹。不过我有一种感觉，那就是这个人依然活在这个世界上。有句话是怎么说的？好人不长命，祸害活千年。"

康如心不住地笑，说道："你这是什么话。"

沈跃也笑，说道："这句话其实有它一定的道理。特别是在战乱年代，遵循的是丛林法则，也就是弱肉强食……呵呵！这个问题扯远了。我们来说说这个梁华……当时他是自动辞职的，这说明他早已规划好自己下一步的事情。此外，我们来分析他为什么要辞职并忽然从人们的视线中消失。我觉得最大的可能就是：他参加工作之后不止一次犯下过强奸案，只不过受害者因为各种原因没有报案，或者是警方没有破获那样的案件。但对梁华来讲，他的内心肯定是害怕的，他知道总有一天会被抓住，而强奸的冲动早已像毒品一样侵蚀了他的灵魂……对他来讲，最安全的地方也许是没有的，最安全的方式就是在一个地方住一段时间后就离开。"

彭庄问道："可是他得有生活上的保障啊。"

沈跃道："你忘了那位副厂长对他的评价了？他聪明，能说会道，还肯吃苦，像这样的人还愁找不到工作？"

彭庄忽然有些泄气："如果真的是那样的话，我们如何才能够将这个人找出来呢？"

沈跃叹息了一声："是啊……对了彭庄，你给英杰打个电话，让他把梁华大学期间的成绩单调出来。"

康如心诧异地问道："你要他的成绩单干什么？"

沈跃道："那位副厂长说梁华大二的时候补考过。我只是不想放过任何的信息罢了，看了再说吧。"

话音刚落，沈跃的电话就响了起来，沈跃发现是一个陌生的号码，心里顿时一动："你好，我是沈跃。"

电话里的声音在说："你好，我是肖医生。我想起一件事情来。大约在六七年前，有个人来找我，让我帮他找个好点的医生看病，那个人是梁华的大学同学，以前我在梁华那里见过他，在一起喝过酒。当时我顺便问了他一句：最近见到梁华没有？他告诉我说：听说梁华去了外省的乡下，承包了一座荒山种果树。当时我们就随便聊了几句，也没有特别在意，现在忽然想了起来。"

沈跃急忙问道："那个人叫什么名字？"

对方回答道："好像叫卓雷……对，就是叫卓雷。记得当时我还问过他在什么地方上班，他说在一家民营企业。当时他好像说了那家企业的名字的，可是我实在记不起来了。"

六度空间的第三个人？沈跃有些激动起来："谢谢你，谢谢你给我们提供了这么重要的线索……"

回到省城的时候警方已经找到了卓雷这个人，如今他已经是一家私企的老板，住在一处高档小区里。曾英杰也拿到了梁华大学时候的成绩单，沈跃看了后发现，梁华第一学年的成绩每科都是优秀，而第二学年的成绩却下滑得非常厉害，其中还有一科补考，大三和大四的成绩平平。拿着手上的这份成绩单，沈跃心里不禁想：他在大二的时候究竟发生了什么？

不过就目前而言，这份成绩单似乎并不重要，重要的是要尽快将这个人找出来。警方已经联系上了卓雷，卓雷说他晚上有一个重要的应酬，只能给沈跃半小时的时间。

顾不上休息，沈跃直接去了卓雷的公司。一位警察正在公司外等候。卓雷的公司规模不大，沈跃一进去就听到不时有电话声响起。

卓雷的神情似乎有些焦急，沈跃笑着对他说道："你不用急，耽误不了你多少时间。"

卓雷歉意地道："今天约了一个非常重要的客户，迟到了不好。"

沈跃点头，道："看得出来，卓老板的生意做得不错。好吧，我们直接谈事情。卓老板，警察已经让你看了犯罪嫌疑人的画像了是吧？"

卓雷点头道："是的，我第一眼就认出了那幅画像的背影就是梁华的。想不到这家伙居然会干那样的事情……"

沈跃朝他摆手，道："你的时间紧，我们不要把话题扯远了。卓老板，请你告诉我，你最后得到梁华的消息是在什么时候？是什么人告诉你的？"

卓雷仰起头想了想，回答道："六七年前吧，那时候我还在别人的公司上班，有一次我去广东出差，碰到了一位同学，他告诉我前不久梁华去找他，说是让他帮忙联系一批优质的果树种苗。大学毕业后我就很少遇见梁华了，所以听这个同学说起他就有些好奇，于是就问了他关于梁华的情况，那个同学说，梁华在广西某个地方承包了一座荒山，准备在那里种果树。后来我那同学就帮他联系了一家销售果树树苗的公司，还请他吃了顿饭。当时的情况大致就是这样。"

沈跃皱眉道："你再仔细想想，当时你那同学还说了些什么？"

卓雷又想了想，道："后来好像就没有再说梁华的事情了，毕竟我们一个班有三十多个人，随后我就和他聊起了别的同学的情况。"

沈跃道："那好吧，你有那个广东同学的电话吗？"

卓雷点头道："当然有，这些年我经常和他联系。"

这确实是一个利益社会，人与人交往的密切度多多少少都与利益有关，就如同当初梁华是为了果树树苗才去和他在广东的那位同学联系一样。沈跃微微一笑，说道："估计你现在的生意和他也有关系吧？卓老板，你会发大财的。"

卓雷很高兴的样子，说道："你这话我爱听，我这就把我那同学的电话号码给你。对了，你怎么觉得我会发大财呢？"

沈跃笑道："你先在别人的公司积累经验，然后才开了这家公司，而且并不是一味地追求公司的规模，这说明你做事很稳，不急不躁。刚才我进来的时候发现你下面的员工都在认真做事，说明你有一定的管理水平。你公司的电话一直处于繁忙状态，这表明你现在的业务进行得不错。所以，只要你继续像这样踏踏实实做下去，今后发大财是必然的。"

卓雷更加高兴了，歉意地道："今天实在是有事，不然的话我还真想留你多说会儿话。"

沈跃将一张名片递给他："没关系，我能够理解。卓老板，如果你再想起了什么事情，请你马上与我联系。今天就这样吧，再见。"

卓雷拿起名片看了一眼，惊讶地道："原来你就是沈博士？沈博士，要不今天晚上我们一起去吃饭？"

沈跃哭笑不得，摆手道："我手上的事情还很多……卓老板，你去忙吧。"

卓雷的那位同学本来就是广东人，家里在当地有些背景，他大学毕业后就进入了公务员系统，如今已经是广东某地级市的副市长。其实人生就是这样，大学阶段可以说是某一批学生的共同起点，但他们在毕业后却各有自己的命运，有的发达，有的平庸，也有的人走向堕落。

龙华闽亲自给广东那个地级市的公安局通了电话，详细说明了情况，当地公安局与卓雷的那位同学联系后，他很快就回话了：事隔多年，他实在记不起梁华当时说的具体地方是在哪里了，也许当时梁华根本就没有具体讲过，那时候他就是很简单地帮了梁华一个小小的忙。

龙华闽问道："那你还记不记得当初联系的那家公司？"那位副市长回答道："大致记得，我可以让秘书去查一下。"

又过了大半天，那位副市长的秘书打来电话说：当年的那家公司老板几年前就做房地产生意去了，多年前的事情他有些记不清楚了，不过他大致记得当时发货的地方好像并不是什么广西。由于公司早已转型，当年的资料已经没有了。

这个消息让沈跃感到有些沮丧。很显然，那位当年的果树种苗批发公司的老板完全是因为当今的副市长曾经找过他才隐隐记得一些事情，可惜的是，关于梁华的信息还是因此而断绝了。

龙华闽问沈跃道："怎么办？"

副厂长、肖医生、卓雷、副市长、果树种苗批发公司的老板，这已经有五个环节了，如果从六度空间的理论去看，关于梁华的线索应该近在眼前，可是偏偏在这个时候调查进行不下去了，沈跃当然并不想就此放弃。他想了想，对龙华闽说道："关于梁华，我觉得其中有一个很重要的问题解释不通——很显然，他去广东的时间就是在他辞职不久，按照那位副厂长的说法，当时厂里的效益才开始好转，而梁华的父母也基本上与他没有多少联系，那么，他承包荒山、购买树苗的钱是从何而来呢？抢劫？似乎不大可能，他那样的身板似乎并不适合去干那样的事情。而且从他当时辞职的情况来看，应该是对自己下一步的事情早有计划，难道……"

龙华闽的神色一动，问道："你的意思是，他在那家厂里的时候就有了一大笔非法所得？可是，在那样的情况下厂里为什么会同意他辞职？难道他和厂里的某个有一定权力的人勾结作案？"

沈跃点头道："很有可能。那家厂是国企，那时候正是工厂的转型时期，管理比较混乱，有人从中浑水摸鱼获取私利也并不奇怪。还有，我本来以为梁华在辞职后很可能会不断变换住址，现在看来似乎并不是这么回事。这个人居然去承包了一片荒山种果树，他为什么要选择这样的项目？为什么？"

龙华闽不明白："什么为什么？"

沈跃看着他，沉声问道："你会认为他从此就不会再犯案了吗？不，他改变不了自己的。可是他长期待在一个地方继续犯案的话就很容易被发现……啊，我怎么感觉有些不寒而栗？"

龙华闽也被沈跃此时的表情吓住了，问道："你的意思是……"

沈跃摇头道："我不敢继续分析下去了，也不能轻易下那样的结论，但是我们必须尽快找到这个人！"

这一次沈跃直接找的是电机厂的厂长，然而这位厂长说他是前几年才从某个部门到这里来任职的。沈跃问道："你肯定参与了这家工厂的改制过程，是吧？"

厂长的脸上露出了自得的表情，道："是的。这家工厂是在改制之后效益才开始好起来的。"

沈跃微微一笑，说道："一家国有企业的兴盛除了改制及国家政策的扶持之外，最关键的就是这家企业负责人的观念和能力了，这一点我毫不怀疑。不过今天我是为了梁华的案子而来……"随即他将自己的那个疑问提了出来："厂长先生，现在我想要知道的是，当初你们厂在改制之前审核过企业的账目没有？"

厂长皱眉道："当然审核过。当时这家工厂的账目确实存在很多问题，三角债非常多，不过后来都一一理顺了。"

沈跃又问道："企业财务上面的漏洞呢？"

厂长怔了一下，苦笑着说道："这个问题就比较复杂了，当时企业在管理上的问题确实很严重，特别是公款吃喝、请客送礼、材料入库、产品出库等方面都存在非常严重的问题，这也是当时这家企业一直亏损的原因之一，准确地讲，当时我接手的这家企业简直就是一个烂摊子。而在我接手这个烂摊子之后最需要做的就是尽快理清楚企业的债务和资产，对于以前管理混乱遗留下来的问题只能放在一边不予考虑，因为那些问题实在太多，根本就无法理清楚。企业已经面临倒闭，当时我只能快刀斩乱麻地进行人员更替，重新建立新的、科学的规章制度并进行股份制改革。所以，像这样的一些问题也就不可能过多地详查和追究。"

沈跃叹息着说道："不过这样一来，有的人也就因此逃脱了法律的制裁。"

厂长点头道："是有可能存在你说的那种情况。国企改革过程中多多少少都存在这样的问题，我们只能首先考虑企业生存的问题，而某些细节性的问题就只能放弃。"

沈跃想了想，对厂长说道："上次我和你们的那位副厂长见了面，我想借这个机会再问他几个问题。"

厂长心里一动，问道："就在我的办公室，可以吗？"

这位厂长对他的那位副厂长不大满意。沈跃是心理学家，像这样的事情心里当然明镜似的，他点头道："当然可以。"

上次见面的那位副厂长来了，他非常热情客气地和沈跃握手。简单地寒暄完毕，沈跃就再次说明了自己的来意，当讲到目前所了解到的关于梁华的情况以及对他启动资金来源的疑问的时候，沈跃发现眼前这位副厂长脸上的肌肉痉挛了一瞬。果然如此。沈跃看着他，问道："请你告诉我，你究竟知不知道梁华现在在什么地方？"

副厂长摇头道："我怎么会知道？"

他似乎没有撒谎。沈跃暗暗有些失望，又问道："那么，他辞职的时候也许带走了一笔钱，这件事情你应该是知道的，是吧？"

副厂长不住摇头，道："我怎么可能知道？我知道的话肯定不会让他辞职的……"

沈跃盯着他："你在撒谎。"

副厂长气急败坏："我撒什么谎？你有证据吗？"

这时候旁边的厂长忽然说话了："我相信沈博士的判断，想必你也应该知道沈博士是什么人。如果你需要证据的话也并不难，当年所有的财务账目还封存在那里，如果你真的有问题的话，总是会查出来的。"

沈跃站了起来，对厂长说道："我已经知道是怎么回事了，今天我来这里的目的已经达到，接下来就是你们内部的问题了。再见了二位。"

在这家工厂行政楼下边，沈跃迟迟没有上车，一会儿仰头看天，一会儿转身去看这家工厂里的那些建筑，嘴里似乎一直在喃喃说着什么。康如心在车上等了好一会儿没见沈跃的动静，下车走到他身边，问道："你在干吗？"

沈跃忽然说了一句："要过年了。"

康如心道："是啊。"顿时觉得诧异："你怎么忽然说起这件事情？"

沈跃道："我在想，喻灵会不会去香港和她的女儿一起过春节呢？我们大多数中国人对春节都有着不一样的情怀，也许喻灵也一样。不，她不会去，因为她应该想到朱丹丹已经被警方监控了起来，如果她去了的话无异于自投罗网。嗯，她很可能会继续留在这座城市，虽然不能与邓湘洺相见，但她会尽量让自己和邓湘洺靠得更近一些。"

康如心轻声叹息了一声，幽幽地道："沈跃，现在我才明白，其实你比我们承受的压力和痛苦要多很多，比如这样的事情，你不得不利用。"

沈跃点头，叹息着说道："是啊。不过我也比你们更会解脱自己，我会对自己说，没什么，我只不过是遵循着对方的心理在寻找真相，仅此而已。"

康如心愣了一下，禁不住"扑哧"一笑，道："好像还真是这样的。对了沈跃，我怎么也没想到通过这起案子还揭开了一起当年的贪腐案。你说说，如果我们一直调查下去的话，是不是还会有许多的案件层出不穷地显现出来？"

沈跃仰起头看着远处的天空，道："谁知道呢？从陈迪的案子开始我们反过来去寻找影响陈迪作案的因素，结果显现的全部都是罪恶，这两天我一直在想，为什么会这样？为什么这一起案件的背后隐藏着那么多的罪恶，而不是人性的光辉？这个世界究竟怎么了？"

康如心的内心顿时被震撼，问道："你想明白了吗？这是为什么？"

沈跃点头道："我想明白了，这是因为我们的眼睛始终盯在罪恶上面。也就是说，如果我们把目光放在那些积极的、人性的光辉上面，那么揭示出来的就是动人的、温暖的。"

康如心想了想，顿时明白了，笑着问道："那我们接下来是不是应该去挖掘一下这个方面？"

沈跃的心情似乎一下子就好了许多，笑道："其实我们早就挖掘出来了，只不过我们并没有特别注意罢了。比如张东水叔侄的感情，张小贤的梦想，方老的智慧，朱翰林对喻灵的爱情，等等，数不胜数。"

这时候康如心忽然想起了另外一件事情，问道："喻灵给自己取了假名叫'谢先生'，难道她的想法和后来方老的解释是一致的？其中最奇怪的是方老还解释了这样一句话：谢，也是一种龟，头昂着行走，而低着头行走的龟，称为灵。他的这句话竟然暗合了喻灵的名字，难道你就从来没有怀疑过方老和她的事情有着某种联系？"

沈跃立刻严肃地提醒她道："如心，你千万不要总是用阴暗的心理去看待任何事情和我们身边的每一个人。无论是警察还是心理学家，都不应该先入为主带着任何偏见去看待任何的人和事。比如喻灵和梁华，我们即使知道了他们是罪犯，也应该从人性的角度去分析他们、理解他们，而不能单纯地用好或者坏去评价他们。方老是一位智者，是一位具有大智慧的人，那天，当我讲述了整个案情之后他就第一时间想到了喻灵，不过他对喻灵的了解十分有限，所以才以那样的方式提醒我。他是一位知识非常渊博的学者，典故信手拈来。我相信，如果喻灵不叫喻灵，而是叫别的什么名字，他也一样会对我讲出另外的足以提醒我的典故来的。"

康如心想不到沈跃会如此严肃地对她说话，心里有些接受不了，气恼地道："我不过就那样随便说说，你怎么……真是的！"

沈跃也忽然觉得自己刚才的语气重了些，温言说道："对不起，如心，刚才我的话是说得重了些，不过我还是想要告诉你，方老是一个值得我们尊敬的人。其实对每一位学者，即使是当初的那位吴先生，从一开始我都是带着尊敬在面对他的，只不过现实太过残酷……"

此时康如心也有些后悔了，她过去挽住了沈跃的胳膊，轻声说道："沈跃，是我不好。我应该理解你才是。我知道了，每当你去面对那些学者的时候，内心承受的压力和自责比任何人都要沉重。"

沈跃点头："是啊，不仅仅是面对那些学者的时候，对于有些人的犯罪事实，我真的感到痛心……"

华教授是一位数学家，沈跃这天特地去拜访了他。两个人见面后，沈跃直接问道："关于小世界理论，您怎么看？"

华教授回答道："小世界理论也被称为六度分割理论、六度空间理论，简单地说，该理论认为在人际交往的脉络中，任意两个陌生人都可以通过'亲友的亲友'建立联系，这中间最多只要通过六个朋友就能达到目的。这个看似非常简单却又很玄妙的理论引起了数学家、物理学家以及计算机科学家们的关注。沈博士，你为什么关注这样一个问题？"

沈跃道："我手上的一起案件可能涉及这个理论，所以我特别想知道这个理论是不是正确的。"

华教授道："从数学上讲，这个理论是成立的。如果将全世界人口六十五亿这个数字开 7 次方根，结果是 25.2257，也就是说，我们每个人只要认识二十几个人就可以满足此理论。这个理论说明了一个普遍的客观规律：社会化的现代人类社会成员之间，都可能通过六度空间联系起来，绝对没有联系的 A 与 B 是不存在的。这是一个更典型、深刻而且普遍的自然现象。佛教认为，我们所有的人类都是一个密不可分的整体，没有高低贵贱之分。蝴蝶效应也认为，一个人的某种行为很可能会影响距离他很远的另一个人的命运。其实这都是六度空间理论在起作用。"

沈跃深以为然，于是他更加坚定了可以通过目前的方式找到梁华的信心。

接下来沈跃就直接去了龙华闽的办公室，在给他大致解释了小世界理论之后，说道："这中间肯定还有一个人知道梁华现在的情况，你是资深警察，推理能力比我强，我想听听你的看法。"

龙华闽思考了好一会儿，说道："我们姑且不去谈这个小世界理论，从逻辑推理的角度来讲，这其中应该是有人知道梁华的地址的。"

沈跃急忙问道："谁？"

龙华闽道："广东的那家果苗公司。那家公司的老板虽然已经转行去做了房地产……这些年房地产火热，各行各业的钱都在向这个产业转移，这并不奇怪。作为一家公司的老板，他最多也就是将某件事情吩咐下去，所以，当时他的公司里一定有一个或者几个经办人。而且梁华肯定不是一次就将他所需要的果苗买完，一大片荒山需要的果苗数量可不少，如果一次买进的话存活率会很低，开发一片买进一批才是最好的方式，因此，他后来肯定还会多次与这家公司的经办人联系。"

沈跃顿时明白了："也就是说，梁华的那位副市长同学并没有认真调查这件事情？"

龙华闽点头道："是的。作为一位副市长，竟然曾经帮过一位强奸犯的忙，这样的事情他避之唯恐不及，怎么可能积极主动地协助我们调查？"

沈跃叹息着说道："看来是我错了，我只想到一位副市长应该具有一定法律素质，却忽略了人性，这是我最不该犯的错误。"

龙华闽笑道："你不是官场中人，忽略了对方这样的想法也很正常。小沈，我看这样，让曾英杰去一趟广东，我相信他会很快找到那个关键的人。"

沈跃点头："嗯。这件事情越快越好，英杰确实是最合适的人选。"

曾英杰当天就飞往广东，在与当地警方联系后直接就找到了当年那家果苗批发公司的老板、如今的房地产公司老总。这位老总的态度极其傲慢，曾英杰问了几个问题，他都直接说不知道，或者用记不得了予以推搪，陪同曾英杰的当地警察也在一旁淡淡地看着，一言不发。

　　曾英杰倒是稳得住情绪，继续将后面的问题全部问完，将录音笔放回手包里，淡淡地对眼前这位房地产公司老板说道："打搅了。"他站起身，随即似乎想起了什么："对了，接下来我会自行去调查这件事情，如果一旦有证据证明你是知情不报，接下来你的麻烦可就大了。还有，这起案子不仅是一起强奸案，还牵涉到一起震惊全国的文物大案，如果有人知情不报，甚至是从中阻挠我们的侦查，无论他是什么人、什么身份，最终都将受到法律的制裁。这是我的电话，如果你想起了什么，请你马上与我联系。"

　　说完后他就马上离开了这位老板的办公室，对陪同的警察说了一句："你也不用陪同我了，接下来我自己去你们这里的工商局了解情况。"

　　曾英杰离开后，房地产公司的老板马上打了个电话，刚刚将事情说完就听到电话的那头在怒骂："你是猪脑子吗？那个人已经多年没有和我联系过了，当年他来找我的时候我对他犯罪的事情一无所知，你现在这样做岂不是让警方的人认为我是在有意包庇？赶快去，将你知道的情况都告诉他们！"

　　这位房地产公司的老板有苦难言：当初你不是告诉我不用理会那些警察吗？不过他根本就不敢多说什么，连忙道："是，我知道了，我马上就给那个警察打电话。"

　　电话里的那个声音依然在发怒："打什么电话？马上找到他，协助他把情况调查清楚！"

　　正如曾英杰预料的那样，他刚刚走出这家房地产公司不远，手机就响起来了，接听后不一会儿就看见那位房地产公司老板气喘吁吁地跑了来，还没等曾英杰说话就连忙解释道："我忽然想起来了，当时我和那个人谈好了价格后就将后面的事情交给了一位手下。曾警官，我现在就带你去找他吧。"

　　曾英杰心里大喜，脸上却只是微微一笑，说道："太好了，谢谢你。"

房地产公司的老板打电话让司机将车开了过来，是一辆宾利。在车上的时候，房地产公司老板对曾英杰说道："现在经营那家公司的人是我妻弟，刚才我已经给他打电话了，当年具体负责与梁华接洽的那个人现在还在公司。"

接下来的事情就简单了，曾英杰很快就见到了那个人，当年三十多岁的小伙子现在已经四十来岁。这样的人很多，一辈子在同一家单位或者公司上班，没有雄心壮志，只有波澜不惊的生活。这个人叫乔兴策，公司的人都叫他乔三。曾英杰问起他关于当年的事情，乔兴策想了很久，摇头说道："好像有这么一个人，但是时间过得太久了，我实在想不起来了。"

这下旁边的房地产公司老板反倒着急了："你再想想啊，好好想想，想起来了我给你发奖金，五千块，不，一万块！"

也许是金钱的作用，乔兴策又想了一会儿，忽然一拍大腿说道："我想起来了，当时好像是发货到××省的，他后来又要了几次货，都是发往那里的，不过我记不得发货的具体地址了。"

乔兴策说的省份正是曾英杰供职的地方，这有些出乎他的意料，问道："你再好好回忆一下，当时他跟同学说的可是在广西。"

乔兴策疑惑地道："广西？怎么可能？我们很少有广西的客户，广西的果苗品质和我们的差不多。"

曾英杰有些明白了。很显然，当时梁华对他的那个同学也没有说真话，目的当然是隐藏自己的行踪。此人真是狡诈！曾英杰点头道："你说得很有道理，我也完全相信你的记忆准确。那你再好好想想，当时你究竟将那些果苗发到了什么具体的地方？"

乔兴策苦笑着说道："我记得他就来过一次，后来都是先打款，然后让我们发货。时间实在是太久远了，公司的发货单也早就没有了，那时候电脑还没有完全普及，都是用本子记录的。"

曾英杰想了想，道："好吧，那就这样。谢谢你。"

乔兴策看着房地产公司的老板："那一万块的奖励现在可以给我了吧？"

房地产公司老板对他小舅子道："给他五千块。"

乔兴策嘀咕道："不是说好的一万块吗？"

房地产公司老板瞪着他，道："你都没有回忆起发货的具体地方来，给你五千块就已经不错了。"

乔兴策一脸的颓然。曾英杰心想，看来这个人实在是想不起来了。随即走到外边，拿出手机打给沈跃。沈跃听了曾英杰报告的情况后说道："能够得到这样的信息已经很不错了，既然梁华还在我们这里，接下来的事情也就好办了。"

沈跃的话没错。接下来省刑警总队给全省各县发了一份协查通报，要求各县公安机关尽快将十年来个人承包荒山的情况上报到省刑警总队。各县公安机关即刻将这份协查通报发到下属各乡镇派出所，不到一天的时间所有的情况就汇集到了龙华闽的办公桌上。

可是里面却并没有梁华的名字，不过其中一个人的资料引起了龙华闽的注意。资料上这个人的名字叫梁铧，虽然身份证上的照片不是特别清楚，但龙华闽还是一眼就认出了他很可能就是梁华！

12 黑　道

难怪查询身份证找不到这个人。沈跃这才明白这起案件中存在的根本问题，可是他实在不明白为什么会发生这样的情况。不过龙华闽很快就向他解释了其中的原因："其实，像梁华这样的情况还不少。比如，'梁华'本来叫'梁铧'，结果梁铧本人觉得这个名字不好，上大学后就私自将名字改成'梁华'。也许其间梁铧曾经申请修改身份证上的名字，可是这其中的手续比较复杂，最后只能不了了之，于是就出现了同一个人两个名字的情况。"

沈跃问道："改名字真的很麻烦吗？"

龙华闽回答道："是的，修改身份证上的名字需要个人提出书面申请，户口所在地派出所提供证明，同时还要提供户口簿、居民身份证等有效资料。"

沈跃点头道："我明白了。其实，梁华修改自己的名字也是因为对自己家庭的厌恶，他的名字是父母取的，这个行为本身就带有与父母决裂的心理。但是要修改名字必须有户口本，说到底就是要征得父母的同意，于是他干脆就将身份证的问题放在一边置之不理，继续使用自己的新名字。在他心中，梁华才是一个全新的自己。"说到这里，沈跃问道："查到这个人没有？他现在在什么地方？"

龙华闽回答道："查到了，他在一个非常偏远的少数民族乡，十多年前承包了近一万亩的荒山。如今那些荒山已经变成果林，此外还种植了不少珍贵观赏类树种，据说效益非常不错。"

沈跃叹息着说道："看来这个人确实非常聪明。这些年的城市建设需要大量的观赏类树木，而且优质树种的价格一直居高不下，由此看来这个人非常有经济头脑，极具投资眼光。龙警官，接下来的计划……"

龙华闽道："你放心吧，一切都按照计划在做。当地警方已经在第一时间安排监视此人，我们的人也在秘密去往那里的路上，新闻媒体同时做了报道。如果喻灵真的要亲自动手的话，我们已经张开的网一定不会让她逃脱的。"

也不知道是怎么的，沈跃总觉得有些不放心，他说道："如果喻灵出于安全考虑，并不想亲自动手，这次的计划就很可能一无所获。而我最担心的是她与黑道勾结……龙警官，你们可能要启动警方在黑道方面的线人才行啊，否则这次的行动就很可能会失败。"

龙华闽叹息着说道："云中桑的事情之后，我们安插在黑道的卧底几乎损失殆尽，如今重新安排进去的人都还没有进入高层。更主要的是，这样的案子还不足以动用我们在那方面的宝贵资源，如果我们在这个时候使用了最后的力量，今后就很难控制那边的局势。"

沈跃有些不能够理解，问道："这么大一起文物案件，难道还不足以使用你们最后的资源？"

龙华闽解释道："既然是我们最后的资源，那就必须用在刀刃上。喻灵已经暴露，她控制的那些人也已经全部落网，这个犯罪组织也就不再对国家构成威胁，所以我们也就找不到使用最后宝贵资源的理由。"

沈跃不再说话，他已经理解了龙华闽话中的含义。

接下来龙华闽告诉了沈跃一件事情："上面已经同意了你的那个计划，不过时间只能在春节之后了。"

　　沈跃的心里顿时轻松了，说道："到时候提前让媒体报道一下，就说这起案件案情重大，影响极大，检察机关决定对已经抓获的从犯进行先期审判，并劝告首犯迷途知返，投案自首，等等。"

　　龙华闽点头道："这个办法不错，不过到时候我们在细节上还需要做好精细的安排才是。"

　　然而，接下来的情况却大大出乎了龙华闽的预料，不过同时证实了沈跃的预感。梁华失踪了。当地警方没有发现梁华的踪影，现场却是一片凌乱，此外还发现了一条断腿和一摊血迹。从断腿的长度推断，它很可能就是梁华的。龙华闽不能理解：当地警方是在第一时间赶往那个地方的，究竟是什么人能够在警察的眼皮底下做出这样的事情？难道那是梁华布置的假象，而那条断腿根本就不是他本人的？

　　沈跃却并不这样认为，他说道："梁华不是神仙，他并不知道我们已经发现了他。所以，我更愿意相信这是喻灵与黑道合作的结果。我们在媒体上公布这起案件侦查的进展，本来是为了诱捕喻灵，然而喻灵却并没有上钩。"

　　彭庄问道："为什么不可能是喻灵亲自动的手？"

　　龙华闽解释道："如果是喻灵亲自动的手，她肯定不会将梁华带走，而是直接将他杀害，或者砍断他的四肢甚至……然后逃离。很显然，凶手带走梁华的目的恰恰是让梁华活下来，继续折磨他。"

　　沈跃点头道："是的，这样才符合喻灵策划这起案件的意图。龙警官，我必须去一趟现场，还希望你们的人能够全力配合我。"

　　龙华闽道："我和你一起去吧，如果能够找到梁华的下落，喻灵也就不会再次漏网了。"

　　沈跃对此根本就不抱希望，摇头说道："现在看来我们还是低估了喻灵的智商，这个女人非常不简单，任何事情都考虑在我们的前面。很显然，这一次执行她计划的人一定是一位高手，这个人竟然在警察的眼皮底下掠走了梁华，很显然，为了这一次计划的实现她是花了大价钱的。此外，凶手留下梁华的一条腿只不过是为了向警方示威而已。喻灵是在通过这样的方式告诉我们：别把她逼急了，否则的话，她什么事情都干得出来……"

康如心禁不住浑身一哆嗦，问道："什么样的高手这么厉害？"

沈跃道："这样的高手不但善于伪装，而且行动迅速，手段残忍。不过一般人请不起这样的人，而且只有通过地下渠道才可以联系上这样的杀手。如果我是喻灵，一定会在这个杀手出发的时候就乘坐大巴或者火车去往某个地方，不，更安全的是货车，杀手在抓到梁华后按照约定的地点去和她会面，这样才算圆满地完成了这次的行动计划。也许现在喻灵的计划已经完成了，要不了多久，就会有人发现已经面目全非的梁华并报案的。"

彭庄问道："你的意思是说，喻灵并不会杀害梁华？"

沈跃摇头道："杀害他干什么？砍断他的四肢，切掉他的生殖器，毁掉他的面容，让他生不如死地继续活下去，这才是对梁华最大的惩罚！不过现在我需要验证的是另外一件事情：当初梁华为什么选择去那样一个偏僻的地方开垦荒山？"

沈跃前面的话让康如心感到不寒而栗，而最后的这个问题却让她好奇不已，问道："不就是开垦荒山吗，难道还有别的原因？"

沈跃道："梁华那样的人，忽然从人们的视线中消失，绝不仅仅是为了创业那么简单。很显然，他随时可能再次犯罪而且是'安全地犯罪'。

此时，龙华闽的内心变得有些烦躁起来："走吧，我们马上出发，有些事情我们路上慢慢说。"

沈跃却忽然笑了起来，对龙华闽说道："你别着急，我们不是还有一个最后的方案吗？"

龙华闽依然忧心忡忡："那得在春节之后了，而且我担心……"

沈跃即刻道："你不用担心，邓湘佲已经被关进了看守所，而且警卫森严。喻灵做事非常谨慎，她不会去冒险的。那件事情必须放在春节之后，按照正常的时间进行，不然的话很容易引起喻灵的怀疑。我相信到时候她会出现的，一定会出现的。"

康如心诧异地问道："你们在说什么？"

沈跃微微一笑，说道："暂时保密，到时候你就知道了。"

康如心有些气恼："你对我也保密？"

沈跃哈哈大笑着说道："那样不是更有悬念、更有趣吗？"

龙华闽也禁不住笑了起来。他觉得自己应该相信沈跃的分析和判断，因为他的那个结论是来自对喻灵细致入微的心理分析。不管怎么说，从现在的情况来看，喻灵还没有远逃，这就是好消息。

梁华的住处就在他承包的那座荒山的半山腰，两间简陋的农舍。当然，曾经的荒山如今早已变成大片果林，只不过现在是冬季，眼前一片萧索。农舍附近有几只正在觅食的肥鸡，农舍旁边不远处是猪圈，同时也是厕所，猪圈里面有两头大肥猪。此时，就连沈跃都有些羡慕这样的生活了，可惜的是，这个地方的主人是一个罪犯。

警察搜查无果。这时候龙华闽的手机忽然响了起来，他在接听后对沈跃说道："你的分析是正确的，梁华找到了，在这里县城以西二十公里的一处废弃的砖窑里，他的四肢都被砍断了，生殖器也被割掉了，可是并没有破相。伤口经过了精心的包扎，不过梁华正处于昏迷状态。"

沈跃点头，道："我明白了，喻灵是为了让他继续活下去，破了相就不好玩了。"

龙华闽诧异地问道："不好玩？"

沈跃道："很显然，喻灵只知道梁华强奸过邓湘佲这一起案件，她想象的是，今后梁华总会有走出监狱的那一天，所以她并不想彻底断绝梁华生的希望，而是要让他生不如死地继续活下去。破相了就只能躲藏起来，那样就接受不到人们当面的唾骂了。嗯，她比我原先想象的更狠毒、更残忍。"

龙华闽对沈跃说道："刚才他们打电话来说梁华已经醒了，但是他不回答任何问题。"

沈跃明白他的意思，道："我去一趟吧。"

虽然沈跃可以想象到梁华如今的样子，但一见到他还是感到震惊，同时内心骤然产生了一丝的悲悯。人的罪恶在于他们的灵魂，为何要如此折磨他们的肉体？

沈跃进去的时候，梁华看了他一眼，也许是因为他眼中悲悯的目光，梁华脸上的肌肉抽搐了一下。沈跃替他盖好了被子，对旁边所有人说道："你们都出去吧，我想和他单独谈谈。"

康如心肯定是不愿意离开的，虽然她非常痛恨眼前这个几乎没有人性的罪犯，却更好奇此人的作案动机。不过她还是离开了，因为沈跃的话讲得十分明确，还因为龙华闽给了她一个命令式的眼神。

所有的人离开之后，病房顿时安静了下来，沈跃抽出一把椅子放到梁华的床头旁，坐下。梁华的头朝另一侧侧了过去，闭上了眼睛。

沈跃也不再看他，仰头看着病房的天花板，声音有些轻飘飘的："我知道，其实你早就知道自己会有这一天的，但是你控制不住自己。我还知道，你试图收手。当然，这其中也有你必须考虑的安全因素，不过所谓的安全因素还是因为你内心的恐惧，你害怕这一天来得太早……"

说到这里，沈跃将目光朝向梁华，发现他的头已经侧转了过来，双眼也已经睁开。沈跃继续说道："是的，你害怕了，你无法想象自己的后半辈子将会是一种什么样的状况，不，你更害怕死亡。可是梁华，你想过她们没有？想过那些被你伤害过的女孩没有？她们也是人，而不是你眼中低贱的动物。也许从来没有忏悔过，从来没有想过假如你是她们当中的任何一个人，你会是一种什么样的感受。而这样的忏悔恰恰是你现在应该做的。你说呢？"

梁华依然没有说话。不过沈跃也没抱希望他能够说话。眼前这个人的内心早已扭曲到了极致，如今变成这样一副模样，对他来讲本身就是一种因果报应。其实像这样的一个人，他的灵魂已经不是一个心理学家能够拯救的了。沈跃叹息了一声，然后盯着他，说道："现在你还有足够的时间思考自己过去所做的一切，也有时间去忏悔，我现在想要知道的是：你第一次犯强奸罪是不是从大二才开始的？嗯，我知道了。那么，你在大学期间一共犯过多少次强奸罪？我知道肯定不止一次。那就是两次？三次？三次都是在同一个地方？不是？那至少有两次是在同一个地方。嗯，看来确实是如此。那么，还有一次是在什么地方？"

梁华惊恐地看着他，依然没有说话。沈跃想了想，又问道："你第一次强奸的人是谁？你认识她吗？认识？你的同学？低年级的女学生？高年级的？都不是……难道是你的老师？她是教什么的？"

话还没有问完，梁华的脸一下子就侧了过去，身体开始猛烈地挣扎，嘴里发出可怕的尖叫声。外边的警察包括龙华闽快速地冲了进来，龙华闽问道："他怎么了？"

沈跃苦笑着说道："我把他吓坏了。"说完就直接走出病房，康如心迎过来问道："问出了什么情况没有？"

沈跃点头："了解到一些新的情况，不过……算啦，马上就过年了，年后再说吧。"

康如心觉得很奇怪，问道："你怎么忽然不着急了？这和你以前的习惯不一样啊。"

沈跃皱眉道："现在我已经知道，梁华是从大二的时候开始犯罪的，这和我以前的分析完全一致。不过让我没有想到的是，被他强奸的第一个人竟然是他的老师。如心，你是知道的，现在我最感兴趣的是蝴蝶效应的整个过程，所以接下来应该去调查那位曾经被梁华强奸过的老师究竟是谁，还有就是，她当时为什么不报案？可是，后天就是大年三十了，我觉得现在去调查这样的事情不大好。你说是不是？"

康如心明白了，点头道："确实也是，这个时候去揭开别人的伤疤……"

沈跃朝她摆手，道："不仅仅是去揭开伤疤，而且是……怎么说呢？你想想，要是梁华的第一次犯罪就被暴露了，那么还会有后面那些受害者吗？所以，从某种程度上讲，那位受到伤害的女教师也是有责任的。"

康如心张大嘴巴说不出话来。沈跃刚才的话实在太过残忍，但是……他说得好像也很有道理。

回省城的时候，龙华闽将沈跃拉上了他的车。龙华闽担忧地问道："你确定喻灵不会离开大陆？她会在省城过这个春节？"

其实沈跃早已注意到龙华闽最近的变化：他似乎变得焦躁、啰唆了许多。沈跃问他道："龙警官，你最近的情绪好像不大对劲啊，你告诉我，这究竟为什么？"

龙华闽朝着他摆手，道："这么大的案子，主犯一直没有落网，我这不是心里没数嘛。"

沈跃摇头道："不，你以前不是这样的。"忽然，他似乎有些明白了，问道："是不是上边最近要提拔你了？嗯，这就对了。其实上次你就应该得到提拔的，吴先生那么大的案子，结果给你来个功过相抵，这实在太不公平了。我理解你现在的心情了……"

龙华闽被他说得有些不好意思，道："我在这个位子上待的时间太久了，更何况谁又不想进步呢？"

沈跃笑道："你说得对，所以我能够理解你啊。好吧，我们来分析一下喻灵现在的心理状况：第一，她对自己有足够的信心，不然她不会在这个时候还要对梁华动手。"

龙华闽提醒道："但是你的实力也完全暴露了，你连一起发生在十多年前的案子都破获了，她不得不小心翼翼。"

沈跃摇头道："问题是，她恰恰没有小心翼翼。这说明了什么？说明她根本就对梁华的智商不屑一顾，她也不会将自己和梁华相比。"

龙华闽道："好吧。你继续。"

沈跃继续说道："第二，媒体的报道里面写了，我只是对蝴蝶效应这件事情感兴趣。所以，她并不知道我们寻找梁华是为了针对她。也正因为如此，她才会对梁华出手。即使到了现在，她也很可能认为我们并不知道梁华被报复是她出的手。龙警官，我们不能老是站在我们的角度去分析她，而是要从她的内心出发。"

龙华闽想了想，道："那她会如何分析我们是怎么看待梁华被报复的事情的？"

沈跃道："她会认为我们被这件事情搞糊涂了，很显然，她对梁华动手也是为了将水搞浑，让我们将精力放在这起案件上，以达到她的最终目的。"

龙华闽问道："她的最终目的就是在距离邓湘佲不远的地方过这个春节，以及在离开前去看邓湘佲一眼？"

沈跃点头道："是的。她会这样分析我们的思路：既然我们已经充分认识到她的能力，那么我们肯定会认为她已经通过另外的身份离境，或许我们接下来会将主要的精力放在香港她女儿的身上。现在，朱翰林已经去香港和他女儿一起过春节了，她就更加相信我们不会把注意力继续放在本地。她知道，大多数人都不会相信两个女人之间的爱情会有那么纯真，所以，她应该不会在这方面对我们产生怀疑。"

龙华闽问道："朱翰林去香港是你说服他的？"

沈跃点头，说道："我只告诉他，现在这个时候朱丹丹最需要的人就是他。"

龙华闽依然诧异："你为什么觉得朱丹丹不会回来？"

沈跃回答道："越是在这个时候，朱丹丹就越应该守住她母亲在香港的那份产业，那也是她母亲留给她的资产。"

龙华闽似乎明白了，问道："你的意思是说，喻灵并没有通过香港的那家拍卖行犯罪？"

沈跃点头道："是的。喻灵是一个非常有担当的女人，她不会害自己的女儿，她对自己的女儿比对邓湘佲更好，甚至连她女儿知情不报的口实都没有给警方留下。也正因如此，朱丹丹才始终抱有幻想，她不相信自己的母亲一直在犯罪。"

龙华闽轻声叹息，道："你继续。"

沈跃笑道："我已经分析完了啊。其实对我们来讲，喻灵始终都处于灯下黑的状态。喻灵分析我们不会相信她敢留在这个地方。说实话，如果是我，在这样的情况下确实不敢。龙警官，你敢吗？"

龙华闽笑了笑，道："我也不敢。喂！你这话是什么意思？难道我们的胆色都不如这个女人？"

沈跃叹息着说道："我们确实不如她啊……"

龙华闽沉默了好一会儿后才说道："好吧。对了小沈，这个春节你准备怎么过？"

沈跃笑道："大年三十，一家人在一起好好吃顿饭，初一去给我和如心的父亲扫墓，接下来我就想待在家里静静地看书。"

龙华闽叹息着说道："也许你当初的选择是正确的。像我们这份职业，越是到节假日就越忙，这么多年来，我从来没有好好过过一次春节……"

沈跃忽然意识到了什么，提醒他道："龙警官，春节期间你可不能来打搅我啊，我可不想在此期间接任何的案子。"

龙华闽大笑。

13 研 究 所

　　大年三十转眼就到了。午餐只准备了面条，两位母亲忙活了一天，一切都在为晚上的那顿团圆饭做准备。康如心悄悄对沈跃说道："以前是因为物质匮乏，所以才把大年三十晚上的这顿饭看得那么重要，搞得那么隆重，现在怎么还这样？"

　　沈跃笑道："可能这就是传统吧。"

　　这时候康如心忽然想起一件事情来，对沈跃说道："对了，乐乐和英杰去你大姨家了，乐乐到现在都还伤心着。"

　　沈跃叹息着说道："我知道。但是她哥哥的事情我实在无能为力，这起案子没有任何的问题，她相信也好，不相信也罢，事实就摆在那里。"

　　康如心看着沈跃，轻声问道："沈跃，你说我们是不是有些过分了？"

　　沈跃诧异地问道："你为什么这样讲？"

　　康如心道："我总觉得乐乐不高兴并不完全是因为她哥哥的事情，还有我们的因素，我们在这样的情况下竟然去研究什么蝴蝶效应，从情感上来讲她很可能无法理解。"

　　沈跃怔了一下，苦笑着说道："这完全是两码事情好不好？我们通过陈迪的案子去研究蝴蝶效应，这不仅仅是从专业的角度，更是想从中找到发生那起案件的起始点，这样的研究具有一定的社会意义，同时对今后案件的调查也具有指导作用。威尔逊先生说过，一切遵从于我们的本心就可以了。对陈迪的案子，我尽到了责任就问心无愧了。"

康如心郁郁地道："虽然话是这样讲，但因此让乐乐和我们产生了这样的隔阂，我心里还是觉得很不好受。"

沈跃道："我相信总有一天她会理解的，不是还有曾英杰吗？"

两人正说着，沈跃的母亲过来问道："你们洗澡了没有？今天不洗的话明天就不能洗澡了啊。"

康如心诧异地问道："为什么？"

沈跃笑道："我妈是老传统。大年三十要沐浴更衣，去除晦气。大年初一不能洗澡、不能扫地，她说那样的话会把接下来一年的财运都洗掉、扫跑了。"

母亲顿时就笑，说道："这些都是祖辈传下来的规矩。"

沈跃也禁不住笑了，说道："还有，今天晚上会将家里所有的灯都打开。你别看我妈平时那么节约，但是到了大年三十，她会比我们浪费得多。"

母亲又笑，说道："要是在以前，大年三十的晚上还必须将柴火烧得旺旺的，还要放鞭炮。现在可不行咯。"

这时候康如心的母亲从厨房里出来了，问道："你们怎么还不去洗澡？"

沈跃和康如心连忙道："我们马上就去。"

康如心母亲的情况一直很稳定，特别是和沈跃的母亲住到一起之后，两位老人像亲姐妹似的，每天一起去菜市场，一起去小区外面的广场健身，身体状况也比以前好了许多。其实她以前的问题就是心结没有解开。

大年初一的上午，康如心开车，一家人去往墓地给两位父亲扫墓。两位父亲的墓地都在这座城市较早的那处陵园，康如心的父亲是英雄，公安厅给他立了一个很大的墓碑。沈跃父亲的墓地与之相隔较远，看上去寒酸了许多。沈跃曾经问过母亲，是不是也应该将父亲的墓碑换成大的。母亲说，人都不在了，就别去折腾了。沈跃发现自己这个心理学家对生死问题远远不如母亲看得那么透彻。

沈跃远远地看到了那个佝偻的背影，那是云中桑的母亲。康如心也看到了，低声问他："你是不是想过去和她说说话？"

也不知道是怎么的，沈跃忽然觉得心里堵得慌，他想了想，摇头道："算啦，就别去打扰人家了……"

康如心的母亲待在丈夫的墓前久久不愿离去，她对康如心说："我想和你爸多待一会儿，过年了，也不知道他在那边好不好。"

康如心担心地看着她，却被沈跃拉走了。沈跃对她说道："她需要倾诉，你爸才是她真正的、唯一的倾诉对象。而且，一会儿我妈也会去陪着她。"

于是，沈跃和康如心走到陵园的最高处坐下。下方扫墓的人像城市中的人一样多，他们都是为了那些逝去的亲人而来，在新年的第一天倾诉着他们的思恋、缅怀与感恩。康如心问沈跃："西方国家的人也这样吗？"

沈跃摇头道："不，西方国家的人在这样的事情上要简单得多，一束鲜花、一个鞠躬就足以表达内心的哀思。中国人不一样，我们在这件事情上要操心得多，我们会担心亲人在那边生活得不好，所以才会给他们烧纸钱，用酒肉去祭祀。当然，这也和不同的宗教信仰有关系。"

康如心道："嗯。"

沈跃继续说道："西方人相信上帝，也相信天堂和地狱，不过我们中国人更现实一些，很多人在祭祀死者的同时也希望能够得到死者的护佑，这是农业国家的交换心理。比如我们的两位妈妈，她们肯定会对我们的父亲说：沈跃和如心已经结婚了，你们一定要保佑他们事业有成、早生贵子。"

康如心忍不住就笑了。这时候她忽然想起一件事情来，问道："沈跃，你准备什么时候调查那个被梁华伤害过的老师？"

沈跃道："正月十五之后吧。"

康如心犹豫着，问道："你可以不去调查这件事情吗？最近我一直在想，她也是受害者，这么多年都过去了，作为受害者，她也有不报案的权利……"

沈跃点头道："我只是想私底下调查，不会将这件事情告诉他人的。我只是想搞清楚其中的原因，否则梁华的案子从研究的角度来讲就不完整了。"

康如心又问道："喻灵呢？你还是不想告诉我你们的计划？我真的很好奇，为什么你好像一点都不着急的样子？还有，你究竟有着什么样的计划可以最终抓到她？"

沈跃微微一笑，说道："如果我告诉了你，你又会觉得残酷了。"

康如心一下子就笑了，说道："那好吧，你就暂时不要告诉我，反正我迟早都会知道的。"

然而，这个春节是注定不可能让沈跃清静的。从大年初二开始，上门来拜年的人络绎不绝。阚洪、谈华德、雷猛父女……这两年来得到过沈跃帮助，或者与他有过密切接触的人都来了，甚至侯小君、匡无为也都来过，而彭庄是和他父亲一起来的，此外还有接不完的祝福电话和短信，这样一来，沈跃试图在春节期间静下来好好看书的计划彻底泡了汤。如此几天下来，沈跃顿感身心疲惫，却又不得不打起精神去应付。

阚洪是和谈华德一起来的，两个人给两位老人买了不少的东西，不过他们的主要目的是商谈进一步的合作。雷猛回来后开了一家咖啡厅，前不久还配合警方录制了几期关于赌博陷阱的视频。他和彭庄的父亲一样，纯粹是为了感谢而来。如此种种，不一而足。

大年初五，龙华闽来了，不过他只是陪同分管副省长和公安厅的厅长而来。这完全是一次官方性质的拜访，更让沈跃感到浑身不自在。副省长和公安厅厅长离开后不久，龙华闽又折了回来，这让沈跃一下子就紧张了起来，问道："龙警官，你不会是有案子才专门回来找我的吧？"

龙华闽瞪着他："没案子我就不能来了？"

沈跃更加相信自己的判断了，说道："今天你可是陪着上级，俗话说，无事不登三宝殿……别啊，你让我好好过这个年吧。"

龙华闽禁不住就笑了起来，打量着四周道："还别说，你这家还真称得上三宝殿。那好吧，我走了。"说着，他就朝外边走去，嘴里同时在说道："喻灵那家拍卖行的员工每个人都收到了一笔钱，钱是从新加坡汇过来的。还有……算啦，你好好过春节吧。"

沈跃一听，急忙叫住了他："你等等……"

龙华闽转身，用一种古怪的眼神看着他："怎么？你还有别的事情？"

沈跃过去将他拽了回来，哭笑不得地道："你明明知道我不会让你就这样走了……走吧，我们去书房。"

康如心在旁边笑得直不起腰，见二人去了书房，连忙泡了一壶茶送进去，只见沈跃正从书桌下面拿出一条烟来，朝龙华闽递过去，笑着说道："也不知道是谁送给我的，明明知道我不抽烟……"

龙华闽大喜，一下子就将那条烟从沈跃手上拿了过去，笑道："太好了，今后再有这样的事情就马上给我打电话。"

康如心哭笑不得，说道："沈跃，你不是还在监督龙叔叔戒烟吗？"

沈跃笑道："我总不能拿去扔了吧？龙警官戒烟是不可能的事情，尽量控制就是了。"

龙华闽连忙道："是啊。你看我这个春节，天天都在加班，不抽烟哪行？"

康如心笑道："龙叔叔，那您抽吧，我出去就是。"

康如心出去后，龙华闽点上了烟。沈跃将纸篓放到了他旁边，示意他可以将烟灰抖在那里面，问道："最近的案子很多吗？"

龙华闽点头道："春节期间，去外地的人大多数都回来了，各种矛盾也就很容易集中在一起，从大年三十到现在就已经发生了十多起恶性案件。比如大年三十的晚上，一个在外地工作的男人发现妻子的短信中有几条暧昧信息，于是就断定妻子出轨多个男人，一怒之下就杀了她……"

沈跃叹息，道："说说喻灵的事情吧。"

龙华闽道："拍卖行那些员工收到的钱我们查过了，都是从新加坡的一家公司汇出的。很显然，这是喻灵委托他人办的。"

沈跃思索了片刻，说道："我反倒认为这很可能就是喻灵亲自去办的。她在新加坡有公司并不奇怪，从这里去新加坡也花不了多少时间。这家拍卖行有数十人，银行账号什么的都在喻灵的电脑上，如果她使用电子邮件的话就很容易被发现。她这样做的目的无外乎两个：一是转移我们的视线，让我们认为她早已出境；二是进一步验证她出入境的安全程度。当然，这是在她对自己有着充分信心的基础之上。"

龙华闽失声问道："你的意思是说，其实她已经出境？"

沈跃知道他在担心什么，问道："如果我没猜错的话，拍卖行那些员工收到的钱应该是在初二或者初三汇出的。是这样吗？"

龙华闽点头，问道："这说明了什么？"

沈跃道："春节前喻灵肯定就在这个地方，梁华的案子就足以证明。大年三十和初一她依然还在，不过她初二就去了新加坡，然后给拍卖行的员工汇款。中国的工商银行在东南亚地区都有分行，汇款方便快捷。当然，这仅仅是我的推测，不过这样的推测恰恰可以说明我以前的分析是正确的，由此我完全可以相信，现在她就已经回到了这座城市。一方面她不能继续待在新加坡，因为她不可能拥有多个新加坡的护照，继续待在那里就很容易被发现。另一方面，她要和邓湘伲见最后一面，她需要随时掌握相关的信息。此外，在她看来，继续待在这座城市反而是最安全的，因为这些年来她大部分时间都生活在这里，肯定早就准备了多个身份，而且她认为自己已经成功地将警方的视线引向了境外。"

龙华闽问道："那我们现在怎么办？"

沈跃想也没想就说道："等！一直等到邓湘佲上法庭的那一天。对了龙警官，你刚才说还有什么事情？"

龙华闽一下子就笑了起来，说道："我不那样说的话，你还会叫我回来吗？"

沈跃哭笑不得。龙华闽却叹息了一声，说道："我手上确实有一个非常棘手的案子……算啦，年后再说吧。"

这次沈跃没有上当，接过话去说道："太好了，那就年后再说吧。"

龙华闽目瞪口呆，摇了摇头，拿着那条烟离开了。

大年初七，乐乐和曾英杰来了，乐乐一进门就只顾着朝沈跃和康如心的母亲打招呼，对康如心也亲热地叫了声嫂子，偏偏把沈跃当成了空气。曾英杰歉意地朝沈跃笑了笑，沈跃瞪着乐乐道："乐乐，你干吗不和我打招呼？"

乐乐这才好像刚刚看到他一样："咦？这不是我表哥吗？春节好啊表哥。"

沈跃拿她没办法，苦笑着说道："乐乐，有空了我们谈谈，看来你对我的误会太深了。"

乐乐不说话，转身将礼物放在了客厅的茶几上。曾英杰歉意地道："她就是那道坎过不去。你别介意。"

康如心道："要不，我去和她谈谈？"

这时候沈跃的母亲忽然说了一句："沈跃，还是你自己去和她说说吧。都是一家人，没有什么事情解释不清楚的。"

沈跃点头道："妈说得对，隔阂一旦产生就不能拖下去。其实乐乐并不是对我有看法，而是她确实没有能够过去那道坎，这一点也许她自己都不清楚。"

随即，沈跃走到了乐乐面前，笑着对她说道："乐乐，我们俩找个地方谈谈？"

乐乐没去看他，说了句："我们有什么好谈的？"

沈跃依然在笑，说道："好像我在你眼里罪大恶极似的，可是我自己并不觉得啊。乐乐，即使我真的就是罪大恶极，你也得给我一个申诉的机会啊，不然的话会冤死我的。你说是吧？"

乐乐禁不住"扑哧"一笑，不过脸色很快就又冷了下来，道："我哪里敢？"

沈跃拉住了她的手，说道："我们去外边走走，有些事情我们确实需要好好交流一下。"

乐乐的脸一下子就红了，轻轻挣脱了他的手，不过还是跟着沈跃出去了。到了外边，沈跃对乐乐说道："小区外边的商户都还关着门，我们就在这里面走走吧。乐乐，我知道你对我有看法，因为你始终不能相信你哥哥会杀人，于是你就把所有的希望寄托在我的身上，是这样的吧？"

乐乐即刻说了一句："即使你们都说他是罪犯，我还是不相信。他不可能做那样的事情，我坚信这一点。"

沈跃点头，道："所以你就认为我没有将事情调查清楚，反而还去调查那些与你哥哥无关的事情，于是你就对我更加不满了。是这样的吧？"

乐乐生气地道："你自己知道就好！"

沈跃微微一笑，说道："问题是，你哥哥自己也承认了全部的犯罪事实，警方掌握的证据也充分证明了他就是凶手。我也亲自去调查过并和他见了面，并没有发现这起案子有任何的漏洞。也就是说，现在，除了你一个人不相信他就是杀人凶手，其他的人都认为这起案子事实俱在，无可辩驳。"

乐乐不说话。沈跃知道，这并不代表她已经想明白了，继续说道："也许你相信他会在情急之下杀人，不，不是相信，是你的内心可以接受这样的情况，但你根本无法接受他后来所做的那一切，这才是关键。是吧？"

乐乐忽然哭了，抽泣着说道："我从小都和哥哥在一起，他是什么样的人我完全知道，他不可能做出那样的事情……"

沈跃看着她："那么，你以前想到过会和我生这么大的气吗？你不是他，所以你不能理解当时他的内心究竟是一种什么样的状况。他找同学借了几万块钱，结果全部输掉了，超市的运转都非常困难，这时候他同学的孩子上学需要交赞助费，为了还钱，你哥哥去参与了赌注更高的赌博，结果又是血本无归。其实你哥哥的内心一直自卑，因为他当年没有考上大学，还因为他花费了父母几乎所有的积蓄。你想想，假如当时你处于那样的情况会怎么样？也许你会去自杀，就此了结自己的一生，就此一了百了。可他是男人，男人的想法和女人是不一样的，他害怕失去，他害怕死亡，于是在他接到那个催账电话后，在同学恨铁不成钢的怒骂声中，他彻底崩溃了、疯狂了，拿起电话砸向了他那位同学、那位多年的朋友。那一刻，是他同学的鲜血激发出了他的兽性，他的整个人，从肉体到灵魂都成了野兽……"

沈跃越说越激动，却忽然发现乐乐的脸色变得苍白，他叹息了一声，说道："乐乐，也许你永远都不知道一个人真正疯狂起来会是什么样子，即使是我也不能理解那个时候的他究竟是一种什么样的心理状态，不过我想象得到，那时候的他已经失去了灵魂，那个时候的他已经不再是他自己。我听说过，第一次上战场的士兵大多都像那样，他们的脑子里一片空白，只知道不顾一切地向前冲锋，一场战斗下来，即使他还活着，却已经记不清楚冲锋的过程了。相反地，只有那些有意识的人才知道恐惧，他们会逃跑，会全身瘫软如泥。乐乐，我这样说你能够明白吗？"

乐乐想了想，摇头道："我，我不明白。"

沈跃怔了一下，说道："我这样说吧，杀人，是一件突破了我们大多数人心理底线的事情，于是我们的潜意识出于自我保护的目的就封闭了自我意识，在这样的情况下剩下的就只有最原始的本性，也就是兽性。也就是说，在那样的状态下人就成了野兽。在野兽的眼里不会有亲情和友情，不会有善良和仁慈，只有猎物。乐乐，现在你能够明白吗？"

乐乐的眼里充满着恐惧，她嗫嚅地问道："可是，其他那些杀人的人怎么不像他那样？"

沈跃又一次怔住了，思考了好一会儿才说道："说实话，你这个问题把我难住了。这是犯罪心理学领域的问题，而我主要是研究实用心理学的。据我所知，这个问题到现在似乎还没有哪个心理学家能够解释清楚，有人将这样的情况认为是病态心理。其实我认为还是用兽性来解释更合理。也许并不是每一个杀人者的人性都全部丧失了，比如，杀人现场的不安全、杀人过程中被惊动等情况使得他们在杀人后马上逃离，还有的人因为觉醒较快而复苏了一部分人性，兽性也就因此被终止。乐乐，你应该相信英杰、相信我，同时也应该相信龙警官，这起案件是我们经过反复核查后认为没有任何问题才结案的。事情已经发生了，现在无论是你还是你的父母，也包括我们都应该接受这样的现实。去给他请一位好律师吧，费用的问题我可以帮助你们。"

乐乐不说话，眼泪颗颗滴落。沈跃叹息了一声，温言道："还有一件事情，那就是我一直在研究影响你哥哥这起案件发生的其他因素，本来我是想从另外一个角度寻找对你哥哥有利的证据，可惜我找到的因素并不能为他脱罪。乐乐，你知道我是一个学者……"

这时候乐乐忽然说话了："表哥，你别说了，我相信你。"

沈跃轻轻拍了拍她的胳膊，道："我很想帮他，真的，可是我没办法帮。乐乐，或许你应该换一个角度去看这件事情，比如，你站在死者亲人的角度……好了，我们回去吧，外边太冷。"

乐乐跟在沈跃后面，走了几步后沈跃转身去看她，发现她不知道什么时候已经泪流满面。沈跃知道，她是在为陈迪流泪，也可能是为了死者的亲人。她能够想明白就好。沈跃在心里如此说道。

有时候沈跃感觉到自己的孤独，即使是康如心也不能完全温暖他内心深处最寒冷的那个地方。作为心理学家，他的内心深处始终存在着一些阳光照射不到的角落，那是长期被阴暗侵蚀的结果。比如梁华，他的悲剧或许并不能完全归罪于他自身……正因如此，沈跃才特别在乎亲情。

龙华闽又来了。沈跃开玩笑地对他说道："我只有那一条烟。"

龙华闽哭笑不得，道："不行，有个案子你必须帮我们。"

沈跃很认真地对他说道："过年呢，你可是答应了我的。"

母亲在旁边批评他道："沈跃，龙同志可是如心的叔叔，人家都上门来找你了，你怎么这样？"

沈跃不想拂逆母亲，笑道："我和龙警官开玩笑的。龙警官，我们还是去书房说话吧。"

两个人到了书房，龙华闽坐下后说道："今天我来有两件事情，一是关于绑架梁华的那个杀手。我们调看了当天从省城去往梁华所在那个县高速路的录像，发现有一辆越野车形迹可疑，这辆车在高速路上一直处于超速的状态。后来我们在县城郊区发现了这辆车，经过调查，这辆车是省城某单位的，驾驶员发现车不见后已经报案。此外，我们还在这辆越野车附近发现了摩托车轮胎印迹，很显然，这个人是骑摩托车上山的。"

沈跃问道："高速路入口和出口应该有这个人的录像，是吧？"

龙华闽点头，道："是的。"说着，他从随身的公文包里拿出了一沓照片："这里面有这个人进出高速路口时在驾驶台上的照片。我们还调看了这辆车失踪时附近的录像，这些都是这个人的照片。"

沈跃大致看了一下，发现里面的照片拍摄得都不是很清楚，不过大致看得出来此人比较年轻，应该是不到三十岁的样子。他淡淡一笑，说道："这些照片你今天才拿到，是吧？不然的话你上次来怎么不说这件事情？你明明知道现在我唯一感兴趣的就是喻灵的这起案子。"

龙华闽指了指他，道："什么都瞒不住你……"

沈跃将照片还给了龙华闽，道："这个人的事情我暂时没有兴趣，只要抓住喻灵就可以获取更多的信息，到时候再去调查也不迟。龙警官，下一件事情呢？"

龙华闽笑了笑，说道："好吧。看来你对抓住喻灵非常有信心，这样我也就放心了。"说到这里，他十分严肃地看着沈跃："小沈，你相信这个世界上有鬼吗？"

这时候康如心正端着刚刚泡好的茶进来，忽然见到龙华闽正满脸严肃地在问沈跃这样一个问题，禁不住就说了一句："龙叔叔，难道你会相信？"

龙华闽摇头道："我当然不相信。不过这件事情太过诡异，所以我才专程来问小沈嘛。"

沈跃一下子就笑了起来，说道："龙警官，你终于说漏嘴了吧？原来上次和今天你都是为了这个案子来的。"

龙华闽苦笑着说道："你们两个，这不是合起伙来让我难堪吗？小沈，这个案子实在太诡异了，而且问题的关键是影响极大，如果我们不尽快解决这个问题的话，就很可能造成社会的不稳定。封建迷信这东西的威力有时候是非常大的，多年前的邪教盛行，其中封建迷信占了很大的因素，但是我们目前又不能给民众一个合理的解释。小沈，你是心理学家，这件事情只能靠你了。"

听他这样一说，沈跃倒是忽然有了些兴趣："你说说具体情况。"

方琼是省城一家药企的科研人员，两年前从某大学动物学专业毕业。这家药企非常重视新药的开发，多年前就成立了药物研究所，药物研究需要大量的动物，比如小白鼠、小白兔、狗，还有灵长类动物，而方琼主要负责研究所里的猴子和猩猩的喂养。

方琼最开始出现异常情况是在年终研究所一起聚餐的时候，当时的聚餐安排在一家火锅店里，正当大家都兴高采烈的时候，方琼忽然当着所有人的面脱光了上衣。方琼平时的性格比较外向，发型和衣着都是男孩子打扮，但她毕竟是女孩啊。大家看到她如此奔放，顿时一个个都惊得目瞪口呆。这时候忽然就听方琼在问："你们看看，看看我背后是不是有抓痕！"

这时候人们才注意到，她的后背上确实有数道触目惊心的鲜红色的印痕，就好像是被某个长有长指甲的人在她背上从上往下狠狠抓了一下似的。这时候一位大姐发现在场的男人都朝着方琼的胸看，急忙拿起衣服给她穿上，忽然就听到她大声骂道："狗日的小黑，死了都还要来找我！"

众人大惊。当时在座的所有人都知道，方琼口中的小黑就是研究所喂养的那只黑猩猩，它在一个月前死于一次药物试验。当时就有人问方琼："你怎么就觉得是小黑抓伤的你？"方琼回答道："我刚才就看到它在那里，然后就忽然感到背上被抓了一下。你们看，它还在那里。"

大家朝着她所指的方向看去，可哪里有什么小黑？那地方分明就只有一个装满了各种饮料的冰箱。这个人可能是失心疯了。当时所有的人都这样认为。

聚餐后的第二天大多数人都放假了，那天晚上的事情在成为人们短时间的谈资后也就被大家忘在了脑后。然而，让所有人没想到的是，就在大年初三的那天早上，有人发现方琼像猩猩一样双手吊在动物房里一棵树的树枝上，有人上前仔细一看，发现她早就死透了。

方琼的双手将那根树枝握得非常紧，警察砍断了树枝才将她从上面弄了下来。更让人感到诡异的是，警方并没有在她的后背上发现任何抓痕。

"这件事情在这家药企传得很广，现在连社会上不少的人都知道了。但是问题的关键不在这里……"龙华闽说道，随即又从公文包里取出几张照片来，"这是经过处理的绑架梁华的犯罪嫌疑人照片，这是方琼的。你比对一下。"

沈跃仔细看了看，惊讶地抬起头来问龙华闽："是同一个人？"

龙华闽点头道："我们也是今天才发现很相像。梁华被绑架的时间是在药物研究所聚餐的三天后，如果真的是同一个人，也就排除了因为梁华的反抗造成方琼背部被抓伤的情况。问题的关键是，那天晚上有那么多人亲眼看到方琼背上的抓痕，怎么会在死后连一点痕迹都没有了呢？"

沈跃问道："这个方琼有孪生姊妹没有？"

龙华闽摇头道："我们已经调查过了，方琼是独生女，她父母都是普通职工，几年前都下岗了，如今开了一家小饭馆。"

沈跃点头道："这个案子越来越有意思了。"这时候他忽然想起了什么，问道："龙警官，这明明就是同一件事情，你干吗把它说成两件？"

龙华闽大笑，道："我一说起案子你就反感，如果我先向你介绍后面这个案子的情况，你还听得下去？"

其实沈跃也就是随便那么一说，他根本就没有在意龙华闽的这个解释，这时候他忽然问了一句："龙警官，你听说过'死囚滴血实验'没有？"

龙华闽茫然地摇头。康如心在旁边说道："我知道，心理学书籍上讲过这个实验。这个实验发生在印度，发生时间是1936年，当时还没有相关保护人权的实验法律。该实验的对象是一名死囚，他获得了在失血过多而死和吊死之间做选择的机会，而这个死囚选择了前者。在实验开始前，死囚被捆绑在床上，并被蒙住双眼。实验开始后，科学家只是割破了死囚手腕处的皮肤，让一只水管在旁边滴水并发出声响。结果死囚真的死了，而且他死亡的症状完全符合失血而死的临床表现。"

沈跃点头，道："是这样的。人类的心理有着巨大的能量，而且非常神秘，也许到目前为止我们对人类心理的研究还仅仅停留在表面现象上。这个实验的结果完全可以解释方琼背上出现的抓痕问题，说到底就是因为幻觉产生的身体反应，后来她的幻觉消失了，抓痕也就神秘地消失了。此外，她的死也可以从这个角度进行解释。因此，所谓的鬼魂之说完全是人们的臆想。当然，如果方琼就是绑架梁华的那个人，这其中或许还有我们目前并不知道的秘密。龙警官，这件事情还是让媒体去向市民解释最好，而且我觉得应该尽量将这件事情淡化，否则，如果因此而引起了喻灵的警觉就太得不偿失了。"

龙华闽欣慰地笑着说道："想不到如此诡异的事情到了你这位心理学家面前就这么简单地解释清楚了。行，我马上去和媒体打个招呼。对了，厅长已经和检察院、法院沟通过了，决定尽快对文物案的所有从犯开庭审判。这个案子引起了高层的高度重视，必须尽快给民众一个交代，这也是为了我们的最终目的。"

沈跃朝他摆手道："计划细节的问题我们今后再谈，谁知道到时候情况还会不会发生变化呢？"

龙华闽站起身来，笑着对沈跃说道："好吧，你继续慢慢过你的春节，之后几天我就不再来打扰你了。"

沈跃没好气地道："方琼的案子，你明明知道我肯定坐不住的。"

龙华闽笑道："那就是你的事情了，我可没要求你马上去调查。"

旁边的康如心禁不住"扑哧"一笑，说道："你们两个人啊……"

龙华闽匆匆朝外面走，沈跃的母亲客气地对他说道："吃了饭再走啊？"龙华闽不住地摆手，说道："还有一大堆事情等着我呢，今后有空再来。"

沈跃笑道："现在这样的情况，吃饭对他来讲已经不重要了，是吧龙警官？"

龙华闽知道沈跃是在调侃他，也不在意，笑着说道："再有烟的话一定帮我留着……对了，还有一件事情差点忘了，梁华想要见你。"

龙华闽的话让沈跃感到有些诧异，随之而来的就是兴奋，即刻道："我现在就去。"

14 辅 导 员

　　梁华已经被带回省城，如今在武警医院继续接受治疗。龙华闽手上有案子，他将沈跃送到病房后就离开了。病房的门口有警卫，没有龙华闽沈跃根本就进不去。

　　武警医院的条件不错，梁华住的是一个单间。当然，这也是从安全的角度考虑。沈跃进去的时候，梁华就一直在看着他，沈跃走到病床旁，问道："需要坐起来吗？"

　　梁华点头。沈跃将病床升了起来，然后在他旁边坐下，问道："听说你想见我？"

　　梁华再次点头，问道："我想知道，对我动手的人究竟是谁。"

　　他的这个问题让沈跃感到十分惊讶，问道："你伤害了那么多人，难道从来没有想过自己会有这么一天？"

　　梁华道："我知道会有这么一天的，但是又心存侥幸。我控制不了自己，做这样的事情让我兴奋，除此之外就再也没有了生活的意义。但我还是很想知道究竟是谁对我动的手。"

　　这是一种很奇怪的心态。沈跃看着他，问道："你说想见我就是为了问我这件事情？好吧，那么我问你，你觉得最可能是谁？"

　　梁华皱眉道："我不知道。既然那个人恨我，本应该杀了我，他这样做，是恨我到骨子里了。"

这一刻，沈跃忽然明白了，眼前这个人的心理根本不正常。在他的心里，女人是低贱的，即使他伤害了她们，她们的亲人也不应该以这样的方式来报复他。他是用自己的心态在衡量别人，也正因如此他才感到困惑。沈跃看着他，缓缓沉声说道："你错了，被你伤害过的每一个人的亲人都对你有着同样的恨，她们都是父母的心头肉，她们都是人，是有血有肉有灵魂的人，你伤害了她们，就应该得到这样的报应。所以，究竟是谁对你动了手这件事情并不重要，重要的是你的内心依然是病态的。"

梁华看着沈跃，眼里充满着恐惧，问道："我会被判死刑吗？"

沈跃问他道："你害怕死亡？那你想过那些被你伤害的女孩没有？你想过她们的恐惧吗？"

梁华摇头。沈跃怔了一下，不禁在心里苦笑：我干吗去问他这样的问题？他的灵魂早已被恶魔侵蚀，早已没有了人性的善良。这样的人，别说自己是个心理学家，即使是佛祖也难以度化他。沈跃道："这样吧，我们换一个话题，因为我也正想问你一些事情……"

话未说完，梁华就已经在摇头："如果你不回答我刚才的那个问题，我是不会回答你任何问题的。"

沈跃再一次怔住了，他想不到眼前这个罪恶滔天之人竟然会向他提出交换的条件。不过他很快就明白了：此人对自己的罪恶根本就没有充分的认识，虽然他知道自己所做的一切为法律所不容，但对他来讲却是理所应当的。此外他还知道，在目前这样的情况下即使警方也拿他毫无办法。说到底这就是一种光脚的不怕穿鞋的、破罐子破摔的心理。

沈跃冷冷地看着他，道："梁华，你完全搞错了自己目前的状况。第一，你没有任何资格和我讲条件；第二，即使你不回答我和警方的任何问题，我们也一样可以把那些问题搞清楚；第三，你的罪行证据清楚，就算你到了法庭上依然不愿意供述，依照中国的法律也一样可以判你的罪，还会因此而重判。如果真是那样，你也就基本上没有活下去的可能。嗯，这倒是最好，你都变成这个样子了，继续活下去也没有了任何意义，还不如带着自己的罪恶离开这个世界。当然，像你这样的人是不可能升入天堂的，只可能去往十八层地狱。"

沈跃一边说着，一边暗暗观察着他。他在害怕，他脸上的肌肉在抽动，他的瞳孔中充满恐惧……沈跃继续说道："你欺辱自己的母亲，伤害数个无辜的女孩，你的灵魂早已肮脏不堪，也许只有地狱才容纳得了你的灵魂……"

这时候，梁华脸上的肌肉已然抽搐得变了形，忽然大叫了一声："你别说了！我恨，我恨他们！"

沈跃看着他："哦？你说的'他们'是谁？"

梁华咬牙切齿地道："梁永顺，还有汤芷兰！"

梁永顺是梁华父亲的名字，他恨自己的父亲很容易理解。也许不仅仅是最近，而且一直以来他都在思考自己为何会变成这样一个人。作为大学生，要想明白其中的根源其实并不难。沈跃问道："汤芷兰是谁？我明白了，她就是你的那位老师？我倒是觉得奇怪了，明明是你伤害了她，为何你反倒如此恨她？"

梁华的父母是经人介绍认识然后结婚的，父亲在部队服役到梁华八岁的时候才转业到地方工作。在梁华的记忆中，父亲是爱他的，每次回家都会给他买很多好玩的玩具，所以六岁以前的他总是会问妈妈：爸爸什么时候回来啊？妈妈总是这样回答：快了，过年的时候爸爸就回来了。

于是，期盼父亲回家就成了梁华六岁以前大部分的幸福。

梁华似乎要比其他孩子早熟得多，六岁以后就明白了其他孩子不知道的事情。

爸爸回来了，那是又一个春节来临之前。爸爸像以前一样给他带回来了很多的玩具，其中还有一把他亲自做的木手枪。木手枪刷有锃亮的黑漆，看上去非常逼真。

那天他很兴奋，睡觉的时候都还拿着那把木手枪。后来，当他正睡意蒙眬的时候忽然听到身旁传来了一种奇怪的声音。父母竟然在他身边亲热了起来。

父母性教育知识的匮乏导致他的性心理偏离了正常的发展轨迹。

从那时起，梁华的内心深处对母亲有了一种厌恶感。

上初中的时候，梁华才发现了自己的与众不同。他发现自己是班上个子最矮的。父亲也发现了这一点，从此父母开始发生口角，他们从卧室吵到餐桌，最后竟然发展到父亲当着梁华的面殴打母亲。梁华没有去帮母亲，他就在一旁冷冷地看着。他也开始怀疑自己并不是父亲的种。他觉得母亲就是那样的女人。他也因此开始痛恨父亲，在他的眼里，曾经那个特别喜欢他的男人已经是外人。

父亲殴打母亲慢慢成了常事，开始的时候母亲拒不承认孩子是别人的，后来随着父亲暴力的加剧，母亲沉默了，她一次又一次默默地承受着父亲的家暴。母亲的沉默让父亲和梁华更加相信她出轨的事实。

她就是一条母狗！梁华在心里暗暗痛骂着那个女人。

父亲开始经常不回家，开始经常在外面喝酒，回家后的第一件事情就是殴打母亲。一个周末的下午，家里就只有他和母亲，他问母亲："我是不是你和别的男人生下的野种？"

母亲说："不是，你就是你爸爸的儿子。他不相信我，我也没办法。"

他直勾勾地看着母亲："那你为什么不反抗？你肯定背叛过他。是不是？"

母亲不说话。他冷笑，伸出手去将母亲的下巴托起："你是一个坏女人，是破鞋，是潘金莲！"

母亲的眼泪一涌而出，依然没有说话。他猛然间愤怒："你不是我妈，你是一条母狗！"说完，他扬起手就朝母亲的脸扇去！像父亲每天家暴母亲的前奏一样。

然后，他离开了家。那天晚上，他在公园的长椅上躺了一整夜。

当时是夏天，公园里的蚊子一直在他的耳边飞舞、鸣响，一夜无眠的他终于想明白了一件事情：好好读书，然后永远离开这个家。

后来，父亲带着他去做了亲子鉴定，结果证实了他就是父亲的儿子。而这时母亲在当地妇联的帮助下终于达成了离婚的愿望。梁华对父母离婚的事情置若罔闻，他在等待，等待着高考的到来。

填报高考志愿的时候，梁华首先选择了东北，他认为那是距离家最远的地方。可惜那一年他高考发挥得不好，最终被距离家最近的省城工学院录取了。不管怎么说都是梁华第一次离开那个让他无比厌恶的地方，第一次开始独立生活，周围的一切对他来讲都是那么新鲜，他的内心充满着兴奋与好奇，他的灵魂跃跃欲试，试图脱胎换骨。

省城的这家工学院原本是一所专科院校，几年前才变成本科，梁华在这批学生中基础算比较好的，稍加努力就名列前茅。他积极参加学校的课外活动，在新生文娱晚会上，他的一首《我是不是该安静地走开》获得了一等奖，他本来就喜欢郭富城，从此他将发型也变成郭富城头。

他的优秀引起了汤芷兰的关注。汤芷兰是梁华所在班级的辅导员，虽然不算特别漂亮，却有着一种知性美。其实没有人知道，梁华在第一眼见到这位辅导员老师的时候就怦然心动了。

怦然心动是一种发自内心的极其美好的冲动，其实，很多人的初恋就是从怦然心动那一瞬开始的。刚刚进入大学生活的梁华就真切地体验到了这种美好而奇妙的感觉，他的学习劲头更足了，参加课外活动也变得更加积极，辅导员老师对他的每一次赞扬都会让他激动很长一段时间。

他开始幻想，幻想牵她的手会是一种什么样的感觉，幻想和她亲吻的滋味，幻想和她……于是，辅导员老师出现在了他的梦中，因为梦中的美好，他第一次梦遗。从此，得到她，就成了梁华心中最大的愿望。

辅导员老师也非常关心他、喜欢他，有一次在和他交谈的过程中问起了他的家庭情况。梁华告诉她父母已经离婚，他不喜欢自己的父母。辅导员老师因此对他很同情，当时还伸出手轻轻抚摸了一下他的头发。然而，让辅导员老师没想到的是，她那个同情的动作却被梁华理解成了爱的表达，于是情根更加深种，从此更加难以自拔。

大一期末，梁华的学习成绩全班第一。他怀着激动的心情，急匆匆地去向辅导员老师汇报。辅导员老师也很高兴，对他说了许多鼓励的话。他差点鼓起勇气表白，但在最关键的时候辅导员老师接了一个电话，随后就离开了。

暑假他没有回家，他从骨子里厌恶自己的家乡，痛恨自己的父母。那个假期他去了一处工地，这是他专门选择的一份工作，他需要用这份几乎达到个人承受极限的体力活去压制住内心深处对辅导员老师的思恋。他对自己说，开学后一定要用自己挣的钱请她去一个好点的地方吃顿饭。

终于等到了开学的时间，他终于找到了一个合适的机会单独接近辅导员老师。辅导员老师惊讶地看着他："怎么变得这么黑？"

他抬起手让她看自己的肱二头肌："你看，我现在的身体比以前好多了。"

辅导员老师点头笑道："嗯，不错。"

其实他心里一直在想着请她吃饭的事情，这时候他终于说了出来："我想请你吃晚饭。可以吗？"

想不到辅导员老师直接拒绝了："你还是学生，怎么能让你花钱请我吃饭呢？而且今天晚上我还有别的事情。"

他不想就此放弃："那，明天晚上？"

辅导员老师依然拒绝，不过目光依然温暖而柔和："就这样说说话不可以吗？"

他摇头："我打了一个暑假的工，就是为了请你吃顿饭。你一定要答应我，好吗？"

直到这时辅导员老师才意识到他对自己的情感或许并不仅限于师生之情，不禁慌乱："你挣钱不容易，就不用请我吃饭了。"

她的拒绝让梁华差点心灰意冷，但是他依然不愿意就此放弃。那一刻，他不顾一切地拥抱她："汤老师，我喜欢你，我想和你在一起！"

汤芷兰奋力地从他的怀抱中挣脱了出来，竭力地让自己从震惊和慌乱中平静下来，看着眼前这个个子矮小、满脸真挚的学生，真挚地道："梁华，我们是不可能的，我已经结婚了。你是一个好学生，所以我关注你、关心你，你千万别误会。"

梁华的心脏如遭重击，瞪目看着她："你结婚了？"

汤芷兰的脸上露出幸福的笑容，点头道："是的，我已经结婚了，我丈夫是我大学同学。梁华，今后你也会找到一个自己喜欢的人的，你也会像我一样结婚的。"

说完她朝梁华嫣然一笑，然后离去。梁华怔怔地看着她的背影，喃喃地道："怎么会这样，怎么会这样……"

接下来的半年时间里，梁华的内心灰暗得像雨夜的天空，他不再参加学校任何的课外活动，还经常旷课，他的身影经常出现在那处曾经打工的工地，不再是为了钱，而是让自己的灵魂忘记这段感情带来的伤痛。

但是，他忘不了。那个女人的一切已经深深地根植到了他的灵魂之中，即使在身体极度劳累的状态下，脑海中依然会浮现关于她的那些美好的记忆，她的一颦一笑，她洁白的牙，她光洁的肌肤，她的温情……思恋越多，就越痛，恨意也悄然在内心升起，越来越浓烈——她就是故意勾引我的，她和那个女人一样，就是一条发情的母狗！

期末的时候，虽然他集中时间复习了功课，还因此熬了好几个通宵，结果依然有一科成绩没有及格。所有的同学都离校了，因为寒假也就意味着春节假期到了。但是他不想回家，在他的心里，那个地方早已没有了家的概念。

白天，他依然去工地，晚上回到寝室后用冷水洗澡，南方的冬天非常寒冷，每次他看到自己的双腿在低温下收缩的时候，空旷的盥洗间里都会传出他凄厉的笑声。他喜欢那种自我折磨的感觉。

有天晚上，她来了。她的眼里全是怜惜，一见到他就轻声地用一种痛心的语气问道："梁华，你为什么会变成这样？"

梁华看着她，心里一痛，说道："你明明知道这是为什么。"

她的声音依然温柔："梁华，你还这么年轻，今后何愁找不到自己心爱的人？我知道，你这个年龄正是对爱情有着无限向往的时候，你喜欢我我完全可以理解，但我早就对你说过，我们是不可能的，我是你的老师，而且已经结婚。梁华，你现在这样的状态让我很不放心，你是一个优秀的学生，不能继续这样下去了。还有，这个寒假你应该回家和你的父母一起过春节才是。你说呢？"

梁华神色黯然地道："我不想回家，我就想一个人在这里安静一下。"

汤芷兰惊讶地看着他，到他身旁的床沿处坐下，问道："为什么？不管怎么说他们都是你的父母啊！"

当汤芷兰坐到梁华身旁的那一瞬间，梁华顿时感觉到自己的灵魂战栗了起来。她熟悉而迷人的气息在大脑里弥漫——她这是在勾引我，是故意在让我难受！他侧过身，直勾勾地看着她："我想要你！"

汤芷兰被他嘴里骤然吐出的这句话吓了一跳："你说什么？"话音未落，梁华就一下子将她按倒在了床上，他的力气非常大，汤芷兰内心骤然产生了恐惧，她努力挣扎，在他的双手之下竟然动弹不得，她的耳边是梁华急促的呼吸声，他喃喃自语："你是故意的，你故意在勾引我，又故意在折磨我……"

汤芷兰发现他在脱自己的衣服，这才意识到了巨大的危险，可是也不知道是为什么，她不敢大声呼叫，只是不住地哀求："梁华，你听我说，你不能这样做，我是你的老师，我是真的在关心你。你住手，住手啊……你这样做不但会毁了我，也会毁了你自己的。啊……你别这样，真的不可以……我求求你，别这样啊……"

然而，她的哀求激发起梁华更原始的兽性，他扬起手狠狠地扇了她几耳光，低声怒喝："不准再叫，不然我杀了你！"

梁华的暴力和杀气腾腾的声音让她感觉到近在咫尺的强烈恐惧，她的声音戛然而止，她放弃了任何的反抗，任凭梁华褪去身上所有的衣服。当梁华进入她身体的那一瞬，她的眼泪汹涌而出……

"你可以去报案，如果你不怕身败名裂的话。"她离开的时候梁华对她说。其实她并不知道，当时的梁华心里是害怕的，也许还有一丝的后悔。

"你这个畜生！"她离开了，声音里带着哭泣。

梁华没有逃跑，那个寒假他一直没有离开这座城市，每天晚上依然回到学生宿舍睡觉，他在等着警察上门。然而，接下来却什么事情都没有发生，一直到下学期开学的时候，梁华才听说她辞职了。

梁华紧绷着的内心也因此得以彻底放松。这时候他才忽然发现，原来有些事情并不像他以为的那么可怕。也就是从那时候起，犯罪的冲动彻底冲破了他灵魂深处最后的那一道禁锢……

当梁华讲述完他所有的犯罪事实之后，沈跃一下子陷入了沉思。他知道，或许很多人都不能理解这个罪犯的内心，但他能够懂得。是的，汤芷兰虽然是受害者，但正是汤芷兰对梁华犯罪的纵容，才使得他从此一步步走向了再也难以回头的深渊。而且，直到现在，梁华依然认为汤芷兰当初对他的关心是一种故意的勾引，正因为如此，他才会那么恨自己曾经的那位辅导员，他一直认为汤芷兰是将他引向地狱的魔鬼。

这当然是一种变态心理，可是，当年汤芷兰的工作方法，那天晚上不加考虑地去看望梁华，以及事情发生前后的软弱，这一切的一切难道不正是她受到伤害并造成梁华继续犯罪的原因之一吗？是啊，这是一个值得深思的问题，它不仅说明大学辅导员系统的工作方法与素质存在着巨大的问题，而且表明大学生这个群体的心理问题需要引起重视了。

其实，有些问题如果从不同的角度去看的话，得出的结论也就可能完全不一样。比如，梁华从小生活在那样的家庭，他后来的心理变化也没有引起重视，或者说是处理不当。从这样的角度去分析他的犯罪就会发现，梁华也是一个受害者。

沈跃是心理学家，一直以来都从追寻事件本源的角度去分析和看待问题。此时，当他的目光触及梁华那张已经不再年轻的脸庞时，心里禁不住对他产生了一种深深的同情——眼前的这个人，其实就是一个问题家庭生长出来的一枚畸形果实。

沈跃感叹良久，沉默了好一会儿才说道："你不是很想知道究竟是谁对你下的手吗？那就请你告诉我那天被人绑架的过程，可以吗？"

沈跃不可能告诉他这件事情的真相，那样做毫无意义，还可能因此而加剧他的心理变态。现在的梁华最需要的是忏悔。

沈跃的问话让梁华误会了他的意图，他以为警方根本就没有查明这件事情的真相。当然，沈跃也是刻意这样问的，因为他要搞清楚这件事情的细节，而那个绑架者本身就是这起事件中的一环。

要过春节了，那天梁华准备杀一头猪。往年也是在这个时候做这件事情，一小半的猪肉用来过年，剩下的全部做成腊肉。他杀猪的方式很简单，先用铁锤将肥猪砸晕，然后进行放血、吹气、煺毛等程序。除了开始那几年他请了些民工来帮忙开山、植树之外，后来所有的事情都是他亲力亲为。他害怕自己的秘密被人发现。

杀猪前要做好各种准备工作，首先就是要烧一大锅开水，将杀猪刀磨锋利。当时梁华正准备将杀猪刀拿到外面，忽然就感觉到身后有人，正欲转身，就感觉到颈侧隐隐作痛，那是刀锋刺破皮肤的感觉，同时还听到身后传来一个声音："别动！否则我就杀了你！"

梁华的身体一下子就僵在了那里，随即就感到颈侧被重击了一下，眼前一黑就什么都不知道了。

醒来的时候，他发现自己已经在一个陌生的地方了，只觉得脸上湿漉漉的，他动弹了一下，这才发现自己的右腿没有了，而且疼得厉害，禁不住就大声呼喊了起来："救命啊……"

"救命？到了这里就已经没有人能够救你的命了。"这时候他看到一个头戴鸭舌帽、留着络腮胡的男人，手上拿着一把刀，正似笑非笑地看着他。

深深的恐惧瞬间将他笼罩，他问道："你是谁？你想干什么？"

鸭舌帽男人冷冷地道："你这个垃圾！畜生！你以为躲起来就没人找得到你了？你以为自己犯下的罪恶就因此没有人知道了？善有善报，恶有恶报，今天就是你得到报应的日子！我要砍断你的双手，还有剩下的那一条腿，我要割掉你身上最肮脏的那个东西！我不会让你死，我要让你猪狗不如地活下去……"

他恐惧得差点晕过去，连声求饶："别，我愿意赔偿，你要多少钱我都愿意给……"

鸭舌帽男人大笑："钱？你有多少钱？一个亿你有吗？一千万你有吗？"说着，鸭舌帽男人朝着旁边不远处说了一句："动手吧，别让他死了。"

这时候梁华看见一个皮肤白净的短发年轻人，手上提着一把斧子从黑暗中走了出来，顿时知道这两个人绝不是在和自己开玩笑，在极度的恐惧之下，他一下子就晕了过去。

后来，当他再一次醒来的时候，发现自己依然在那个陌生的地方，可是双手和原本剩下的另一条腿都已经没有了，在极度的惊骇之下，他禁不住大声呼救……

他没有撒谎，而且叙述的情况和警方介绍的差不多。沈跃问道："你回忆一下，那个在山上绑架你的人究竟是男人还是女人？我说的是那个人的声音。"

梁华毫不迟疑地回答道："是女人的声音，我听得清清楚楚。我知道，她就是那个拿着斧头的人，她的衣服上有血迹。"

沈跃又问道："那个鸭舌帽男人呢？他说话的时候一直是男声吗？"

梁华想了想，忽然道："我想起来了，他在大笑的时候声音有些像女人……他们是谁？难道是当年我在学校外边……"

沈跃站了起来，摇头道："你没有伤害过她们，但她们是为了被你伤害过的人在惩罚你。梁华，接下来的时间你好好想想吧，想想你自己为什么会变成这样。别去找他人的原因，多想想你自己，只有当你想明白这个问题之后才会真正明白这一切究竟为什么会发生，那时候你才会明白忏悔对你来讲有多么重要。"

从医院出来后，沈跃给曾英杰打了个电话："你帮我查一下汤芷兰现在的住址，她以前是工学院的教师。"

曾英杰似乎明白了，问道："你说的这个人是不是梁华……"

沈跃即刻提醒道："你什么都不要问，也不要向任何人说起这件事情。我只是去和她说几句话，纯粹是私人拜访。"

不多久曾英杰的电话就打回来了："她从工学院辞职后第二年就考上了本地另外一所大学的研究生，管理专业，研究生毕业后到了一家国企工作至今，现在是这家企业的人力资源部主管。"

沈跃嘀咕着说了一句："这家国企肯定不怎么样……她的婚姻状况怎么样？"

曾英杰回答道："很正常，她丈夫是她的大学同学，他们有一个女儿，今年十一岁。沈博士，你一个人在外边啊？需要我赶过来吗？"

现在还处于春节期间，心理研究所要一直放假到正月十五之后，匡无为还在老家，侯小君正在准备婚事，彭庄和他父亲在一起，如果康如心在的话，他就不会让曾英杰提供汤芷兰的情况了。沈跃很快就想清楚了曾英杰刚才的推理逻辑过程。在这方面曾英杰确实很有天赋，根本不需要一一去推论就可以得出结论。沈跃想了想，道："如果你有时间，半小时后将车开到汤芷兰家的外面。对了，你到了后不要露面，我和她谈完会给你打电话的。"

沈跃当然不会考虑登门拜访的方式。当电话拨通后，沈跃就直接对电话那头的汤芷兰说道："你好，我是心理研究所的沈跃，你可能听说过我的名字。我想和你单独谈谈，你不用紧张，这只是纯粹的私人拜访，如果你方便的话，我们就在你家小区外边的咖啡厅见面。"

电话里传来的是对方犹豫的声音："沈博士，我听说过你。我想知道你为什么找我？"

沈跃回答道："你来了再说吧。请相信我，我对你没有任何恶意，仅仅是私人性质的一次拜访。"

电话里的声音依然犹豫："那……好吧。"

她来了，穿着一件米色的长大衣，脖子上围着一条淡绿色的丝巾。咖啡厅里没有多少人，只有沈跃一个人是独坐，所以她进来扫视了一圈后就直接到了沈跃面前："你是沈博士？"

她的脸上已经有了不少的皱纹。这是一个温柔、贤淑的女人。沈跃站起身来，客气地道："是的，你请坐。你需要什么？"

她坐下了，似乎有些忐忑，不过脸上依然带着微笑："我随便吧。沈博士，你找我……"

沈跃朝远处的服务生做了个手势，服务生过来后沈跃吩咐道："麻烦给这位女士一杯奶茶。谢谢！"待服务生离开后沈跃问道："国企的人事工作好不好做？"

她似乎暗暗松了一口气，笑着回答道："不知道沈博士喜欢听真话还是喜欢听假话？"

沈跃也笑道："哦？真话怎么讲？假话又怎么讲呢？"

她说道："假话是，现在的什么工作都不好做。人才很多，优秀的人才太少。真话就是，国企的人事权根本就不在我这个人力资源部的主管手上。"

沈跃禁不住就笑了，说道："明白了。汤主管，有一件事情我有些不明白，当年你可是高校的教师，怎么忽然就辞职了呢？按道理说，高校可是比国企好多了啊。"

她愣了一下，紧张的表情显露得非常明显："沈博士干吗问我这个问题？那都是多年前的事情了。在高校里面，大学本科文凭肯定是不行的，考研是我当年唯一的出路。那时候我还很年轻，总是希望自己的事业能够有新的发展。当时我们那一批人后来都读了硕士，其中还有很大一部分人是博士毕业呢。"

沈跃看着她，缓缓问道："汤主管，我想要知道的是，当时你考研究生，难道和梁华的事情就没有一点关系？"

这一瞬，她的身体如遭雷击，骤然颤抖了起来，脸色也在一刹那变得苍白："你，你这话是什么意思？"

沈跃的声音变得柔和了许多："对不起，汤主管，也许我不应该揭开你内心的那道伤疤，所以我要先向你表示歉意。事情是这样的，梁华已经被警方抓住了，此人涉嫌多起强奸案件。目前梁华已经供述了他所有的罪行，其中包括他当年对你的伤害。汤主管，今天我来找你主要是想问：那天晚上你为什么会忽然去他的寝室？难道你就真的一点没有想到会有危险？还有，当时你为什么不大声呼救？为什么在事后不向警方报案？"

她的身体依然在颤抖，嘴唇抖动着问道："我可以不回答这些问题吗？"

沈跃看着她，微微点头，道："当然，这是你的权利。不过我刚才说了，这完全是我对你的一次私人性质的拜访。你知道我一直在协助警方调查一些案件，也包括这起案子。我想，即使你现在不愿意回答我的问题，接下来警方也会来找你的。"

她抬起头来看着沈跃："你的意思是，如果我现在回答了你，接下来警察就不会再来找我了？"

沈跃回答道："汤主管，我这样做是为了保护你的隐私，我对你没有任何恶意。请你一定要相信我。"

梁华入校那年，汤芷兰大学毕业刚刚两年，当时她只是一名普通的高校教师，也是第一次被抽调去做辅导员。学校的中层干部不少都是辅导员出身，所以当时她对这份工作非常有激情，一开始就投入了许多的精力——她在最短的时间内记住了班上每一个学生的名字，以及他们每个人的基本家庭情况、特长爱好等。学生入学后不到一个月，她就单独和班上的每一个学生谈过了话。她没有完全把自己当成他们的老师，尽量以师姐的身份去和他们接触。

一个月后，她发现自己越来越喜欢这份工作，她从中找回了大学时代的美好感觉，学生们对她的尊敬和喜欢让她有了更大的工作的激情与动力。

她对梁华的关心并不特别。班上好几个贫困学生得到的帮助更多，包括助学金、勤工俭学岗位的申请等等。梁华的成绩优秀，在唱歌方面有一定的天赋，但是这个学生性格比较孤僻，所以她才给予了梁华更多的鼓励。然而让她没有想到的是，梁华却因此误会了她的这份关怀并且对她暗生情愫。但是她并没有特别在意，她知道，这个年龄段的学生往往是第一次青春萌动，他们高中阶段的学习太紧张了，根本就没有时间和精力去考虑这方面的事情。

所以，她以为自己拒绝了，而且将自己已婚的事实告诉对方之后就可以从此断掉他这种不切实际的念想。然而后来她发现自己错了。梁华开始旷课，从此不再参加学校的课外活动。她本想再次找他谈谈，却担心因此加重了他的误会，于是，在这种矛盾的心情中一学期很快就过去了。

期末考试后，她发现梁华居然有一门课需要补考，这时候她依然处于那样矛盾的心情之中。下学期开学后一定要找他好好谈谈，她在心里对自己说。

后来，寒假里有一天，学校保卫部门给她打来了电话，告诉她班上有一位叫梁华的学生没有回家，希望她能够去做一下这个学生的工作，以便学校对学生宿舍的管理。她白天的时候去过几次，都没有发现梁华的身影，于是才将时间选择在了晚上。

"谁知道他会是一个畜生呢?! 我关心自己的学生难道错了吗?!"讲到这里，她流着眼泪问沈跃。

沈跃不禁动容，说道："你没有错。你曾经确实是一位好老师，可惜，你遇到的是一个没有人性的禽兽。"

她的眼泪不住从脸上滑落，抽泣着说道："当时我不敢大喊求救，因为那一片学生宿舍都没有人，我害怕他做出杀人灭口的事情来。后来，我是准备报案的，可是我想到了我的丈夫，我们是那么相爱，我不想失去他。我又觉得那个畜生只是一时糊涂，所以，我最终还是放弃了。当时，我已经参加完研究生笔试，开学后得知成绩已经通过，于是就借机辞了职。直到现在，无论是我当年的同事还是我的丈夫都不知道当年我在学生宿舍里发生过那件事情。但是我却永远也忘不了。几年后，当我女儿出生的那一刻，我再也忍不住，大哭了一场。我在心里暗暗问上苍：为什么要让我生一个女儿?! 这些年来，从我女儿上幼儿园开始一直到现在，无论我的工作多忙，我都每天亲自接送她，这已经成了我内心深处一种无法摆脱的心病……我害怕，害怕女儿长大，因为我知道，我不可能保护她一辈子。我不知道是不是应该这样告诉她：永远都不要去接近任何男人，甚至不要关心弱者……沈博士，我知道你是心理学家，请你告诉我，今后我应该怎么办啊……"

沈跃默然，一会儿才叹息着说道："汤主管，其实我们都知道，这个世界上还是好人多，像梁华那样的心理变态毕竟是少数。你说是不是?"

她摇头，说道："我知道这个道理，可是一旦遇上了，女人的一辈子也就基本上毁掉了啊。"

是啊，这其实就是命运。沈跃不得不认同她的说法。此刻，沈跃再一次感受到作为一个心理学家的悲哀：无论自己的能力有多么强，在被命运伤害的人面前却根本就无能为力。比如眼前这个女人，即使是上天也无法回答她被伤害的缘由究竟是什么，因此，也就根本不能将以后所发生的那一切归罪于她。

这一刻，沈跃不禁开始怀疑起蝴蝶效应的作用来——她，还是扇动后来那些女孩命运的蝴蝶吗？

15 小 黑

　　药物研究所位于省城的边缘，依山傍水，虽然天气寒冷，依然展现出湖光山色的别致美景。沈跃和曾英杰首先去了方琼死亡的那个地方，在一座小山旁边，眼前这棵黄桷树的一处枝丫已经被砍断，断口如新。沈跃可以想象出当时的情景——人已死，尸体却像活着的猩猩那样悬挂在树枝上。确实够诡异的。

　　"你怎么看？"沈跃问曾英杰。

　　曾英杰看的方向却是不远处那个大大的铁笼子，那是曾经关那只猩猩的地方，如今里面空空如也。曾英杰道："我怀疑那只猩猩的死很可能与方琼有关系。"

　　沈跃问道："既然目前已经基本证实了方琼就是绑架梁华的那个人，这就说明她是会功夫的，而且功夫应该还很不错。这样的一个人，难道连一只猩猩都对付不了？"

　　曾英杰怔了一下，道："是啊……那，你觉得最可能的是什么情况？"

　　沈跃摇头道："我不知道，不过我相信总会弄清楚的。嗯，有一点值得注意，方琼和喻灵一样……看来最终的答案还是要从喻灵那里得到啊。"

　　药物研究所春节期间一直有人值班，其实方琼的死单位的人都已经知道了，现在值班的人员也增加了一些，这件事情实在太过诡异，诡异得让人不寒而栗。

　　接待沈跃和曾英杰的是正在值班的办公室主任，这是一位三十多岁的女人。沈跃问道："那次会餐后你们都放假了，方琼为什么还会出现在这个地方？"

办公室主任回答道："她是喂养动物的，我们在这方面的人手比较少，即使是春节期间也只能实行轮班制。"

沈跃明白了，道："那么，方琼是和谁轮班呢？"

办公室主任回答道："刘刚。方琼主要负责喂养那几只猴子和那只猩猩，猩猩死后我们还没来得及重新引进。刘刚是负责喂养其他动物的工作人员，春节期间情况特殊，就安排了他和方琼轮岗。"

沈跃道："那麻烦你把刘刚的电话给我一下。对了，会餐那天晚上的情况麻烦你给我们讲述一遍，越详细越好。"

办公室主任讲述的情况和龙华闽告诉沈跃的差不多，沈跃听后问道："方琼脱衣服的时候你距离她多远？"

办公室主任道："我就在她旁边，当时我都惊呆了。"

沈跃看着她，问道："是她脱衣服的那个举动让你感到吃惊吗？"

办公室主任点头，道："不管怎么说她也是个女人啊，竟然就那样当着大家的面脱去了上身所有的衣服。而且她的皮肤很白皙，发育得也不错，她那样的举动太让人吃惊了。"

沈跃微微一笑，点头道："是的，那样的举动确实会让人感到吃惊的。对了，她平时有特别相好的人吗？"

办公室主任道："这倒是没有注意到。她的工作其实比较清闲，所以她一贯都是独来独往。她死得太奇怪了，不过媒体上已经解释过她的死因了，现在我们倒是觉得可以理解了，心里也就不再像先前那样害怕了。"

沈跃想了想，道："现在我们先去问问这个叫刘刚的，或许他知道一些情况。"

刘刚很年轻，不到三十岁的年纪，微胖，看上去很精神。沈跃请他坐下，然后自己也坐到了他的对面："我们聊聊方琼。"

刘刚的身体颤抖了一下，那是恐惧的表现。沈跃看着他："你是因为她的死感到害怕，还是因为别的？嗯，她那样的死状确实很恐怖。刘刚，你对方琼了解多少？"

刘刚惊讶地看了沈跃一眼，回答道："也就是认识。"

沈跃微微一笑，道："认识也有程度上的差别。说说你对她的印象。"

刘刚回答道："她其实就是男人一样的性格，不过她也比较孤僻，不大喜欢和单位的人有过多的接触。特别喜欢猴子和小黑，经常把自己和猴子、小黑关在大铁笼子里面，和它们玩。"

沈跃又问道："还有吗？比如，你觉得她是不是会武术之类的。"

刘刚怔了一下："她会武术？嗯，现在想来她好像确实会武术的，她和那些猴子，还有小黑在一起的时候身形很是灵巧，一般人可做不到她那样。"

沈跃心道：看来这个方琼确实有着许多不为人知的秘密。又问道："她平常都住在什么地方你知道吗？"

刘刚道："她家就在省城啊，好像她每天下班后都要回家的。不过她具体住在什么地方我不知道，以前倒是问过她，她回答说在南城。"

沈跃心里一动，问道："她是不是不止一次请你代班？"

刘刚道："我们相互间代班很正常啊，她也经常给我们这边的人代班的。"

沈跃没有再问。而此时，曾英杰又一次发现了自己和沈跃之间巨大的差距。刚才刘刚说他和方琼之间的关系仅限于认识，想不到沈跃依然能够从两个人寻常的关系中得到这么多的信息。

从药物研究所出来，沈跃问曾英杰道："现在你有什么看法？"

曾英杰道："现在看来，似乎有些问题基本上可以解释清楚了。第一，方琼会武术；第二，她经常把自己和那只猩猩关在一起，说不定她受了什么刺激；第三，方琼的这份工作很清闲，时间相对来讲也比较灵活，所以，她绑架梁华也就不存在任何问题了；第四，我觉得方琼和喻灵是认识的，说不定方琼也是文物案中的疑犯。"

　　沈跃思索了片刻，点头道："我同意你大部分的分析。不过那只猩猩的死我更愿意相信是因为方琼受到了它的惊吓。方琼是学动物学的，在一般情况下她不应该杀害那只猩猩，除非痛恨它到了极点。此外，方琼的性格、穿着和发型都比较男性化，所以她把自己和猩猩关在铁笼子里，很可能就是觉得好玩。从这件事情可以看出，方琼的内心似乎并不复杂，也正因如此，那只猩猩的死才会给她造成如此巨大的心理阴影，产生如此强烈的心理暗示。"

　　曾英杰提醒道："可是，方琼会武术！"

　　沈跃道："从原始的本能来讲，人类永远不如有些动物的，特别是发情期的动物。猩猩有一定的智商，发情期力气很大，又容易行为反常，即使是会武术的人也不一定是它的对手。如果当时恰好方琼生病或者某种暗疾发作呢？"

　　曾英杰道："所以，我们接下来应该去一趟方琼的家里？"

　　沈跃一下子就笑了起来："英雄所见略同。我们现在就去吧。"

　　方琼的家位于南城。这座城市的北城是开发区，南城却曾经是国企的集中区域，近几年工厂外迁，南城改造之后慢慢也变得繁华起来。方琼的父母以前都是国企职工，下岗后自己开了一个小饭馆，虽不十分富裕，日子倒也还算过得去。不幸的是祸从天降，方琼的死让这个家庭的命运一下子跌入了深渊，饭馆已经停业，周围的邻居纷纷避讳他们，生怕沾上了这个家庭的晦气。

　　这一片都是还建房，方琼家住的是两室一厅的房子，面积很小，里面只简单地装修了一下，不过家具和电器都非常新，那台液晶电视上崭新的标签都还在。警察已经来过了，不过是以调查方琼死因为由。沈跃一进入这个家就感受到了一股沉郁的氛围，方琼的父母都是五十来岁的年纪，他们的脸上全是悲伤。

　　曾英杰正准备介绍沈跃的身份，沈跃却用手势制止了他。沈跃温言对眼前悲伤的夫妻说道："我们来的目的依然是想搞清楚你们女儿的死因，所以我希望你们能够如实地回答我一些问题，可以吗？"

男人总是要比女人坚强一些，方琼的父亲道："你们问吧。"

沈跃看了看四周，问道："你们家的这些电器应该是大年三十前后才买的，而且是你们女儿拿的钱。是这样吗？"

方琼的父亲惊讶地看着沈跃，点头道："方琼说，单位今年的效益不错，发了一大笔奖金，她又在外边做了点小生意，非得要将家里的家具和电器都换了。"

沈跃叹息着说道："真是一个有孝心的孩子……她是不是还带你们去看了房子，说要买一套大房子什么的？"

这下就连方琼的母亲都惊讶了："你是怎么知道的？"

沈跃微微一笑，说道："刚才我不是说了吗？她是一个很有孝心的孩子，既然她手上有了钱，当然就会想到要去做这样的事情。大年三十孩子和你们一起过的吧？你们发现她有什么异常吗？"

方琼的父亲回答道："没什么异常啊，我们一起吃了年夜饭，然后看了会儿春节联欢晚会，她说节目不好看，就回房间休息了。后来我们听到她房间里传来了噼里啪啦的声音，也没在意。她喜欢在房间里一个人玩，我们都习惯了。"

沈跃看着他们："哦？那么大的动静你们也没觉得奇怪？"

方琼的父亲说道："她小时候就开始学武术，经常在房间里练拳。这么多年了，我们早就习惯了。"

沈跃点头，问道："其实，她从小就被你们当成男孩子养，是这样的吗？"

方琼的父母都不说话。沈跃继续说道："这我能够理解。你们正赶上了只能生一个孩子的年代，结果生下来的却是女儿，难免心里有些遗憾。后来孩子长大了，见她一直不谈恋爱，于是就开始后悔了。是这样的吧？"

他们依然不说话。沈跃再次叹了一口气，问道："春节前那段时间有没有什么人来找过你们的女儿？"

方琼的父亲摇头道:"平时我们都在饭馆里……"

沈跃点头道:"嗯,我理解。好吧,现在我们想去她的房间看看,可以吗?"

方琼的父亲点了点头。沈跃和曾英杰一起进入方琼的房间,发现里面很是凌乱,哑铃、沙袋什么的让本来就不大的空间显得更加狭小。沈跃在一处墙角发现了一副绑腿样的东西,准备去拿起来却发现分量很重,他诧异地问曾英杰道:"这是什么?"

曾英杰过去用力拿起来看了看,回答道:"这是用来练轻功的。这东西已经非常陈旧了,起码使用了近十年。平时都绑在双腿上,取下来后就会变得身轻如燕。"

沈跃似乎明白了,道:"说不定她和那些猴子,还有小黑玩的时候就绑着这东西。"

两个人继续查看这间屋子里的东西,并没有发现什么异常。两个人从屋子里出去的时候发现方琼的母亲在哭泣,沈跃叹了口气,向方琼的父母告辞。当两人正准备离开的时候,方琼的母亲忽然哭泣着大声问了一句:"当年国家只让我们生一个孩子,后来又让我们下岗,现在我们的孩子没有了,今后谁给我们养老?国家总得给我们一个说法吧?"

方琼的父亲急忙道:"你和他们说这些干什么?"

方琼的母亲猛然间号哭了起来:"我为什么不能说?我们一辈子都在听国家的话,现在遇到了这样的情况,国家今后不能不管我们!"

这时候曾英杰忽然就说了一句:"如果你们的女儿涉嫌犯罪呢?"

方琼母亲的哭声戛然而止,方琼父亲的脸色也一下子变了:"犯罪?"

虽然沈跃并没有因此责怪曾英杰,但还是觉得告诉方琼父母这样的真相实在太残忍了,他用同情的目光看着他们,说道:"到时候警方会告诉你们真实情况的。"

"情况基本清楚了,方琼很可能和喻灵认识,喻灵给了方琼一笔钱,让她去绑架梁华，而且要求她在绑架现场砍断梁华的一条腿。当方琼将梁华送到喻灵指定的地方后，喻灵又让方琼砍断了梁华的双手和左腿，还让她割掉了梁华的生殖器。也许这是方琼第一次做这样的事情，这样就使得方琼的心理压力更大了，自我心理暗示也就变得更加强烈。也许大年三十的那天晚上，方琼在自己的房间里并不是在练习武术，而是在和幻觉中的小黑搏斗。"从方琼父母的家里出来，沈跃这样对曾英杰说道。

曾英杰点头道："很可能就是这样的情况。也不知道喻灵是如何认识她的，如果那样的事情真的是方琼第一次干的话，喻灵对方琼也实在太残酷了。"

沈跃想了想，道："这更像一次考察，或者说是训练。方琼在父母的影响下，潜意识里也把自己当男孩子，正因如此，她才希望自己能够在这个家庭中担负起儿子的责任。很显然，喻灵是比较了解方琼的，而且她也把方琼当成男人看待，希望方琼能够变成下一个盛权。由此可见，直到现在喻灵依然没有放弃继续犯罪的打算。嗯，现在我对自己的那个计划更有信心了，想必喻灵根本就没有远逃的想法。"

曾英杰惊讶地问道："她的胆量有那么大？"

沈跃道："她在国内有多个身份，还有一副天生的男性嗓音，这就让她变得更加自信。可惜她有一个致命的弱点——问世间情为何物，直教人生死相许……唉！"

曾英杰看着沈跃在那里摇头晃脑地感叹着，禁不住觉得有些好笑，说道："也许，喻灵也万万没有想到方琼竟然就这样死了。"

"没有人能够想到……"沈跃叹息着说道，"其实方琼的情况和梁华是一样的，由于从小受到畸形的教育，心理一直承受着巨大的压力，当那样的压力最终突破了一个人的承受极限的时候，各种问题也就应运而生了。不，方琼的情况还不大一样。梁华是一颗种在有毒土壤里面的种子，长大后也就毫无悬念地变成一棵毒苗；方琼明明是一个女孩，却非要让她担负起儿子的责任，她就像一盆盆栽，硬生生地被她父母扭曲成那个样子，想起来真是让人扼腕叹息啊……"

曾英杰也很是感叹，这时候他忽然想起一个问题来："沈博士，我还是觉得方琼的死有些奇怪。她那样吊着，身上没有任何伤痕，尸体解剖也没有发现内脏损伤，而得出的结论却是缺氧死亡。难道心理暗示的能量真的有那么强大？"

沈跃沉吟着说道："方琼已经死了，现在我们只能对她的死因从科学的角度进行推测。也许她第一次的自我心理暗示表现出的异常并不在那次会餐时，不过正是因为她那次的表现有那么多的目击者，也就是说，当时发生的情况是真实可信的，我才得以从心理的角度去分析她出现那种现象的原因。当然，方琼本人并不认为那是她心理上的问题，她相信自己的幻觉，甚至她完全就认为那是小黑的鬼魂在作怪，以至于她忘记了羞耻，竟然当着那么多人的面脱光了上身的衣服。而更可能的情况就是，当时她完全沉浸在幻觉中……"

曾英杰道："这个我能够理解，可是后来她的死……"

沈跃朝他摆手道："你听我讲完。很显然，喻灵后来让她去做的事情带有强迫的性质，也就是说，喻灵给了她一笔钱，同时也提了那样的要求。为了拿到那笔钱，方琼才不得不残忍地砍去了梁华的四肢，还在喻灵的命令下割掉了他的生殖器。她在完成了那一切之后才拿到了全部的酬金。但这件事情对方琼内心的影响非常巨大，也因此加重了她的幻觉。也许从那以后方琼就时常看见小黑出现在她的面前，她一次一次地去和小黑搏斗。方琼死的那天是在单位值班，场景的效应就会让她受到更加强烈的心理暗示，她也就很可能因此被小黑的鬼魂'上身'，于是她就成了小黑，像小黑那样将自己吊在那棵树的树枝上，与此同时，她的幻觉中还出现了小黑的鬼魂掐住了她的脖子。也许发现方琼尸体的时间晚了，如果早一些发现的话，说不定会在她的颈部发现掐痕。当然，这只是猜测，并不能作为证据。"

曾英杰问道："其实，你也不能完全排除方琼的死是他杀的可能。我可以这样理解吗？"

沈跃点头，道："或许等我们抓住喻灵之后就知道答案了。不过我更相信这不是一起他杀案件，方琼的双手将树枝抓得那么紧，整个身体的重量都依附在上面，他杀似乎很难做到那种程度，唯有心理的力量才会那么强大。"

曾英杰不语，一会儿之后才忽然说了一句："也许，这又将是一起悬案。"

沈跃愣了一下，点头道："是啊，并不是每个人都相信这样的解释。这个世界上未知的东西太多了，或许真的有鬼魂这种东西存在。不过这样也好，我们都应该有敬畏之心，否则有些人做事情就太没有底线了。"

曾英杰觉得沈跃说得没错，当代社会的人们过度追逐权力与金钱，说到底就是因为没有了敬畏之心。俗话说，举头三尺有神明，很多时候信仰的力量比法律的作用更大。

16 辩护律师

时间很快就到了正月十五这一天，下午乐乐和曾英杰到了沈跃家里。这一次乐乐不再像上次那样给沈跃脸色看了，一进屋就甜甜地叫了声"表哥"。沈跃看了一眼乐乐微微隆起的腹部，过去将她轻轻拥抱了一下，低声对她说道："乐乐，你很快就要当妈妈了，今后不要随便生气了啊。"

乐乐满脸通红地道："我知道了，表哥。"

乐乐和曾英杰刚刚进屋，龙华闽就来了，他身后还跟着他的妻子和龙真真。沈跃惊讶地问道："你们怎么来了？真真，你这个大忙人什么时候回来的？"

龙真真"扑哧"一笑，噘着嘴对龙华闽说道："爸，我们回去吧，他好像不大欢迎我们。"

康如心瞪了沈跃一眼，责怪道："你怎么这样说话呢？"急忙去拉住龙真真的手："龙叔叔，阿姨，真真，他和你们开玩笑的，你们能来，我们高兴还来不及呢。"

龙华闽大笑，指了指沈跃，道："他是怕我又有案子给他。"

沈跃瞪目结舌："难道真的又有案子？"

龙华闽拉着沈跃的衣袖："走，我们去书房说话。对了，英杰你也来。"

三个人在书房坐定，龙华闽说道："今天是正月十五，我想趁一起过节的这个机会和你们进一步商讨一下接下来抓捕喻灵的方案。这起案件太过重大，抓捕方案必须做到绝对保密。刑警总队知道的人也十分有限，现在我很想听听你们两个人的意见，原则就一个，那就是万无一失。"

沈跃点头道："你先说一下你们现有的方案吧。"

龙华闽道："这次的审判可能需要一周的时间，前面几天法院要对这起案件所有的涉案人员一一开庭审理，其中也包括邓湘佲。由于这起案件比较特殊，再加上我们是为了抓捕喻灵，所以，最终一审判决的时间也就只相隔一周。即使这样，整个流程下来的时间也已经接近大半个月了。我们担心法庭在对邓湘佲审理的时候喻灵不会出现，如果我们在那个时候采取行动就很容易打草惊蛇，可是，万一她出现了呢？所以，我们最终的计划还没有确定下来。"

这确实是个问题。沈跃皱眉问道："法庭对旁听人员有什么规定？"

龙华闽回答道："想要参与旁听的人员必须先行申请并用有效的身份证登记，得到法院许可后才可以参与旁听。"

曾英杰问道："在审核身份的环节可不可以发现线索？"

龙华闽道："当然是可以的，审核的时候一个一个检查就是，可是，万一这个阶段喻灵不出现呢？"

沈跃苦笑着说道："我也很难分析出她究竟什么时候出现，不过我认为，相对来讲，最后判决的时候她出现的可能性更大一些。为什么呢？第一，以我目前对喻灵的了解，这个人是十分多疑的，她绝不会轻易冒险。我们可以想象到，方琼很可能并不知道她的真实身份，而且她们在那处废弃的砖窑见面时喻灵也一定非常警惕，甚至她很可能一直监控着方琼绑架梁华的整个过程。第二，我觉得喻灵不仅仅是想和邓湘佲见最后一面，或许她更想在第一时间知道邓湘佲的刑期。这是因为爱情。"

龙华闽的神情怪怪的，问道："喻灵和邓湘佲之间的爱情真的有那么纯粹？"

沈跃回答道："或许她们之间纯粹的爱情只是单方面的，不过这不重要，重要的是喻灵是真心爱着她的那个小女人，这就足以分析出她的心理了。她已经替邓湘佲报复了梁华，这是她给邓湘佲传递的一个爱的信号，为了邓湘佲出狱后能够和她继续在一起。而她始终不愿离开，非得最后看邓湘佲一眼，非得在第一时间知道邓湘佲的刑期，这完全是喻灵对邓湘佲纯粹的爱情在起作用，我相信她无法控制自己的这种冲动。"

龙华闽道："好吧，我同意你的分析。可是，万一喻灵在法庭审理的时候就出现了呢？这样的可能性虽然小，但并不是完全不可能啊。"

这时候曾英杰忽然说道："有一个最好的办法，那就是不行动。"

龙华闽愕然地看着他，道："不行动？你开什么玩笑？"

沈跃的神色一动，笑道："嗯，英杰的这个办法不错，最好的办法就是以静制动、内紧外松，这样才可以确保万无一失。"

此时，龙华闽也似乎明白了，问道："你们的意思是，我们对整个法庭审理和判决过程实施监控？"

曾英杰点头道："沈博士是研究微表情的专家，到时候我们在法庭里安装几个高清摄像头……"

龙华闽猛地一拍大腿："好，就这么办！"

随后，三个人又商谈了一些细节问题，直到康如心进来叫他们去吃饭才结束。离开书房的时候，龙华闽从公文包里取出一个案卷放到沈跃的书桌上，说道："这个案子不是特别急，不过我相信你会很感兴趣。等抓到喻灵你再着手去调查吧。"

沈跃苦笑着说道："我就知道你永远都不会让我闲下来。"

龙华闽大笑着说道："你应该感谢我才是，如果没有我的话，谁还能够给你提供如此有难度同时又很有趣的案子研究呢？你说是吧？"

旁边的曾英杰也禁不住笑了起来。沈跃哭笑不得，说道："好吧，那我一会儿多敬你几杯就是。"

龙华闽的心情特别好，无论是沈跃还是曾英杰敬他的酒都是一口干掉。龙真真觉得有些奇怪，问道："爸，来这里的路上，我看你满脸的焦虑，你们三个人在里面说了些什么，让你这么高兴？"

龙华闽看了沈跃和曾英杰一眼，满脸神秘地道："绝密，我不能告诉你。"

龙真真看着沈跃，不住地笑，说道："我知道了，肯定是我们沈哥又帮你解决了一个大问题。对了沈哥，我正想考考你呢，你看看我现在有什么变化没有？"

沈跃看了她一眼，耸了耸肩，道："推理方面我远远不如你老爹，也不如英杰，这个问题你应该让他们回答。"

龙华闽诧异地看着自己的闺女，问道："你转正了？"

龙真真笑道："我转正是很正常的事情啊，上次采访沈哥的节目收视率很不错，紧接着我又连续做了几期人物专访节目，台里就直接给我转正了——我说的可不是这个。"

这时候曾英杰忽然说了一句："你好像谈恋爱了。"

龙真真怔了一下，脸一下子就红了，问道："你怎么知道的？"

龙真真的妈妈很是高兴："你这丫头，这样的事情干吗不告诉我们？快说说，男朋友是干什么的？"

龙真真没想到曾英杰也如此厉害，对她妈妈道："我回去再告诉你。英杰，你怎么看出来的？"

曾英杰笑道："你手上的那串蓝月光石非常漂亮，我记得你上次去我们康德28号的时候手上可没有这东西。月光石又被称为恋人之石，所以，这东西只可能是你男朋友送给你的。"

旁边的乐乐忍不住道："这手链真漂亮，真真姐，这东西是不是很贵？"

　　所有的人都去看龙真真手上的那串手链，曾英杰有些尴尬，急忙又道："月光石代表的是浪漫的爱情，怎么能用金钱去衡量呢？"龙真真倒是并不在意，笑着说道："乐乐，这东西不贵的，淘宝就有。"

　　乐乐瞪着曾英杰，道："那你以前怎么不给我买？一点都不浪漫。"

　　所有的人都笑了起来，饭桌上的气氛也因此变得更加热烈。此时龙真真已经不再羞涩，她笑着问沈跃："沈哥，你这个心理学家还看出什么了？"

　　沈跃问道："你的男朋友我认识吗？哦，我还以为是……看来你已经从心里认可了对方，不然的话刚才你肯定不会认同英杰的那个判断，其实真真是在向我们大家公布她的恋情呢。"说到这里，他笑着对龙华闽夫妇说道："恭喜你们啊，真真终于找到了一个她最喜欢的人，而且这个人出身书香门第，个人的事业发展也很不错。"

　　龙真真瞪大眼睛问道："你怎么看出来的？"

　　沈跃微微一笑，说道："你应该知道的啊，一半是分析，一半是猜测，然后你的表情告诉了我答案。啊，我明白了，这个人说不定是你在采访的过程中认识的。你的那几期节目我都看过，让我想想……那位刚刚在国际上获奖的建筑设计师肯定不是，他年龄大了些。那位诗人……也不大可能，诗人往往浪漫得过分了些，不大接地气。难道是那位畅销书作家？嗯，这个人不错，人长得帅，口才又非常好，关键是他家学渊源深厚，真的是书香门第。"

　　龙真真目瞪口呆，当她发现父母也正在看着自己的时候才忽然反应过来，顿时有些恼羞："哎呀，沈哥，你怎么把什么都说出来了？"

　　众人又是大笑。

　　客人们走后，康如心就急匆匆去网上查询，沈跃当然知道她关心的是什么，跟着进去问了一句："怎么样，真真的这个男朋友不错吧？"

　　康如心点头道："原来是他，是很不错。其实我看过他的书，确实写得好，想不到真的是他，这个人最近很火，比有些明星还要火呢。"说到这里，她朝沈跃嫣然一笑："真真今后带他回来的话，我一定得去与他合个影。"

沈跃也笑，打趣道："想不到你还追星。其实真真就是明星啊，怎么不见你追她？"

康如心"扑哧"一笑，妩媚说道："你也是明星呢，我不是一直都在追你吗？"

沈跃咧嘴笑道："这话说得好，今后我们也要像这样教育孩子。优秀的人本身就是明星，追星不如自己成为明星……"这时候他发现康如心的眼神有些奇怪，问道："你干吗这样看着我？"

康如心低声道："我这个月的例假没有来……"

沈跃惊喜万分："真的？"

为了不引起喻灵的警觉，警方只是秘密在法庭里安装了高清摄像头，不过同时也在法庭四周的建筑里布置了秘密监控点。几天后，这起震惊全国的文物大案终于开始审理，沈跃带着侯小君一起入驻刑警总队的监控中心。

参加这起案件审理的旁听人员从入场开始，每个人的表情就呈现在了沈跃和侯小君的眼前，所有人都坐下后，沈跃又将里面每个人的面部表情观察了一遍，并没有发现任何异常。

法庭审理的第一个人是盛权，此人涉嫌杀人、伤害、以非法的手段盗取文物，等等，公诉方向法庭一一提交证据，盛权的律师在这期间根本找不到为其辩护的理由，坐在那里成了一个摆设。

整整一上午，沈跃和侯小君都目不转睛地看着监控画面，结果却一无所获。下午审理的是另外一个犯罪嫌疑人，情况依然如此。这一天下来，沈跃和侯小君都疲惫不堪。法庭审理邓湘佲的时间是第三天，但是沈跃却一点也不敢懈怠。万一喻灵出现了呢？这个女人智商超群、思维另类，而且她始终处于暗处。

第二天，法庭对其他几个犯罪嫌疑人的庭审继续。上午依然没有任何发现，午餐的时候龙华闽带来一瓶酒，对沈跃说道："少喝点，提提精神。"

沈跃直接拒绝："不喝，吃完饭我去睡会儿，开庭后叫我。我感觉得到，喻灵很快就会出现了，她也一样在分析我们。所以，我们不能有丝毫的疏忽。"

沈跃只睡了半个小时就醒了，起床后洗了把冷水脸，然后闭目养神。侯小君深知这起案件的重大，她根本就睡不着。下午的旁听人员有了些变化，龙华闽解释说是因为其中一部分人时间的关系，警方已经核查了他们的身份，没发现任何问题。沈跃也仔细观察了那些人的情况，并没发现异常。一直到第二天庭审结束，沈跃才长长地伸了个懒腰，然后对侯小君说道："今天晚上你要早些休息，也许明天就有情况要发生了。"

其实沈跃也是一个智商奇高的人，所以他也一样多疑，这是一种无法自我克制的缺陷。虽然他在经过多次分析后不断告诉自己喻灵一定会出现，但他的内心依然烦躁。在龙华闽面前他的表现非常镇定，那不过是为了让龙华闽更有信心。这天夜里，沈跃又一次失眠了。

半夜他又一次起床去屋外，他反复问自己这样一个问题：我对喻灵的心理分析真的是正确的吗？是的，她应该就是那样的一个人。她给自己和邓湘佲筑的巢只是一套面积并不是特别大的花园洋房，而不是别墅，这说明她并不像大多数男人那样虚荣，这说明她内心的本质依然是一个女人。

她爱邓湘佲吗？答案肯定是。如果不爱，她也就根本不会替邓湘佲去报复梁华，特别是在她如今正在被警方通缉的情况下。那么，还有别的问题吗？好像没有了……好吧，去睡吧，她一定会出现的。嗯，接下来的一切实在太令人期待了……

第三天早上沈跃依然准时醒来，人体的生物钟其实就是一种自我植入的潜意识，除非有意破坏它，否则是很难改变的。早餐后沈跃直接去往刑警总队的监控中心。虽然康如心知道他晚上失眠的事情，但是没有多问，她知道沈跃现在承受的压力有多大。

　　上午对邓湘佲的庭审准时进行，庭审准备阶段完成后进入法庭调查，公诉人开始宣读起诉书。沈跃没有注意庭审的过程，而是像前两天一样仔细观察着每一个旁听者的表情。侯小君也是如此。

　　忽然，一个人的情况引起了沈跃的注意，他对侯小君道："小君，第三排靠左侧第五个人，将他的画面放大一些看看。"

　　侯小君即刻将那部分的画面放大了。那是一个二十多岁的男性，仔细看的话就会发现他的身体一直在缓缓地动着。沈跃又道："将他右边的耳朵放大。"侯小君将画面切换到这个人右边耳朵的那一侧，放大，沈跃看到，这个人的右侧耳孔里有一个白色的东西。

　　旁边的龙华闽也看到了，即刻说了一句："无线接收器！"

　　沈跃皱眉想了一会儿，自言自语道："难道喻灵并没有入场？她是通过这个人身上的微型摄像头在看现场直播？"猛然间他想到了一个问题："龙警官，微型摄像头的信号传输距离一般有多远？"

　　龙华闽道："五百米左右，二百米效果最好……"他一下子明白了，拿起电话拨打："看看法庭外边，有没有人正拿着手机或者电脑……"

　　警察在法庭外边抓获了一个人，当时他正拿着一个手机在看里面的庭审现场。法庭里的那个人也很快被警察叫了出去。整个过程快速而隐秘，并未引起其他人的注意。这是沈跃的建议，因为他总觉得这件事情有些蹊跷，似乎和喻灵一贯的谨慎不符。

　　在法庭外面抓获的那个人姓邹，是喻灵那家拍卖行的工作人员。他供述说，他本来准备去申请旁听的，但又怕引起警察的无端怀疑，于是就在法庭外边晃荡，结果无意中就看到了那部放在石柱旁的手机，拿起来的时候发现正在直播里面的庭审，于是就坐在那里看了起来。

沈跃发现此人并没有撒谎，问道："你是不是喜欢邓湘佲？"

邹某点头，然后不住喊冤："我说的都是真话啊，我很想知道今天的庭审情况。那个手机真的是我在无意中发现的啊。"

法庭里面的那个人姓王，他说："昨天下午我从法庭里面出来后遇到了一个人，他说自己是一名记者，本来申请了这次的旁听，但是因为前不久在旁听一起案子的时候因私自录像上了法院的黑名单，所以这次没有通过审查。那个人给了我五千块钱和这套设备，让我帮他将今天的庭审情况录下来。他还说，如果画面不清楚的话就马上让我调整一下，结果他一直没有说话，我就以为自己录的方式还不错。"

这个人也没有撒谎。沈跃和龙华闽面面相觑：怎么会出现这样的情况？

沈跃忽然想到了一个问题，对龙华闽道："等等，我们分析一下。你说，那台手机究竟是不是喻灵留下的？"

龙华闽反问道："除了她还会有谁？"

沈跃点头，道："那么，她留下那台手机的原因是什么？是因为她忽然发现不安全了，还是别的原因？"

龙华闽这才明白沈跃问这几个问题的目的，说道："你的意思是……"

沈跃沉吟着说道："如果是因为她忽然感觉到不安全了，然后就逃跑了，那她为什么要留下那台手机呢？手机那么小的东西，拿着就跑了，而且录制的内容肯定有邓湘佲的画面。这太不合常理了。"

龙华闽似乎明白了："你的意思是，喻灵是有意那样做的？目的是让我们以为她已经来过了，还安全撤离了？那么，她为什么要设这个局呢？难道……"

沈跃的脑子里灵光一闪，道："喻灵是为了让我们觉得她并没有在法庭里！反过来讲，其实她就在法庭里，接下来还会在！"

龙华闽疑惑地道："可是，你和侯小君反复看了里面那些人的表情啊，难道她一点都没有表现出破绽？"

在这个问题上沈跃对自己当然十分自信，他摇头道："不，旁听的人里没有问题，我完全相信自己的眼睛。难道……法官、书记员不会有问题，公诉人、陪审员，不，如果我是她的话……我明白了，律师！"

龙华闽目瞪口呆："你说邓湘佮的那位律师就是喻灵?!"

沈跃问道："考律师资格证需要体检吗？"

龙华闽摇头道："好像不需要。问题是，喻灵不可能临时拿到律师资格证。难道她是神仙，多年前就想到了现在，所以才提前去考了律师资格证？这也太不可思议了吧？"

沈跃道："马上查一下邓湘佮那位律师的情况，也许答案就在这个人的资料上。"

龙华闽即刻将邓湘佮律师的资料调了出来。此人名叫任伯伦，男，今年四十三岁，就职于某律师事务所，未婚。沈跃仔细地看了此人的资料后自言自语了一句："未婚……"即刻对侯小君道："你马上在网上查一下，谢姓和任姓是什么关系？"

侯小君即刻百度了一下，道："谢姓源于任姓和姜姓……"沈跃的神色一动，又对龙华闽道："你问一下，邓湘佮的这个律师是谁安排的。"

龙华闽也有些激动了，马上拿起电话拨打，很快就了解到情况，他对沈跃说道："是邓湘佮自己请的律师。"

沈跃即刻道："密切注意这个律师的情况，千万不能让她跑了，庭审一结束就抓住她！"

龙华闽问道："你确定她就是喻灵？"

沈跃道："到时候就知道了，现在我只能说她很可能就是喻灵。说不定喻灵在多年前就投资创办了一家律师事务所，当然是为了万一事发便于隐藏，或者同时也是从投资的角度考虑。鬼才知道她究竟还有多少个身份！二十年的时间，足够她狡兔三窟的了，就如同她投资了那家五星级酒店一样。如果我的分析没错，这家律师事务所一定和喻灵的拍卖行有业务关系，肥水不流外人田嘛。"

龙华闽马上查了一下那家律师事务所的情况，笑道："还真是你说的那样。"

沈跃微微一笑，道："那就基本上可以确定了，任伯伦就是喻灵！这个女人真不简单啊，想不到她竟然要亲自为邓湘佲辩护！情深至此，让我们这些男人都惭愧万分啊。"

侯小君问道："可是，邓湘佲为什么要指定这个人做她的律师呢？难道她在此之前并没有把所有的情况都告诉我们？"

沈跃摇头道："不，我相信邓湘佲告诉了我们她所知道的关于喻灵的所有情况。最合理的解释是，曾经装扮成任伯伦的喻灵和邓湘佲有过多次接触，也许是为了考验邓湘佲对她的忠诚度，也许是别的什么原因。我们看病都喜欢找自己熟悉的医生，请律师当然也是一样，熟人嘛，信任度当然比陌生人要高许多，这其实也是我们的潜意识在起作用。"

说到这里，沈跃看了下时间，对龙华闽道："我都有些迫不及待想知道结果了，干脆我们现在就去法庭外边等着吧。不，我要近距离去观察一下那位任伯伦律师的表情。龙警官，法庭周围的布置不会有漏洞吧？"

龙华闽正内心激动着，跃跃欲试，笑道："放心，早就把那地方围得铁桶似的了，只要一声令下，任何人都跑不掉。"

沈跃点头道："那只是为了保证万无一失。"

龙华闽和沈跃到达法庭的时候，邓湘佲的庭审程序已经过去了一大半，正在进行法庭辩护阶段。一位法警对坐在前排的两位旁听者嘀咕了几句后，那两个人即刻就将座位让了出来。

任伯伦正在发言："本律师认为，公诉方提供的关于邓湘佲的证据严重不足，除了其本人的口供之外并无任何的人证和物证，因此，本律师有理由怀疑警方在审讯邓湘佲的过程中使用了不正当的，甚至是非法的手段……"

眼前的这位律师精神奕奕，西装革履，脸颊两侧的胡须刮得干干净净，一片青油油的颜色，而且声音很有男性磁力，情感丰富，无论如何都不会让人怀疑他是一个女人。不过沈跃发现，他身上穿的衬衣衣领宽大，正好遮住了喉结处，而且刚才当他坐下的那一瞬，这位律师的瞳孔收缩了一瞬，发出了针芒般的亮光。

龙华闽低声对沈跃道："这个人的辩护非常专业，怎么看都不像喻灵啊。"

沈跃点头，嘴里却如此说道："这更加说明她就是喻灵。任何人都想不到，这是智慧；甘冒奇险，亲自为自己心爱的人辩护，这是爱情。如果还能因此全身而退，那就是传奇了。"

两个人坐在那里嘀嘀咕咕，同时还不住地用目光在瞄任伯伦。这时候法庭里所有的人都已经注意到，刚才风度翩翩、侃侃而谈的任伯伦不知道为什么，竟然变得魂不守舍，言辞也结结巴巴起来。

"她已经感觉到危险了。我们出去吧，庭审一结束就抓捕她，千万不要让她离开这个地方。"沈跃对龙华闽说道。

龙华闽点头，随后两个人起身走出了法庭。法庭外边，龙华闽发布了抓捕令，隐藏在周围的警察迅速向法庭四周靠拢，很快将这个地方围得像铁桶一样。

大约半小时后，庭审终于结束了。龙华闽一声令下，警察蜂拥而入，瞬间将任伯伦包围在了那里。任伯伦愕然之下顿时大怒："你们要干什么？"

沈跃从警察的包围圈外边进入，走到任伯伦面前，盯着他，微微一笑，道："请你告诉我，我是应该叫你任伯伦先生呢，还是应该称呼你喻灵女士？"

眼前这个人的瞳孔有一瞬放大，那是恐惧。他正准备说话，沈跃却并不想再给他表演的机会，伸出手扯下他的领带，解开他衣领的第一颗扣子。他正准备反抗，旁边的警察一下就抓住了他的双手。只见沈跃的手轻捻了他颈部的皮肤几下，忽然向上一扯，一个薄薄的人皮头套就到了沈跃的手上，众人惊讶地看到，眼前的这个人哪里还是刚才的任伯伦？她分明就是一个满脸惊恐的短发女人！

其实，刚才龙华闽的心是悬着的，虽然他相信沈跃的判断，但心里实在是不敢肯定。而此时，当他看到沈跃魔术般地将喻灵活生生地展现在他面前时，他一直悬着的那颗心才回到了原位。他走到喻灵面前，将早已准备好的逮捕证亮在她面前："喻灵，你被捕了！"

康德28号。一个戴着手铐的女人在几个警察的簇拥下参观着这家心理研究所，沈跃向她介绍里面的各项功能。

喻灵被捕后一直一言不发，警方再三向她宣传政策，出示相关证据，却依然不能让她开口。后来在沈跃的建议下才有了眼前的这一幕。

"这是心理咨询中心。目前我们有数名心理学专家免费为市民提供心理咨询和治疗服务，这家心理网站也是免费的。我们国家人口众多，患有心理疾病的人非常多，但是我们国家的民众对心理咨询和治疗的认识严重不足，所以，创立一家心理咨询中心也就成了我多年的梦想。喻灵女士，我知道，你曾经也是一个非常有正义感，有着美好梦想的人，我说得没错吧？"沈跃对喻灵说道。

喻灵依然不说话，不过她脸上瞬间而逝的动容却没有逃过沈跃的眼睛。

走到二楼。沈跃让侯小君打开那一壁高清电视墙，沈跃介绍道："这是微表情研究……所以，在微表情研究专家眼里，任何人的谎言都是无处隐藏的。这是犯罪痕迹研究，罪犯留下的任何细微的痕迹都很难逃出这套系统的分析……这是罪犯头像重塑，我们还可以通过心理分析对罪犯进行心理侧写，然后通过警方的资料库很快将犯罪嫌疑人找出来……"

喻灵的表情从惊讶变成恐惧。

到了三楼后，喻灵直接被带进讯问室。沈跃对旁边的警察说道："解开她的手铐吧，我想和她单独谈谈。"随即又吩咐曾英杰道："搬两张软椅和一张茶几进去，还有两杯咖啡。"

于是，这间宽大的讯问室很快就变成只有一张桌子的咖啡屋。沈跃和喻灵相对而坐。隔壁的监控屏前，龙华闽正期待着接下来要出现的场景。

沈跃轻松地用小勺搅动着杯子里的咖啡，端起来喝了一口，赞道："嗯。味道不错。喻灵女士，你也尝尝。你这是何苦呢？事情已经到现在这样的地步，你再继续一言不发也是毫无意义的了。你说是吧？你曾经面对过许多人生中的挫折、痛苦、选择，为什么现在反倒不能面对了呢？"

喻灵终于说话了："不需要你来教训我，我知道自己在干什么。刚才参观了你的这个地方，说实话，我的内心大为震动，但是你们这样做对我没有任何用处。一直以来我都认为自己所做的一切是正确的，虽然为法律所不容。接下来就让这个国家的法律随便判我的刑就是了，我不会上诉。"

沈跃点头，叹息着说道："如果这个世界上还有一个人能够理解你的话，那么这个人就只能是我了。"

喻灵瞪大眼睛看着他，紧接着又是嗤之以鼻的不屑表情："是吗？"

沈跃看着她，满脸的真诚："是的，因为我知道你曾经的梦想是什么。曾经的你，是那么热爱这个国家的文化与文明，于是你报考了那所知名大学的考古学专业，于是你爱上了有着共同梦想的朱翰林。可惜的是，你的性格中存在着太强的叛逆和极端因素，以致让你以后的人生偏离了方向，一步步在犯罪道路上越走越远、越陷越深。这倒也罢了，最让人感到遗憾的是，直到现在你依然认为自己所做的一切都是正确的。"

喻灵激动地道："我做的一切本来就是正确的！既然这个国家没有能力保护好自己的文明，那就应该让这个世界上有能力的国家或者个人去保护它们！我去过英国、法国、美国、日本，在这些国家，我看到了他们替这个国家精心保存下来的各种文物。那些东西是全人类的文化遗产，这个国家一直在对自己的文明犯罪，而且罪行累累，惨不忍睹。我做的这一切都是为了拯救、保护我们的文明！我没有错，如果你们这次没有抓住我，这样的事情我还会继续做下去！这是我这一生最大的梦想！"

这就是她的犯罪动机。这一刻，沈跃忽然想起她多年前在文物局仓库的那些日子，眼前顿时浮现她一边修补着那些被损坏的文物精品、一边哭泣的场景。沈跃叹息着说道："我能够理解你的初衷，不过你想过没有，大英博物馆那些文物中，有多少是来自野蛮的剥夺和残酷的战争？那些东西的背后埋葬着多少平民的冤魂？也罢，我们不谈这个问题，因为这个问题确实非常复杂。喻灵女士，我只是想问你一句：这些年来，在你所谓的拯救和保护文化遗产的过程中，难道你就从来没有从中谋取过私利？比如你在我国香港和新加坡的资产，你在这里的那家五星级酒店、律师事务所，以及我们目前并不知道的你的其他资产，嗯，如果我没有分析错的话，至少应该还有一家私人侦探所。那么现在我问你，难道这些资产都是你的合法经营所得？难道其中就没有你用国家珍贵文物交换来的巨大利益？"

喻灵顿时不语。沈跃看着她，淡淡地笑了笑，继续说道："如果你真的如你自己所说那样高尚、那么纯粹，我都愿意替你喊冤。但你为了自己所谓的高尚和纯粹，不惜去刺探官员的隐私，或者胁迫贿赂文物主管部门的负责人，用各种手段威胁、诱惑他人为你服务，让那些守法公民为了你个人的目的犯罪，这一切的一切难道不是犯罪？所以，你的所谓高尚、纯粹，不过是你罪恶的遮羞布罢了。"

喻灵气急败坏，怒声道："你胡说八道！我没有错，我做的这一切都是为了这个国家的未来！"

沈跃看着她："既然如此，你为什么不愿意将你所做的一切都讲出来？"

喻灵这才意识到自己被沈跃抓住了话柄，她深呼吸了几次，冷冷地道："我说了，随便法律如何判我的罪，我都不会上诉。但是想要让我认罪，休想！"

沈跃朝她摆手，道："好吧，我们暂时将这个问题放在一边，现在我们谈一下其他的事情。最近你去了一趟新加坡，除此之外一直都留在这座城市，这是因为你深爱着邓湘佲。是这样的吗？"

喻灵紧闭着嘴唇。沈跃微微一笑，说道："刚才我已经向你介绍了微表情研究，你应该明白，即使你不回答我的任何问题，我也可以从你的脸上知道答案。很显然，刚才这个问题的答案正是我认为的那样。其实这个答案我早就知道了，而且正是用这个问题的答案才最终抓获了你。说实话，在这件事情上我很愧疚，因为我实在不应该利用你对邓湘佲纯真的感情去设计这个抓捕方案。所以，我觉得自己应该向你道个歉：喻灵女士，对不起！"

喻灵轻蔑地看了沈跃一眼，道："你不用在我面前惺惺作态，有些事情你根本就不懂。"

沈跃并不生气，说道："也许我是真的不懂。好吧，现在我问你第二个问题：你和方琼是怎么认识的？"

喻灵忽然笑了，道："这个问题我可以回答你，免得你的好奇憋在心头难受。我和她是在晨跑的时候偶遇的，当时我见她的双腿上绑着沙袋，而且看上去像男孩子一样阳光，顿时就喜欢上她了。"

沈跃耸了耸肩，问道："你喜欢她？那你为什么要强迫她去做那么残忍的事情？"

喻灵不以为然地道："她把自己当成男孩子，我只不过是想要告诉她男人的做事方式和风格而已。"

沈跃点头道："嗯。有道理。那么，她的死与你有关系吗？"

喻灵一下子瞪大了眼睛，惊声问道："她死了？怎么死的？"

她的反应是真实的。沈跃直勾勾地看着她，缓缓地道："如果我告诉你，她的死与你有着密不可分的关系，你会怎么想？"

喻灵怒道："胡说八道！她的死和我有什么关系？"

接下来沈跃从心理学的角度向她讲述和分析了方琼的死因，再一次问道："现在请你告诉我，方琼的死是不是和你有着很大的关系？"

喻灵的嘴唇在颤抖，竟然还落下了眼泪。沈跃看着她，叹息着说道："我想不到你还会为她流泪。这我就觉得有些奇怪了，她不就是你打算培养的替你作案的工具吗？"

喻灵愤怒地看了沈跃一眼，紧接着脸上的表情变成轻蔑。沈跃顿时明白了，歉意地道："看来是我错了。想必你是真的喜欢她，因为你从她身上看到自己多年前的样子。"

喻灵禁不住点头，说道："是的，就是这样……"她直直地看着沈跃："看来你是真的懂我。不，你是心理学家，我内心的想法是你分析出来的。所以，你还是不懂我。我和这个世界上大多数人不一样，我生活在另外一个世界，我已经习惯了孤独。沈博士，我早就知道你的大名了，一直以为你不过浪得虚名，现在看来你确实有些本事。但是你说服不了我，因为我会永远坚守着自己的那个世界。你别再问我任何问题了，我能够回答你的都回答了，这也是看在你确实与众不同的分上。"

沈跃看着她："你被我抓住了，但是心里并不服输？"

喻灵摇头，一侧的嘴角微微翘起，道："我知道自己被警察抓住是迟早的事情，只不过心里不大甘心罢了。我被你抓住，完全心服口服。可惜你和我不是同一个世界的人，我的世界你不懂。好了，送我回去吧，下次见到你，我不会再回答任何问题了。"

沈跃朝她点了点头，道："好吧，你的意思我明白了。"说完沈跃立即站了起来，正准备朝外边走去，忽然转身对她说道："把这杯咖啡喝完吧，今后你再想喝到这样的咖啡也许没机会了。"

喻灵怔了一下，道："谢谢。"随即端起杯子喝了一口，轻声道："真好喝。"

沈跃走到外面，警察进去给喻灵戴上手铐。龙华闽皱眉问沈跃道："接下来怎么办？"

沈跃叹息着说道："她说得对，其实我们都不懂她。这个女人的内心充满着叛逆与偏执，坚强而顽固，不过她依然有弱点，她的弱点就是对她和邓湘佲的爱情充满坚定而美好的幻想。"

龙华闽似乎明白了，问道："你的意思是，只要摧毁了她最后的幻想，她就会将所有的事情都讲出来？"

沈跃神色淡然地道："我可没有这样说过。我也不会那样做。龙警官，人我已经替你们抓到了，接下来的事情你们自己看着办吧。"

龙华闽向沈跃投去期冀的目光，恳求般的语气："小沈……"沈跃马上就打断了他的话，决然地道："别再说了，那样的事情我是不会做的。"

龙华闽一下子被噎在了那里，苦笑了一下，说道："那好吧。"

龙华闽带着喻灵离开后，沈跃将侯小君、匡无为和彭庄叫了来，拿出之前龙华闽交给他的那份案卷，说道："这个案子，你们先看看，然后我们一起讨论。"

彭庄问道："沈博士，你不想继续研究蝴蝶效应了？"

沈跃苦笑着说道："现在我才明白，蝴蝶效应，准确地讲，它是一种混沌效应，是一种能量传播并逐渐被放大的过程，这个放大的过程其实存在许多因素。而人类群体心理的相互影响似乎并不能用蝴蝶效应去解释。人类是一个整体，我们每个人的心理变化可能会影响到我们周围的一些人，周围的这些人又会影响到一个更大的群体，由此逐渐影响到整个人类群体。但是反过来去看就会发现，其实我们个人的作用是非常弱小的，弱小到可以忽略不计。所以，我试图从陈迪杀人分尸案反过来研究影响这起案子的起源，这完全就是痴人说梦，是根本不可能的事情啊。蝴蝶效应对我们每个人来讲似乎更有意义的地方，就是防微杜渐。"

侯小君道："我明白沈博士的意思了。确实也是，通过陈迪的案子反过来调查的过程中，还有很多的分岔，比如，那个替张小贤盗取文物的人是谁？广东那位房地产公司老板和那位官员之间有没有权钱交易？喻灵性格的形成和她父母有没有关系？如此等等。越调查下去分岔就越多，谁知道哪一条分岔才是影响陈迪杀人分尸案的主线呢？"

沈跃点头道："确实是这样，所以还是到此为止吧。我们更应该做好的是眼前的事情。你们现在手上的这个案子很有趣，也十分诡异，接下来我们就全力去破获此案吧。"

匡无为早就翻开案卷在看了，此时，侯小君和彭庄听到他喃喃地说道："怎么会这样？"

图书在版编目（CIP）数据

读心师/向林著．—长沙：湖南文艺出版社，
2019.2
ISBN 978-7-5404-8957-1

Ⅰ．①读… Ⅱ．①向… Ⅲ．①推理小说—中国—当代
Ⅳ．① I247.5

中国版本图书馆 CIP 数据核字（2018）第 298709 号

上架建议：小说·悬疑推理

DU XIN SHI
读心师

著　　者：向　林
出 版 人：曾赛丰
责任编辑：薛　健　刘诗哲
监　　制：蔡明菲　邢越超
特约策划：右力文化（欧阳勇富）
策划编辑：刘　筝
特约编辑：尚佳杰
营销支持：傅婷婷　张锦涵　文刀刀
封面设计：潘雪琴
版式设计：梁秋晨
封面图片：视觉中国
内文排版：百朗文化
出版发行：湖南文艺出版社
　　　　　（长沙市雨花区东二环一段 508 号　邮编：410014）
网　　址：www.hnwy.net
印　　刷：三河市中晟雅豪印务有限公司
经　　销：新华书店
开　　本：875mm×1270mm　1/16
字　　数：235 千字
印　　张：17
版　　次：2019 年 2 月第 1 版
印　　次：2019 年 2 月第 1 次印刷
书　　号：ISBN 978-7-5404-8957-1
定　　价：42.00 元

若有质量问题，请致电质量监督电话：010-59096394
团购电话：010-59320018